警視庁公安0課 カミカゼ

鳩の血

矢月秀作

双葉文庫

目次

鳩の血

警視庁公安０課 カミカゼ

登場人物

瀧川達也　三鷹第三派出所の警官だったが、「刑事の匂いがしない者」として公安0課から苛烈な引き抜き工作を受け、心ならずも作業班員に。正義感が強い。

藪野学　同・作業班員。潜入のエキスパート。卓抜した判断力と生への執着で数々の死地から生還。

白瀬秀一郎　同・作業班員。一見派手で軽薄な色男だが、情報収集・分析では驚異的な手腕を発揮。

今村利弘　同・作業班員。上層部の指令とあらば、仲間ですら平然と工作にかける非情な面を持つ。

鹿倉稔　警視庁公安部長。極秘で動く作業班の詳細を知る唯一の人物。

井岡貢　警視総監。

瀬田登志男　警視副総監。

日埜原充　刑事総務課長代理。鹿倉と同期。

舟田秋敏　三鷹第三派出所で瀧川の先輩だったベテラン警官。闇深き公安から瀧川を守ろうとする。

有村綾子　娘の遙香を女手ひとつで育てるシングルマザーの書店員。幼なじみの瀧川に想いを寄せる。

第一章
ピジョン・ブラッド

1

薄い髭《ひげ》を口元にまとった細面《ほそおもて》の男は、タイ・バンコク郊外のバラックにいた。男の周りには、三人の日本人がいる。いずれも、男の仲間だ。その中に藪野学《やぶのまなぶ》もいた。男の後ろに立ち、対面している者たちに鋭い目を向けている。

机を挟んで向かいには、日本人のバイヤーがいた。その後ろには、藪野と同じく、バイヤーの手下の外国人が複数名立ち、藪野たちを見据えていた。

細面の男は、右目にルーペを挟んでいた。ピンセットで摘まんだルビーを明かりに照らし、丹念に見ていた。

男がルビーを見だして、もう二時間にもなる。

その間、室内の空気は張り詰めっぱなしだ。

南国特有の蒸し暑さも相まって、息苦しい。誰もがこめかみから汗を流していたが、拭《ぬぐ》おうとはしなかった。

男がルビーを置いた。ルーペを外し、親指と人差し指の腹で眉間《みけん》を揉《も》んで、ルビーを見つめる。

「これは見事ですね」

男は感嘆の息を漏らした。

「吸い込まれそうな深淵《しんえん》たる紅《あか》み。それでいて透明度は高い。シルクインクルージョンも適度で、石に上品な彩りを与えている。これほど質のいいピジョン・ブラッドを見るのは初めてですよ」

「そりゃそうだろう。俺も三十年、この仕事をしてきたが、ここまで美しい天然ルビーは見たことがない」

日本人バイヤーが口辺に笑みを滲《にじ》ませ、得意げに小鼻を膨らませた。

「よく見つけましたね。チャンタブリの市場に出たのですか?」

「チャンタブリでこんな上玉は出ないよ。直接、モゴックのターポエに行ってきた」

「それはそれは」

男が頷《うなず》く。

モゴック町はミャンマーにある。

世界有数のルビーの産地で、ビルマ語で〝ターポエ〟と言うルビー市場も活況を呈している。

ミャンマーは長い間、軍事政権下で、欧米からミャンマー製品輸入禁止措置などの経済制裁を受けていた。

ルビーをはじめとする鉱物も同様で、最上級のルビーの産出地であるにもかかわらず、それが諸外国に出回ることはなかった。

しかし、二〇一〇年に民政移管を果たし、国際社会へ復帰したことをきっかけに禁輸措置も解除され、再びミャンマー産のルビーが世界市場に出回るようになった。

ルビーの中でも最高級との評価を受けるのは〝ピジョン・ブラッド〟と称されるものだ。深い紅色で、時に黒みがかるが不純物は少なく、透明度が高い。その妖しい色合いが鳩《はと》の血を思わせることから、ピジョン・ブラッドと呼ばれている。

このピジョン・ブラッドの多くはミャンマーで産出される。

特にモゴック産のものは最高級と評され、大きさによっては数千万をくだらない品もある。

「よく、あなたのような人に売ってくれましたね」

男は憚《はばか》ることなく口にする。

「無礼なヤツだな。ナメるな、若造」

バイヤーが気色《けしき》ばむ。

男は涼しい顔で微笑《ほほえ》んだ。

「失礼。少々言い方を間違えました。あなたのような日本人のバイヤーに、という意味です。海外市場で、日本人バイヤーが相手にされていないことは承知していましたもので」

「三十年もこっちに住み着いて取引してるんだ。それなりのルートはある。そこいらのクソバイヤーと一緒にするんじゃねえ」

バイヤーは言った。

顔を上げ、改めて男を見つめる。

「さて、まあ、戯言《ざれごと》はいい。早速だが、いくらで買い取る？」

バイヤーが切り出した。

「一千万でお願いします」

男が言う。

「おいおい、冗談だろ？　おまえ、相場を知っているのか？」

バイヤーは失笑した。

「もちろん、知っています。その上で、お願いしているんですよ」

「話にならねえな。大嘉根《おおがね》先生の紹介だから、特別に相手してやったんだが」

「本当は五百万でお願いしたいくらいなんですがね、こちらは」

「おまえ、宝飾デザイナーだろ？　よくその程度の知識で、宝石を扱っているな。そんな無茶ぶりをするヤツは、相手にされねえぞ」

「普通はそうですね。でも、これならどうです？」

男は腰に手を差し込んだ。素早く、銃を抜き出す。

男の後ろにいた藪野たちも、一斉に銃を引き抜いた。銃口をバイヤーとその背後の外国人に向ける。

バイヤーの後ろにいた男たちも腰に手を回したが、一瞬遅かった。

「ハンズ・アップ！」

藪野が怒鳴った。他の仲間が他の男にも銃口を向ける。

男たちは仕方なく、両手をゆっくりと上げる。

バイヤーの顔が強張《こわば》っていた。

「こら、若造。こんな真似して、生きて帰れると思っているのか……」

「もちろんです」

にこりと笑う。

バイヤーが片眉《かたまゆ》を上げた。目を剥《む》いて、男を睨《にら》みつける。

「ここまでナメられたのは初めてだ。いくら先生の紹介とはいえ、ただじゃすまねえぞ」

「下谷《しもたに》さん。何か、勘違いされていませんか？　僕は殺し合いをしに来たわけではなく、取引に来ただけです」

「チャカ振り回して、取引もクソもねえだろうが」

「一つの交渉材料です。あなた方に使うつもりはありません」

男は右手を上げた。

藪野と他の仲間が銃を下ろし、腰にしまう。

「じゃあ、何のためにそんなものを出したんだ？」

「ここで、ゴミ掃除をしようと思いまして」

「ゴミ掃除？」

「ええ。僕たちのことを嗅ぎ回っているドブネズミが一匹、紛れ込んで来たもので」

男は言うなり、振り返った。

銃口を藪野に向ける。

藪野の頬が強張った。室内にも緊張が走る。

藪野はなすすべなく、棒立ちしていた。

男は藪野の隣にいた背の高い男に銃を向けた。すぐさま、引き金を引く。

乾いた音が室内に炸裂した。背の高い男の胸元を銃弾が貫通した。背中から噴き出した鮮血が後ろの籐《とう》の棚に降り注ぐ。

男は二発、三発と立て続けに発砲した。

背の高い男は銃弾に弾《はじ》かれ、後方へ飛んだ。

籐の棚をなぎ倒し、背中から仰向《あおむ》けに地に落ちる。

耳管《じかん》を揺るがす発砲音が収まった。

倒れた男は光を失った目で宙を見据えた。背中からあふれる血がじわりと広がり、血だまりを作る。

「こいつは、日本の公安関係者でしてね。僕たちの組織に潜入して嗅ぎ回っていたんです。〝岡本〟という名も本当かどうか。その処理も兼ねて、わざわざタイまで来たというわけです」

男は淡々と話し、銃口から硝煙《しょうえん》が漂う銃をテーブルに置いた。

やおら、バイヤーの男に目を向ける。

人を殺しても涼しげな顔を崩さない男を見て、バイヤーは蒼白となっていた。

「交渉に戻りましょう。本来、五百万のところを一千万出そうと言っているのです。なんとか、折り合いをつけてくれませんか？」

男は話しながら、トリガーガードを人差し指の腹で撫でた。

バイヤーの顔がますます引きつる。

「あんたの言い分はわかるが……。さすがにモゴック産の8カラットのピジョン・ブラッドが一千万というのは、ダンピングしすぎだ」

「では、二百万足しましょう。一千二百でお願いしたい」

男はトリガーガードから引き金に指を滑らせた。銃口はまっすぐ、バイヤーの胸元に向いている。

「わかった。それで手を打つ」

バイヤーはあわてて答えた。

男は藪野を見た。

「北上《きたがみ》さん、お願いします」

男が言う。

藪野は〝北上和彦《かずひこ》〟という名前で潜入していた。

懐に巻いたさらしを解き、中から一万円の札束を出す。百万円の束は約一センチだ。さらしに巻いてしまえば、たいして目立たない。

百万円の束を十二束出し、テーブルに積む。

男は札束をバイヤーの前に差し出した。

そして、もう百万円の束を取り、差し出した束の上に載せた。

「これは？」

バイヤーが訊く。

「掃除代です。そこのゴミを片付けておいてください」

男は息絶えた男を一瞥《いちべつ》した。

目を戻し、8カラットのルビーを布に包んで、手に取る。そのまま上着のポケットに入れた。

「いい取引ができました。また、よろしくお願いします」

右手を差し出す。

バイヤーは渋々握手をした。

男が立ち上がった。バラックを出る。藪野ともう一人の男が続く。二人は銃把《じゅうは》に手をかけていた。

しかし、バイヤーとその仲間は追いかけてくることなく、藪野たちは車に乗り込んだ。

藪野は助手席に乗り込んだ。もう一人の男が運転席に座る。細面の男は後部座席に座った。

車が走り出した。未舗装の道路で車が撥ねる。

藪野は首を傾け、後部座席に目を向けた。

「芳澤《よしざわ》さん、ヤツは本当に公安関係者だったんですか？」

「さあ」

芳澤は微笑んだ。

「さあ、って……。確証もないのに殺したんですか？」

「交渉の材料にさせてもらいました。下谷は元左翼運動家ですから、公安を殺したと言えば、喜ぶのではないかと思いましてね」

ことをなげに答える。

「そうですか」

藪野は返事のしようがなく、苦笑した。

「おかげで、一級品のルビーが手に入りました。彼の名は、革命の同志として墓標に刻みます」

芳澤はそう言い、車窓に目を向けた。

話は終わったと思い、前を向いた。

すると、芳澤は顔を外に向けたまま、言葉を続けた。

「ただし、本物の公安の人間なら、その程度では済みませんけどね」

芳澤は後部座席から銃口を藪野の後頭部に押し当てた。

「何の真似《まね》ですか?」

バックミラーで様子を探る。

芳澤の指は引き金にかかっている。車が大きく揺れれば、暴発しかねない。

「北上さん。あんた、公安だろう?」

芳澤は細く長い目で藪野を見つめている。

藪野の心臓が大きく弾んだ。が、動揺を悟られないよう、速くなる呼吸を抑える。

「冗談はやめてください」

バックミラー越しに笑みを浮かべた。頬《ほお》が少々引きつる。

芳澤はじっと藪野を正視していた。

だが、少しして銃口を下ろし、声を出して笑い始めた。

「すみません、北上さん。冗談ですよ。あなたのように底辺で生きてきた人が公安の人間なら、日本の警察はおしまいだ」

「そりゃ、言いすぎじゃないですか、芳澤さん」

藪野は笑いつつ、息をついた。

「いやいや、申し訳ありません。僕は思ったことをつい口にしてしまうたちなので」

「それ、謝ったことになりませんよ」

藪野が言う。

芳澤と運転している男が笑った。

車内の空気がようやく和《なご》んだ。

車が未舗装の道路から幹線道路に入った。街の景色も見えてくる。

「芳澤さん、その宝石、どうするんですか?」

藪野が訊《き》いた。

「これが、僕たちを勝利に導いてくれるんですよ」

芳澤はポケットからルビーを出し、摘まんで眼前にかざした。

「この〝鳩の血〟が、僕たちの理想郷を創ってくれるんです」

うっとりと目を細める。

イカレてんな、こいつ……。

藪野はバックミラー越しに芳澤の姿を一瞥し、奥歯を噛んだ。

2

東京・三鷹《みたか》市の商店街の端にある中華食堂〈ミスター珍《ちん》〉は、午後六時を回り、夕食を摂《と》る客でごった返していた。

「三番さん、ニラレバ定食上がったよ!」

ホールを切り盛りしている小郷泰江《おごうやすえ》の声が店内に響く。

「はい!」

エプロンを着けた瀧川達也《たきがわたつや》はカウンターに駆け寄り、トレーに載せたニラレバ定食を取って、三番テーブルに運んだ。

「お待たせしました」

トレーごと、テーブルに置く。

客は白髪《しらが》まじりの年配男性で、ミスター珍の常連客だった。

「ありがとう。そういえば、瀧川君、警察官は辞めたのか?」

「辞めてませんよ」

「でも、この頃はずっと、ここで手伝いをしているじゃないか。私はてっきり、君が警察官を辞めて、ここで中華料理屋の修業を始めたのかと思っていたよ」

「私に店を切り盛りする才覚はありませんよ」

「いやいや、案外似合っているぞ」

「勘弁してください」

瀧川は苦笑した。

「五番さん、餃子《ぎょうざ》とビール！」

「はい！」

瀧川は年配男性に会釈《えしゃく》し、カウンターに駆け戻った。

すぐ、瓶《びん》ビールと出来上がった餃子を取って、五番テーブルに運ぶ。

瀧川は元々、三鷹中央署の地域課に勤務していた警察官だった。

半年前、少年課へ異動する前に刑事部で少し経験を積もうと刑事部講習会に出たが、なぜかそこから公安部へ配属され、潜入捜査をすることになった。

公安部長の鹿倉稔《かくらみのる》には、前回の事件を解決した後に少年課へ異動させてもらうことを条件に、潜入捜査を了承した。

熾烈《しれつ》を極めた潜入捜査だったが、使命を終え、無事に帰還した。

その後、約束通り、少年課へ異動すべく辞令を待っていたが、鹿倉からは一向に連絡がない。

こちらから問い合わせても、申請中という返答ばかり。

今すぐ少年課へ異動できないなら、三鷹中央署の地域課に戻してほしいとも要望した。

しかし、いったん本庁の公安部に籍を移しているため、その手続きにも時間がかかるという。

そうこうしているうちに、半年もの時が過ぎていた。

潜入捜査の際、元住んでいたマンションを引き払った瀧川は、かつて世話になった小郷夫妻が営《いとな》むミスター珍の二階の部屋を間借りしていた。

その関係もあり、日々何もせずだらだらしているよりは……と、忙しい時には店に出て手伝っている。

一日も早く、現場に戻りたい。が、辞令が下りない以上、瀧川としても動きようがなかった。

「ただいま」

店のドアが開き、女の子が顔を出した。

「おかえり」

瀧川が笑顔を向ける。

有村綾子《ありむらあやこ》の娘、遙香《はるか》だった。小学校四年生となり、塾に通っている。

遙香は店の一番奥の席に座り、カバンを置いた。

「疲れたー」

両腕をテーブルに乗せ、カバンの上に頭を寝かせる。

瀧川はお冷《ひや》を持っていった。

「しっかり勉強してきたか?」

「普通」

頭を起こし、お冷を一口含む。

「腹減っただろう。何にする?」

「唐揚《からあ》げ」

「おばちゃん、唐揚げ一丁!」

「はいよ! 唐揚げ一丁!」

でっぷりとした泰江の太い声が店内に響く。

「カバン置いて、手を洗っといで」

「うん」

遙香は頷き、カバンを取って厨房の脇から二階へ上がっていった。

瀧川は目を細め、遙香の背を見送った。

有村綾子は幼《おさな》なじみのシングルマザーだ。現在、三鷹駅前にある隆盛堂《りゅうせいどう》書店に勤めている。

綾子と遙香も、ミスター珍の二階の部屋を借りている。

共に暮らすようになった今、綾子が帰ってくるまで、瀧川が遙香の面倒を見るのが通例となっている。

結婚して、本当の親子になったわけではないが、疑似家族的な空気はそれなりに心地よい。瀧川自身は、少年課に異動が完了して落ち着いた頃に、もし綾子が受け入れてくれるなら、正式に籍を入れ、遙香の父親になってもいいと思っている。

もちろん、遙香の意向も大事にしなければならないが、三年生の頃は瀧川のことを〝おまわりさん〟と呼んでいた遙香も、この頃は〝達也くん〟と、綾子と同じ呼び方をするようになっている。

嫌われてはいないという自負はあるし、遙香を育てていく覚悟もある。

あとは、自分の身を落ち着けるだけだった。

夕食時の店は、休む暇もない。次から次へと客が出ていっては入ってきて、テーブルを片づけてはまた給仕するの繰り返し。

遙香と話す間もなく、時間が過ぎていく。

ようやくひと息つけたのは、午後八時前だった。

「達也君、あんたもごはん食べちゃいな」

「そうします。大将、味噌ラーメンもらっていいですか」

厨房《ちゆうぼう》に声をかける。店主の小郷哲司《てつじ》は頷き、滾《たぎ》った湯に麺を放り込んだ。

瀧川は食事を終えて勉強していた遙香の前に座った。

「お母さん、遅いね」

遙香が壁に掛かった時計を見る。

「社員登用の試験があると言っていたからな。いろいろと現場で勉強しているのかも」

「社員になったら、いつもこんなに遅くなるのかなあ……」

遙香がうつむく。

塾通いを始め、少しだけお姉さんになった遙香だったが、まだまだ子供らしい。

「お母さんは、遙香ちゃんのために頑張ってるんだ。応援してあげないと。それに、ここには俺もいるし、おじちゃんもおばちゃんもいる。遙香ちゃんは一人じゃない」

「達也くんもいてくれるの?」

遙香が顔を上げる。

「もちろん」

瀧川は満面の笑みを浮かべ、遙香の頭を撫でた。

遙香ははにかんだ。

「そろそろお風呂に入っておいで」

「うん」

遙香は教科書とノートをたたみ、厨房の奥へ引っ込んだ。

店のドアが開いた。

「いらっしゃいませ！」

瀧川は反射的に声をかけ、立ち上がった。

ドア口を見る。

途端、瀧川の顔から笑みが消えた。

薄毛で、少々でっぷりとした腹を突き出した中年男だ。じとっとした目で店内を見回し、
視線を瀧川に向け、にやりとした。

男は真ん中あたりのテーブルに着いた。

泰江がお冷を運ぼうとする。

「あ、俺がやります」

瀧川はグラスを取って、男の席に足を運んだ。

「どうも、今村《いまむら》さん」

瀧川が会釈する。

男は公安部の先輩、今村利弘《としひろ》だった。

「久しぶりだな」

「何の用ですか？」

「おいおい、ここはメシ屋だろう？　メシを食いに来ちゃいけないのか？」

「今村さんの家、このあたりじゃないですよね」

「仕事であちこち飛び回ってんだ。ここへ来ても問題ないだろう。それとも、何か？ 客を追い出すつもりか、この店は？」

じとっと睨《ね》め上げる。

「ご注文は？」

「そうだな。ビールと春巻《はるまき》をくれ」

今村が言う。

「ビールに春巻一丁！」

「はいな、ビールに春巻一丁！」

泰江の声が響く。

「達也君、味噌ラーメンできたよ」

「俺は夕食を摂るので」

瀧川は言い、カウンターの端《はし》に座った。今村に背を向け、ラーメンを啜《すす》る。しかし、背中に今村の視線を感じ、なんとなく食べにくい。

今村と会うのは三ヶ月ぶりだった。鹿倉からは、今村は新しい捜査を始めていると聞いていた。

肩越しに今村を見やる。今村は店内のテレビを観ながら、出された春巻を頬張り、ビールを注いだコップを傾けていた。

その様は、単に中華食堂で食事をしている客となんら変わらない。

ただ、今村が本当に、わざわざ瀧川のいる店に食事をしに来ただけとは思えない。

今村は追加のビールとニラレバ炒《いた》めを頼んだ。

味噌ラーメンを食べ終えた瀧川は、新たな瓶ビールを持って今村の席へ行った。

「どうぞ」

瓶を置く。

「おう、悪いな」

今村は手酌《てじゃく》でビールを注ぐ。

瀧川はそのまま差し向かいの席に腰を下ろした。

「今村さん、新しい捜査を始めたと部長が言っていましたが、今日、このあたりに来たのもその関係ですか？」

「事件なんざ、腐るほどある。部長が言っていたという事案かどうかはわからんが、関係といえば関係だな。気になるのか？」

「いえ。ただ、いつまで経《た》っても辞令が下りないので、公安部は何をしているのだろうと思いまして」

少々嫌味っぽく返す。

今村は鼻にもかけず、ビールを飲み干し、新たに注いだ。

「おまえも知っているだろう。公安はヒマじゃねえんだ。長い休暇をもらったと思って、のんびりしてりゃいい」

今村はコップを空にし、立ち上がった。

「いくらだ？」

「おばちゃん、会計を」

「はいな。千七百円だよ」

泰江が言う。

今村は出入口に行き、ズボンのポケットから二千円を出した。おつりの三百円をポケットに入れる。

「ありがとうございました。また、どうぞ」

泰江が送り出す。

瀧川は今村と共に玄関を出た。

「なかなかうまい店だな。また、寄らせてもらうよ」

「今村さん。何か、話があってきたんじゃないんですか？」

「仕事帰りに寄っただけと言ったろ」

「そんなわけがないでしょう。俺も一時期、公安に身を置いた人間です。公安部の人が何の目的もなく、顔見知りのいる場所に顔を出すはずがない。違いますか？」

瀧川が言う。

「在籍一年も経っていないのに、しっかり身に付いてるな、公安気質《かたぎ》が」

今村はにやりとする。

「心配するな。本当にメシを食いに来ただけだ。ただ」

今村が思わせぶりに言い淀む。

それが〝誘い〟であることは、瀧川にもわかった。無視しようと思う。が、つい、目尻が興味ありげに動いてしまった。

今村はほくそ笑み、言葉を続けた。

「藪さん、覚えているか？」

「忘れるわけないでしょう。藪野さんが何か？」

「行方不明なんだ」

「えっ？」

「潜入捜査をしていたんだが、連絡が途絶えた」

「待ってください。藪野さんは、一線から退いたはずでは？」

「復帰して、また新たな任務に就いたんだよ。しかし、ここ一ヶ月、連絡が付かない。不測の事態があったのかもしれない」

今村は深刻めいた表情を作り、声を潜めた。

しかしすぐ笑顔になり、顔を上げた。

「おまえには関係のない話だ。悪かったな、つまらない話を聞かせてしまって。まあ、異動辞令が届くまで、ゆっくりしてろ。少年課でも、現場に戻ればまた忙しくなるからな」

今村はそう言い、右手を上げ、歩き去った。

入れ替わりに、綾子が帰ってきた。

「ただいま、達也君」

「おかえり。遅かったな」

「新刊の入れ替えが大変でね」

綾子は瀧川に駆け寄り、振り返った。

「達也君、あの人……」

小さくなった今村の背を見つめる。

「何かあった？」

「いや。食事しに来ただけだよ」

瀧川は言い、綾子と共に店に戻った。

3

警視庁公安部部長・鹿倉稔は、副総監瀬田登志男《せたとしお》に呼ばれ、副総監室を訪れた。

ノックをし、中へ入ると、すぐさま執務机前にある応接セットのソファーに招かれた。

鹿倉は二人掛けソファーの左に腰を下ろした。

瀬田が鹿倉の差し向かいに座る。

「忙しいところ、申し訳ないね」

「いえ。話とは何でしょうか？」

「先日、三鷹中央署の舟田《ふなだ》さんが私のところに来てね」

瀬田が言う。

鹿倉は顔をうつむけた。

「また、あのジジイか……」

「何か言ったか？」

「あ、いえ」

鹿倉はすぐ顔を上げ、笑みを作った。

「舟田さんには地域課時代にお世話になりました。副総監も舟田さんをご存じなのですか？」

「ああ、現場にいた頃、三鷹署管内で事案が発生した時はずいぶんとお世話になったものだ。本庁刑事部へも何度か誘ったんだがね。地元の人々を守るのが自分の役目だと、頑として拒否されたよ」

瀬田が昔を思い出し、目を細める。

「舟田さんは、どのような用件で副総監のところへ来たのですか？」

「瀧川君の件だ」

瀬田は言った。

やはりか——。

鹿倉は表情を崩さず、腹の中で歯噛みした。

「何と？」

「瀧川君を三鷹署に返してほしいと直訴《じきそ》しに来た」

「そうですか……」

「瀧川君は確か、少年課への異動願いを出していたね」

「はい」

「また、彼とは、パグの事案が片づいたら、少年課への異動を認めると約束していたとも聞いたが」

「認めるとは言っていません。優先的に検討すると伝えただけです」

鹿倉が言う。

「なんとか、彼を異動させてあげることはできんかね？」

瀬田が訊いた。

鹿倉は少し顔をうつむけた。間を溜め、やおら顔を上げる。

「私もそうしてあげたいのですが、正直、公安部員が足りていないのが現状です。二〇二〇年の東京オリンピックを前にして、テロリストや反社会組織の捜査の重要性は高まっています。テロ等準備罪も整備されれば、ますます我々の任務は苛酷《かこく》になります」

「今後も、彼を手放さないということか？」

「そうは言っていません。ですが、現状が落ち着くまでは瀧川君のような優秀な捜査官には在籍していてほしいというのが、忌憚《きたん》なき思いです」

「そうか……」

瀬田は腕組みをして、深く息をついた。

しばし、二人して押し黙る。

「しかし、このまま無理やり公安部に留《とど》めておけば、彼が警察官を辞めてしまうということも考えられる。それは警察にとっても大きな損失だ。期限を切って、瀧川君に協力してもらうということはできないか？」

瀬田が言った。

「もちろん、本人が拒否するものを無理にこき使うような真似はしません。ただ、本人が我々に同意して捜査に協力するのであれば、私は期限を区切る必要もないと考えます」

「そのように仕向けるということか？」

瀬田が鹿倉を見つめる。

「本人に〝問いかけてみる〟だけです」

鹿倉は真顔で返した。

「あまり無茶はしないでくれ。コンプライアンスの問題もある」

「我々は、内部監査にひっかかるようなことはしませんよ」

鹿倉はうそぶいた。

瀬田は苦笑する。

「ともかく、舟田さんにはなんらかの返答をしなければならない。どうだ、ここから二年。二〇二〇年の東京オリンピックが終わるまで。むろん、本人が拒否する任務は強制しない。以後、希望の部署に配属するという条件を提示するのは」

「副総監がそこまでおっしゃるということは、瀧川君が今すぐにでも退官するおそれがあるということですか？」

「舟田さんの話では、そのように思えたよ」

「そうですか……。わかりました。私も正義感あふれる有能な警察官が去るのは忍びない。

舟田さんにはその条件を伝えておいてください」

「すまないな。君のところの事情もわかるが」

「いえ、よくあることですので」

鹿倉は立ち上がった。一礼して、部屋を出る。

ドアに背を向けた鹿倉の顔から笑みが消えた。

「あのジジイめ……」

歯ぎしりする。


公安部のフロアに戻ると、刑事総務課長代理の日埜原充《ひのはらみつる》が顔を覗かせていた。

日埜原は、瀧川を鹿倉に推薦した人物だった。

「鹿倉、副総監に呼ばれたと聞いたが」

「来てくれ」

鹿倉は日埜原に声をかけ、左手奥の応接室へ歩いた。日埜原が後に続く。

途中、今村の顔も見つけた鹿倉は、右手のひらを振り、今村も呼び寄せた。

三人が応接室へ入る。鹿倉が窓際の角席に、その斜め左に日埜原が、その横に今村が座った。

鹿倉は二人を見て、口を開いた。

「また、舟田のジジイが邪魔してきた」

「瀧川を返せといったところか？」

日埜原の言葉に鹿倉が頷く。

「副総監は、瀧川の在籍を二〇二〇年まで、任務の拒否権は尊重し、二年後には確実に異動させるという条件を提示してきた」

「吞《の》んだんですか？」

今村が訊く。

「仕方あるまい。ここで拒否すれば、瀧川は警察を辞める」

「辞めた後、外部協力者にしてしまえばいいじゃないですか」

今村は片笑みを浮かべた。

「そうもいかん。告発などされれば、面倒な事態になる」

「彼ならやりかねないな」

日埜原が口角《こうかく》を下げる。

「瀧川はまだ動かんか？」

鹿倉は今村を見た。

「一応、餌はまいておきましたが、もう少し時間がかかるかと。しかし、先日接触して話を振った感じでは、瀧川が藪野のことを気に掛けているのは間違いありません」

「急ぐ必要があるのか?」

日埜原が訊く。

「対象がピジョン・ブラッドを手に入れたとの報告が入った」

鹿倉が言う。

室内の空気がピリッと張った。

「近々、対象は品を手にし、日本へ戻るとの報告もある」

「贓物《ぞうぶつ》(不法な犯罪行為によって得た財物)の密輸ということで拘束《こうそく》するわけにはいかないのか?」

日埜原が訊いた。

「まだ拘束は早い。彼らがピジョン・ブラッドを手に入れ、何をしようとしているのかがまったくつかめていない。今、拘束すれば、こちらが動いていることをみすみす相手に教えるようなものだ。が、望んでいたものを手に入れた今、ヤツらの計画は次の段階に移行する。ここで増員し、勝負を仕掛けたい」

「俺もそれがベストかと思います」

今村が頷く。

「そうか。舟田はどうする?」

日埜原が鹿倉に顔を向けた。

「そこだ。舟田が瀧川の近くにいる限り、面倒は続く。とりあえず、今の時期だけでもいいから、あいつを瀧川から引き離せないものか……」

鹿倉は宙を見て、深く背もたれ、脚を組んだ。

「なんなら、仕掛けましょうか？」

今村が濁った眼を光らせる。

「やめておけ。君程度の工作にはかからんよ」

日埜原が鼻で笑う。

「俺程度とは、どういうことですかね？」

今村が少々気色ばんだ。

鹿倉が中に入る。

「尖《とが》るな。日埜原が言うのももっともだ」

「どういうことですか、部長。俺は納得いってませんが」

「舟田は今でこそ、イチ派出所の制服警官だが、本当なら公安部にいたはずの人間なんだよ」

「あのじいさんが？」

今村は目を丸くした。

「三十年前、俺は公安部に引き抜かれたが、それは舟田が公安部への異動を拒否したからだ」

「しかし、その程度では――」

「彼は警察大学での研修をダントツの成績で終えたんだ」

日埜原が言う。

「まさか……」

「私も当時、同じく公安研修を受けていたから知っている。鑑識眼も瞬時の判断も見事なものだった。だが、公安部員にはならなかった。その理由は定かではないがね」

日埜原は言い添えた。

「つまり、舟田はこちらの手の内を熟知しているということだ」

鹿倉は言い、ため息をついた。

「三十年前と今では、工作技術も格段に違います。当時、ダントツだったかは知りませんが、今ではその勘も鈍っているのでは」

「そこがおまえのダメなところだ」

鹿倉は今村を睨んだ。

「傲《おご》るな。隙《すき》を突かれるぞ」

「すみません……」

今村はうつむき、拳を握って奥歯を噛んだ。

日埜原が微笑みかけた。

「顔を上げなさい。我々は君が有能な作業班員であることは知っている。しかし、君にはもっと高みを目指してもらわなければならない。いずれ公安部を率いる幹部となるために。だからこそ、いささかの隙もない思慮《しりょ》と行動を心がけてほしい」

「恐れ入ります」

今村はうつむいたまま、さらに頭を下げた。

鹿倉と日埜原は、顔を見合わせ、苦笑した。

日埜原がふと思い出したように口を開いた。

「そういえば、埼玉《さいたま》県警から自《じ》ら隊《たい》(自動車警ら隊)の職質指導員の要請が来ていたな」

「それはいい。送り込めるか?」

鹿倉が訊く。

「後進の指導を断わるメンタルは、舟田にはない。うまくいくかはわからんが、やってみよう。派遣できれば、確実に舟田と瀧川を引き離せる」

「二週間で工作できるか?」

鹿倉は今村を見た。

今村は顔を上げた。

「十分すぎます」

まっすぐ鹿倉を見やる。

鹿倉は今村の目を正視し、頷いた。

「日埜原、手を回してみてくれ」

「至急、動くとしよう」

日埜原は席を立ち、足早に応接室を出た。

「では、俺もさっそく瀧川の工作に入りますが、ピジョン潜入班の支援はどうしますか？」

「それは、すでに手を打ってある。おまえは瀧川を落としてこい」

「承知しました」

今村は立ち上がり、腰を深く折って、ゆっくりと部屋を出ようとした。が、ドア口で立ち止まり、振り返る。

「部長、一つ訊いてもよろしいですか？」

「なんだ？」

「なぜ、部長は瀧川にこだわるのですか？」

今村は率直に訊いた。

鹿倉は黙っている。

「ヤツは筋のいい部員ではありますが、工作してまで引き入れるほどの逸材《いつざい》とも思えません。ひょっとして、先ほどの舟田の話と何か関係があるのですか？」

じとっと鹿倉を見つめる。

「パグの事案での彼の働きを見て、今回の事案に欲しい人員だと判断した。それだけだ」

鹿倉は冷然と答えた。

「くだらないことを訊いてすみませんでした。仕事に戻ります」

会釈し、部屋を出る。

ドアが閉まった。

鹿倉は息をつき、脚を解いて立ち上がった。ブラインドカーテンを開ける。射し込む陽光に目を細める。

鹿倉は思いに耽《ふけ》った様子で、眼下に広がる街並を漫然と見つめた。

4

週末の午前中、瀧川がミスター珍の開店準備を手伝っていると、舟田秋敏《あきとし》が顔を出した。

「舟田さん」

瀧川は笑顔を向けた。

舟田は笑みを返し、右手を上げた。

「おまわりのおじさん！」

奥のテーブルで勉強をしていた遥香が舟田に駆け寄る。

瀧川が交番勤務を離れて以降、遙香は舟田を〝おまわりさん〟と呼ぶようになっていた。ただ、年配者だからか、おまわりの後ろに〝おじさん〟を付けている。

「勉強してたのか？　えらいね」

舟田は目を細め、遙香の頭を撫でた。遙香が照れたようにはにかむ。

「当番明けですか？」

瀧川が訊く。

「ああ。この歳には堪《こた》えるな」

舟田は苦笑した。

「舟田さん、朝ごはん食べて行くかい？」

泰江が訊く。

「いや。準備中に悪いが、ちょっと瀧川君を借りたいんだが」

舟田は言い、瀧川を見た。

「かまわないよ。達也くん、行っといで」

「すみません」

瀧川は手に持っていた布巾《ふきん》をテーブルに置いた。

「遙香ちゃん、勉強が終わったら遊びに行ってもいいけど、三時には帰ってくるんだぞ。水泳があるからな」

「わかってる。いってらっしゃい」

遙香はテーブルに戻り、勉強の続きを始めた。

「行きましょう」

瀧川は舟田を促《うなが》し、店を出た。

「コーヒーでも飲むか」

「そうですね」

瀧川は頷き、近くの喫茶店に向け、商店街を歩く。舟田が並ぶ。

「遙香ちゃん、水泳も習っているのか？」

「ええ。遙香は小柄で体力がないでしょう？　だから、水泳を習わせてみたらと綾子に言ったら、それもいいなということになって。綾子は土日も仕事だから、俺が送っていかなきゃならないんですけどね」

「すっかり家族だな」

「そんなことはありませんが」

面映《おもは》ゆい表情を覗かせる。

舟田は微笑んだが、すぐさまその笑みは消えた。

瀧川の顔からも笑みが消える。

チェーンの喫茶店に入った。ホットコーヒーを二つ頼み、カウンターで受け取って、最奥のボックスシートに座った。

向かい合い、互いにコーヒーを啜る。カップを置いた舟田が、やおら顔を上げた。

「鹿倉から、異動について何か連絡はあったか？」

舟田が切り出した。

「いえ、何も。ただ、五日前に公安部の今村さんがうちの店に来ました」

「何か言っていたか？」

「先日のパグの事案で共に捜査をした藪野さんという部員が行方不明だと――」

「仕掛けてきたか……」

舟田は深く息を吐いた。

「仕掛けるとは？」

「瀧川君。今村から藪野の話を聞いて、今、どう思っている？」

「まったく気にならないといえば嘘になりますが……」

瀧川は口ごもった。

「相当気になっているな」

舟田が瀧川を正視する。

心中を洞観《どうかん》しているようなその視線を見返せず、瀧川は思わず視線を外し、うつむいた。

「それが手なんだよ」

舟田はカップを取り、コーヒーを含んだ。飲み込み、瀧川に顔を向ける。

「その藪野という者は、パグの捜査で君と最後まで共にいた部員だね？」

「はい」

「それだけ密な時を過ごした人間の安否を、それとなく伝える。よほどの冷血漢でない限り、気にならないはずがない。その後、今村という部員は接触してきたか？」

「いえ」

「おそらく、二、三日中にもう一度、接触を図ってくる。その時また新たな情報を君に吹き込むだろう。そうだな……君がよく見知っている部員も捜査に加わったとか。そんな感じのことを言うはずだ。君はどう感じる？」

舟田が瀧川を見つめる。

瀧川は押し黙った。

「正直に思ったことを話してみなさい」

舟田は促した。

瀧川はコーヒーを飲んで顔を上げた。

「関係ないと思う一方で、やはり俺も何かしないわけにはいかないのかな……という気分になるのも確かです」

「それが仕掛けだよ」

舟田は静かに言った。

「最初は誘うことなく、事実だけを報《しら》せる。まあ、それも事実かどうかはわからんが。その後、たっぷり間を置いて相手をヤキモキさせ、また新たな情報で不安に拍車を掛ける。その先、どうなるかわかるか？」

「俺から捜査に加わると言い出す」

「その通り。連中は、それを狙っている。君から言い出せば、彼らに強制したわけではないというお墨付きを与えてしまう。さらに、君に対してどんな任務を命じようと、すべては君の責任だ。そのようにして相手を意のままに動かすことに長《た》けた連中なんだよ」

「舟田さん、なぜそんなに公安の手法について詳しいんですか？」

瀧川が率直に訊いた。

「長く現場にいればわかることだ」

舟田はサラリと流し、コーヒーで喉《のど》を潤《うるお》した。

「さて、そこでだ。君はどうする？」

「どうする、とは？」

「捜査に参加したくなった時だ。彼らの意のままに自ら志願するか。それとも少年課異動を待って、撥《は》ね付けるか」

舟田がまっすぐ瀧川を見た。

瀧川はカップを握ったまま、顔をうつむけた。

鹿倉たちの策に嵌《は》まれば、それだけ少年課への異動が先になることは明白だ。これ以上、公安部に振り回されたくはない。

しかし、一方で、藪野の安否は気になる。

作業班員が行方不明になる、ということは、死を意味するに等しい。

今回だけは藪野を助けたいという気持ちも、正直なところ沸き上がってきている。

舟田はしばし瀧川の様子を見て、静かに口を開いた。

「やはり、彼らも君の性格は熟知しているな。君の優しさや仲間を思う気持ちが悪いわけではない。だが、それは時として利用される。哀しいことだな」

舟田が言った。

「舟田さん。俺はどうすれば……」

「実は、お節介だとは思ったが、君には内緒で瀬田副総監と君の処遇について話し合ってきた」

「副総監と？　なぜ、舟田さん、副総監と話せるんですか？」

「昔取った杵柄《きねづか》、というやつだ」

舟田は微笑む。が、すぐ真顔になり、瀧川を見つめた。

「公安は君を手放すつもりはないようだが、それではいつまで経っても君が希望の部署に異動できない。そこで、所属は二〇二〇年の東京オリンピックまで。あと二年だな。個別任務について、君は拒否権を持ち、強制されない。二年所属すれば、以後、君が希望する少年課への異動を認める。せめて、この条件でないと君は警察自体を辞めるだろうとも付け加えた」

「副総監はなんと?」

「まだ、返事はない。しかし、向こうは呑まざるを得ないだろう。瀧川君、一つだけ訊いておきたい。君は、綾子さんや遙香ちゃんと本当の家族になるつもりはあるのか?」

舟田がじっと見つめる。

瀧川は顔を上げ、舟田を見つめ返した。

「あります」

深く頷く。

舟田は目を細めた。

「であれば、最低でもこの条件を通すことだ。任務に就くこともない。二年間、飼い殺しにされても、気にするな。ただし、警察を辞めてはいけない」

「なぜです? もし、俺が公安部が心底嫌なら、辞めた方が早いと思うのですが」

「外部協力者にされるぞ」

舟田の目が一瞬鋭くなった。

瀧川の背筋がかすかにぞくりとした。

舟田とは長い付き合いになるが、ただの一度も見せたことのない眼光だ。

警察官が洞察する目ではない。犯人を威嚇《いかく》する目つきでもない。

もっと仄暗い深淵を滲《にじ》ませた重い眼光だ。

どこかで見たことがあった。

そうか……。

瀧川が胸の内で頷く。

藪野の目だ。藪野と捜査している時、時折、警察官とも悪人ともつかない眼光を放つことがあった。

その目によく似ている。

が……。

なぜ、舟田さんが？

疑問がよぎる。しかし、瀧川はそれを口にすることができなかった。

「外部協力者となれば、君を守るバックボーンがなくなる。そうなれば、君は彼らの意のままに操られる」

「そこまでしますか？」

「実際に、君は体験しているだろう？　だから今、公安部に籍があるんじゃないか？」

舟田が言った。

半年前の出来事を振り返ってみる。

綾子が万引きの冤罪《えんざい》問題で揉め、瀧川はストーカー扱いされた。公安部へ配属される前、身辺であり得ないことが次々と起こったのは確かだ。

それが公安部が仕掛けたことという確証はいまだにないが、舟田の言葉をそのまま受け取ると、自分は丸め込まれて公安部員になったということになる。

瀧川も当時、公安部を疑った。おそらく、そうであろうと思うところもある。

ただ、過去を暴き出したとしても、現在、自分が公安部員である事実は変わらない。

「在籍しながら何もしない。これが今考えられるベストの選択だ」

舟田は言い切った。言葉尻の語勢は強い。

「舟田さん、俺からも一つ訊いていいですか？」

「何かな？」

「舟田さんはなぜ、俺のことをそこまで心配してくれるんですか？」

「それは長い話になる。またの機会にしてもらえるか？　当番明けは、さすがにつらい」

舟田が目尻に皺《しわ》を作り、微笑む。

交番にいるときのいつもの舟田だ。

「……わかりました。また今度、舟田さんの調子が良い時に聞かせてください」

瀧川の言葉に舟田が頷く。

「さてと、私は帰って寝るか」

舟田はコーヒーを飲み干し、立ち上がった。瀧川も腰を上げ、舟田のカップも持って、返却口に戻した。

「いろいろ、ありがとうございました」

「こっちこそ。年寄りの節介《せっかい》に付き合ってくれてありがとう。綾子さんと遥香ちゃんによろしくな」

「はい。お疲れ様でした」

瀧川は頭を下げた。舟田は右手を上げ、とぼとぼと帰路に就いた。

少し曲がった背中を見る限り、ちょっと若い好々爺《こうこうや》にしか見えない。

しかし、一瞬だが、確かに藪野と似た匂いを感じた。

本当は何者なんだ……？

瀧川は人混みに紛《まぎ》れていく舟田の背中を見つめた。

商店街のショーウインドウの陰に、今村がいた。

今村の目は店を出て別れた舟田の背に向いていた。

舟田と瀧川が喫茶店を出た後、ビジネスバッグを持ったスーツ姿の若い男が出てきた。

左手には読みかけの新聞を折り畳んで持っている。

若い男は駅の方向へ向かった。今村が立っているショーウインドウの前を通りかかる。

若い男は今村とすれ違う瞬間、持っていた新聞を今村に差し出した。

今村はサッと受け取って、背を向けた。若い男は今村の方を一度も見ることなく、そのまま駅へと歩き去った。

今村は折り畳んだ新聞紙を広げた。

そこには、細長いＩＣレコーダーがあった。

「さて、あのジジイが何を吹き込んだかな？」

にやりとし、ＩＣレコーダーを収めたまま新聞を畳み、人混みに紛れ、陽炎《かげろう》のように姿を消した。

5

舟田が公安部について瀧川に話しに来た翌日、舟田から、突然埼玉県警への出向を命じられたとの連絡が入った。

電話で舟田は「くれぐれも用心するよう」と瀧川に念を押した。

舟田が瀬田副総監と会談し、瀧川の下を訪れた直後の出来事だ。瀧川も公安部が動き出したことを肌で感じた。

今村はまだ現れない。が、いつ顔を出してもおかしくない。いや、顔を出さずに工作をしているかもしれない。

舟田からの連絡後、瀧川は落ち着かなかった。

ミスター珍は昼時を迎え、店内は混雑している。しかし、瀧川はもう一つ手伝いに身が入らなかった。

「達也くん、達也くん!」

泰江の声が店内に響く。

「あ、はい!」

「何、ボーッとしてんだい! 五番さん、ラーメンセット上がったよ!」

「すみません!」

瀧川はカウンターに駆け寄り、ラーメンとチャーハンをトレーに載せ、五番テーブルへ運んだ。

ドアが開く。

今村かもしれない……と思い、つい鋭い視線を向けてしまう。目が合った客が、怪訝《けげん》そうに眉根を寄せる。

「いらっしゃい!」

泰江が豪快に声を張った。

「空いてるお席へどうぞ！」

そう声をかけ、瀧川に近づいた。

「達也くん、今日はもういいよ」

「いや、これから忙しくなるし」

「上《うわ》の空の人にいられると、調子が狂うんだよ。疲れてんだ。部屋に行って休みな」

泰江は言い、新しい客の注文を取りに行った。

カウンターの中に目を向ける。店主の哲司がちらりと瀧川を見て頷いた。

瀧川は小さく頭を下げ、厨房の奥から二階の部屋へ上がった。

途中、綾子たちが暮らしている部屋の前に差し掛かり、足を止める。

家族になる気はあるかと舟田に問われ、あると答えた。

家庭を持てば、公安の仕事はつらくなる。家族に過度な心配をかけてしまうからだ。

万が一のことがあれば、遙香はもう一度、父を失うことになる。

それは避けたい。

「二年か……」

瀧川は独りごちた。

ズボンの後ろポケットが震えた。

ポケットに差したスマートフォンを取り出す。番号を見て、瀧川の眉間《みけん》に縦皺《たてじわ》が立った。

今村からだ。

ホールを離れてすぐ電話がかかってきたということは、店内に公安部員がいる可能性がある。

店の客の顔を思い出す。サラリーマンもいれば、近隣の店の女性店員やＯＬもいた。近くの現場で作業をしていた工事関係者もいる。

気にしていなかったが、思い出そうとすると、一人一人の顔が鮮明によみがえってくる。知らぬ間に、作業班員としての能力が身についていた。

瀧川は電話に出た。

「もしもし」

――すまんな、忙しい時間に。

「監視していたんでしょう？」

――邪推《じゃすい》だ。

今村はさらりと流した。

――今、大丈夫か？

「大丈夫ですが」

――ちょっと出てきてほしいんだが。

「どちらへ？」

——三十分後、八幡大神社《はちまんだいじんじゃ》でどうだ？

「わかりました」

——必ず、来い。

今村はそう言い、電話を切った。

瀧川は通話の切れたスマホを握り締めた。

舟田と会ったのは昨日。その翌日には舟田が出向を命じられ、今村がコンタクトを取ってきた。

予想外に動きが速い。

「会ってみるしかないな」

瀧川はつぶやき、スマホをズボンの後ろポケットに差した。

八幡大神社は、三鷹駅から三鷹通りを一キロほど北へ進んだ場所にある。徒歩で十分強の距離だ。

江戸時代初期に起こった明暦《めいれき》の大火《たいか》で罹災《りさい》した人々がこの地に入植し、鎮守《ちんじゅ》として創建された由緒《ゆいしょ》ある神社だった。

隣には禅林寺《ぜんりんじ》があり、太宰治《だざいおさむ》と森鷗外《もりおうがい》の墓もある。観光やパワースポットとしても有名な場所だった。

瀧川は境内《けいだい》に入った。平日のせいか、人も少ない。

木々に覆われた参道を奥へ進む。拝殿前の門の脇にある緑生い茂った大きな木に目を向けた。スジダイという御神木《ごしんぼく》で三鷹市の天然記念物に指定されている椎《しい》の木に似た大木だ。

その陰に今村の姿があった。

瀧川は今村に歩み寄った。

今村は瀧川が並ぶと、散歩を装って歩き出し、鳥居を潜った。

「よく来たな」

瀧川には目を向けず、言う。

「来なければ、別の手で接触してくるだけでしょう?」

瀧川が返す。

「まあ、そうだがな」

今村は片笑みを浮かべた。

社叢《しゃそう》豊かな参道を歩く。枝葉から陽射しがこぼれる。散策だけなら心地よい。が、瀧川は和むどころか、神経を尖らせていた。

今村が何を話すのか。何を仕掛けてくるのか。気になって仕方がない。とても落ち着ける状況ではなかった。

本殿の脇を曲がった。瀧川はついていく。裏参道へ抜けるあたりで、今村が立ち止まった。

ようやく、瀧川に目を向ける。

瀧川は周囲を見回した。

「心配するな。俺一人だ」

今村が失笑する。

「話とは何です？」

「せっかちだな。まあ、いい。単刀直入に話そう。作業の件だ」

今村はストレートに切り出した。

瀧川は少々驚いた。もう少し、真綿《まわた》で首を絞めるような方法を取ってくるのかと思っていたからだ。

だが、これも手かもしれない。

疑心が湧いてきて、つい目つきが鋭くなる。

「おいおい、そんな顔をするな。今日は正直に話しに来たんだ。おまえに小細工が利かないことくらいわかっている。それだけ、おまえを認めているということだ」

今村は笑みを覗かせた。

額面通り受け取る気はないが、今のところ、嘘はないように思える。

「それでだ」

「ちょっと待ってください。その前に言っておきたいことが」

「なんだ？」

「話は聞きます。ですが、俺が任務を引き受けるとは限りません。それでもかまいませんか？　任務の詳細は極秘扱いのはずです。俺が任務を請けない場合、違反になると思いますが」

「違反にはならない。おまえも公安部員だからな」

今村が言う。

「おまえに任務を拒否する権利も与える。ということで、話していいか？」

「わかりました。お願いします」

瀧川は返した。

今村は頷き、真顔になった。

「現在、我々はある宝飾デザイナーが経営する宝石店を調べている」

「宝石店ですか？」

瀧川は目を丸くした。宝石店と公安部が扱う事案との関係性が思い浮かばない。

「これが、ただの宝石店ではないんだ。経営者兼デザイナーの芳澤完《たもつ》は学生時代、大学で革命運動をしていた極左過激派で、公安部がずっとマークしていた人物だ。社会人となり、極左思想は鳴りを潜めたように思われていたが、このところ、明神《めいしん》大学の大嘉根と行動を共にするようになった」

「明神大学の大嘉根とは？」

「六十代の鉱物学者だ。鉱物関係の分野では海外でも有名な研究者で、今は明神大学地学科の教授を務めている。しかし、この男にはもう一つの顔がある」

今村は瀧川を正視した。

「全日本革命労働協議会の元議長。我々が全革労と呼んでいる極左組織の一つだ。加えて、革マルや日本赤軍とも関係があったと噂されている人物だ」

「ですが、それだけではまだ、彼らが何かを起こすという可能性は低いように思えます。前歴だけで疑いをかけるのは、人権侵害にも通ずると思いますが」

「素人《しろうと》みたいなことを言ってんじゃねえ。俺たちは知っているだろうが。日本から宗教や思想に関係するテロがなくなっていないことを」

今村が強い口調で言った。

瀧川は黙った。

確かに、パグの事案に関わって驚いた。今の日本にまだ、混沌《こんとん》としていた昭和時代を彷《ほう》彿《ふつ》とさせる事件が起こっていたことを。その騒動を起こしていた者が、昭和を知らない若い世代だったことも。

「人権というのは、まともに生きるヤツが口にしていいことだ。大量に人を殺してでも自分の意見を押し通そうとする者に認める必要があるか？」

今村は吐き捨てた。

言いすぎな気もする。しかし、反論できない自分もいた。

「まあ、そんな話はどうでもいい。もちろん、俺たちがただ単に過去の活動だけでヤツらを追い回しているわけじゃない。おまえがいない間、俺たちは極左やテロリストに関係していると思われる組織の金の流れを追っていた。その過程で、芳澤が経営する宝石店が浮上した。芳澤の宝石店の売り上げは、赤字ではないが黒字幅は薄い。だが、それ以上の資金が流れ込んでいる。主にある投資会社からだが、そこも国内外のテロ組織と通じている可能性が拭えないところだった。内偵を始めてみると、集めた資金が宝石に変えられ、輸出されていることがわかった」

「マネーロンダリングをしているということですか？」

「察しがいいな。俺たちもそうみている。これまでは、数百万に満たない単位で、投資された資金を宝石に変え、国内外で流通させていた。その程度であれば、商取引と変わらない。しかし、ここ半年ほど、一千万を超える取引を頻繁《ひんぱん》に始めた。その宝石が中国やロシア、ヨーロッパ諸国、中東へと流れている。これも一見、大口の取引に見えるが、情報屋から関係する情報が入った。ロシアに流した宝石が武器と交換されたと」

今村が話す。

瀧川の表情も険しくなってくる。

「海上保安庁と税関に協力を要請して、情報がもたらされたウラジオストクからの輸送船を捜索した。結果、AK《アーカー》47が十挺《ちょう》見つかった。送り先は明記されておらず、船員も口を割らなかったが、調べた結果、芳澤が関係している組織に所属している者に流れる予定だったものだろうと推定できた」

「また、パグのような組織が現われたということですか？」

「あの程度の組織はいくらでもある」

今村は一蹴する。

「AKの取引に使われた宝石は3カラットのダイヤモンドだった。一千万程度のものだな。それで武器をかき集めようとしていたようだが、芳澤は新たな動きを見せた。ピジョン・ブラッドを手に入れようと奔走《ほんそう》し始めたんだ」

「そのピジョン・ブラッドとはなんですか？」

「最高級ルビーだよ。ほぼミャンマーのモゴックでしか採れないルビーで、質のいいものになれば、数千万から数億はする」

今村が言う。

瀧川は瞠目《どうもく》した。

「つまり、その金額に見合う武器を仕入れようとしているということですか？」

「そう睨んでいる。AKなら百挺以上、それより強力な武器を仕入れようとしているのかもしれない。そこを調べているのが藪野さんだ。藪野さんは芳澤の宝石店に潜入し、内偵している。しかしまだ、彼らが何を仕入れようとしているのかは見えてこない」

「藪野さんが行方不明というのは？」

「それは嘘だ。そう言えば、おまえが任務に就くと思ってね」

今村が片笑みを浮かべる。

「ただ、危険な任務であることに変わりはない。今、藪野さんはタイのバンコクにいるが、取引先で芳澤は仲間の一人を撃ち殺したそうだ。そして、芳澤がピジョン・ブラッドを手に入れたと」

今村の言葉尻に緊迫が滲む。

「目的の物を手に入れた芳澤は、必ず次の段階に事態を進める。時間はない。急いで、彼らの目的や彼らの仲間の潜伏先、武器を仕入れているとすれば、その保管庫も突き止めなければならない。以上だ」

今村は言うと、裏参道へ歩き出した。

「返事はいいんですか？」

「二日待つ。任務に就くなら、本庁の公安部オフィスに来い。それとな」

今村がまっすぐ瀧川を見つめる。

「こうした連中の暴走を止められるのは、俺たちだけだ。俺はこの仕事を誇りに思う」

今村はそう言い残し、瀧川の前から去った。

瀧川は風に揺れる枝葉の音を聞きながら、逡巡した。

6

今村が本庁に戻るとすぐ、鹿倉に呼ばれた。

「失礼します」

左手奥の応接室へ入る。

鹿倉は一人掛けのソファーに座っていた。

「座れ」

差し向かいの二人掛けソファーを指した。

今村はソファーの右側に腰を下ろし、鹿倉と向き合った。

「首尾はどうだ？」

「上々です。昨日、駅前の喫茶店で録音させたのは正解でした」

したり顔でにやりとする。

今村は仲間の作業班員から受け取ったＩＣレコーダーに録音された二人の会話をじっくりと聴いた。

舟田はこちらの手の内をすべて明かしていた。

工作は使えない。

しかし、すべて明かされたことで作戦は立てやすくなった。

元々、瀧川は真面目で真っ直ぐな男だ。手の内を知った今、少しでも怪しい言動があれば疑い、こちらの申し出を承諾しなくなるだろう。

そうであれば、正直に話す方が早い。

瀧川は今村が何か仕掛けてくると思っている。そこを真逆にいくことは瀧川の判断を狂わせることになる。

事実、帰り際の瀧川は考え込むような表情を見せていた。

瀧川に対しての鹿倉や日埜原の評価は高いが、今村にとっては赤子の手をひねるようなものだった。

「捜査に加わるなら二日後にここへ来いと言いました。あいつは来ますよ、必ず」

「来なかった場合は？」

「すでに白瀬《しらせ》らは今回の作業に加わることが決まっています。瀧川一人が抜けても足りるでしょう」

「甘いな」

鹿倉は静かに今村を見据えた。

「甘いとは？」

今村は片眉を上げた。

「確かに君の言う通り、瀧川が入らなくても事足りるだろう。だが、重要なのはそこではない。もし、瀧川が来なかった場合、君の工作が失敗したということだ。それをよしとするのはいかがなものか。現場での工作はわずかなミスも命取りになる。九割方の確信も絶対ではない。わずかな隙である一割をも埋めるのが我々の仕事ではないのか？」

鹿倉が語る。

公安部員としては正論だ。今村は返せなかった。

「今晩、もう一押ししておけ」

「今は考えさせる方がいいと思いますが」

「手は考えてある」

鹿倉はうっすらと笑み、自分の考えを今村に伝えた。

瀧川はミスター珍の店じまいを手伝った後、隅の席で一人、ザーサイをつまみにビールを飲んでいた。

午後十時を回った頃、綾子が帰ってきた。店のドアが開く。

「おかえり。遅かったな」

「今日は雑誌の入れ替え。大変だけど、社員登用試験の前だから、がんばらなくちゃ。達也君こそめずらしいね、こんな時間に一人で飲んでるなんて」

「たまには飲みたい時もある。メシは？」

「まだ」

「大将が唐揚げ定食を作り置きしておいてくれているけど、食べるか？」

「食べる！　昼ごはんを食べたきりだから、もうおなかペコペコ」

「座ってろ」

瀧川は立ち上がって、自分の前の席を目で指した。厨房に入って、ラップをかけた唐揚げの皿をレンジに入れ、あたためボタンを押す。

「ビール飲むか？」

「飲みたーい」

綾子はカバンを置いて座ると、両腕をテーブルに投げ出し、ぐったりと顔を伏せた。

冷蔵庫から冷えた瓶ビールを出し、栓を抜いて、コップと共に運ぶ。綾子の顔の横にコップを置き、ビールを注いだ。

「ほら、冷たいのが入ったぞ」

「ありがとう」

綾子は体を起こし、ビールを一気に喉に流し込んだ。

「んー、おいしい」

目を閉じ、ほうっと息をつく。

瀧川はビールで喉を潤し、至福顔の綾子を見て、白い歯を覗かせた。

温め終えた唐揚げとごはんとスープを盆に載せ、テーブルに戻る。

「どうぞ」

「おいしそう。いただきます」

綾子は割り箸を割り、さっそく唐揚げを口に入れた。熱いにもかかわらず、綾子の箸は止まらない。

「すごい食いっぷりだな。太るぞ」

「食べなきゃもたないからいいの」

綾子は次々とごはんやおかずを口に運んだ。

瀧川は綾子を微笑ましく見つめ、ザーサイをつまみ、ビールの入ったコップを傾けた。

「仕事、きつくないか？」

「きついよ。でも、楽しい」

「体は大丈夫か？」

「うん。毎日、ここの中華を食べてるからかな。なんだか体が強くなった気がする」

「おばちゃんみたいになるのか？」

「なってみたい気もする」

綾子は笑った。

再会した頃は蒼白く痩せていた綾子も、ミスター珍の上に住むようになって、顔色が良くなった。体も心なしかふっくらしたような気もする。

そもそもが細かったので、少し太って血色が良くなるなら、その方がいい。

体調が良いのは、仕事のせいもありそうだ。書店員の仕事は長時間できついことも多く、時々疲れた表情は見せるが、心労がある様子はなかった。充実しているようだ。

綾子は出された定食を男子学生並の勢いで平らげた。

「すごいなあ」

瀧川は目を丸くした。

「おかわりは?」

「もう、おなかいっぱい」

綾子は満足げにビールを含んだ。

「遙香は?」

「もう寝たよ」

「いつもごめんね。遙香の面倒をみてもらって」

「気にするな。俺は休日みたいなものだからな」

「まだ、辞令は下りないの?」

「ああ」

瀧川はビールを少し口に含んだ。

綾子には警備会社を辞め、警察に復職したと話した。部署が決まるまでは自宅待機であるとも伝えている。

しかし、綾子に話をしてから、もう四ヶ月以上が経つ。さすがに綾子もおかしいとは感じているようだが、深く訊いてくることはない。

「いっそのこと、このままミスター珍の店員になっちゃう？」

「俺は警察官だって」

瀧川は苦笑した。

「警察官として働く達也君もいいけど、ここの店員になって、遙香の面倒をみてくれているの、正直助かるんだよね。正社員になれば、もっと遅くなることもあるだろうし。達也君がいてくれると、安心して働けるんだけどな」

綾子が言う。

半分は瀧川に気をつかってくれているのだろう。が、もう半分は本音のように聞こえる。

瀧川の心が揺れる。

あと二年、我慢すれば、少年課へ行ける。舟田の言う通り、二年間任務を拒否し続ければ、危険な目に遭うこともなく平穏に過ごせて、希望の部署へ異動できる。

綾子もこれから大変だ。遙香も思春期に入り、悩み事もいろいろと増えるだろう。二人のために、そばにいてやりたい。

今村から聞かされた話は気になる。藪野の置かれている状況も気がかりだ。

しかし、大事にすべきものはすぐ傍にあるような気もする。

どうすべきか……。

ビールを飲み、綾子と談笑しながらも思案に暮れる。

と、ポケットに入れたスマートフォンが鳴った。取り出し、ディスプレイを見る。

笑顔が消えた。

今村からだ。

「ちょっとごめん」

瀧川は店の外に出た。少し離れたビルの陰に入り、電話をつなぐ。

「もしもし、瀧川です」

——すまんな、夜遅くに。

「いえ。なんですか?」

——藪野さん、昼間は無事だと伝えたんだが。

「何かあったんですか?」

——本当に行方不明になっちまった。

今村の言葉に、瀧川は息を呑んだ。

「本当ですか？」

――酔狂《すいきよう》や工作で口にできる言葉じゃねえ。俺は明日の朝一番の飛行機でバンコクへ飛び、状況を確認してくる。もし、今回の任務を請けるなら、部長のところへ直接行ってくれ。それと、白瀬も今回の案件に加わることになった。一応、伝えておく。じゃあな。

口早に用件だけを伝えると、一方的に電話を切った。

「藪野さんが……」

瀧川は通話の切れたスマートフォンを見つめた。

今村の工作かもしれない。だが、昼間の今村の言動からみて、まんざら嘘とも思えない。

舟田に相談したいが、今日から埼玉県警に出向している。夜半に電話するのも迷惑だろう。

瀧川はポケットにスマホをしまい、店に戻った。

「何かあった？」

瀧川の顔を見て、綾子はすぐさま訊《たず》ねた。

「いや、たいした話じゃない」

とっさに笑顔を作る。しかし、自分でもわかるほど不自然に、頬が強張った。

綾子の前に戻り、座って、残っていたビールを飲み干し、空いたコップにビールを足す。

綾子が心配そうに見つめる。

「達也君、何か心配事があるなら、いつでも話して」

「ありがとう。大丈夫だから」

再度笑顔を作り、ビールを飲む。コップを置いて息をつき、綾子を見つめた。

「一つ訊いていいか？」

「どうぞ」

「もしまた俺が、長い間、綾子たちの前から消えなきゃいけないとなったら、どんな気分だ？」

「いい気分はしない」

「だな……」

「でも」

綾子はまっすぐ瀧川を見つめ返した。

「帰ってくるまで待ってるよ、ここで」

「帰らないかもしれないぞ」

「達也君は帰ってくる」

「なぜ、そう思う？」

「ここは達也君の家で、待っている人がいる。そこに帰ってこないような人じゃないでしょう？」

「そうだな」

瀧川は微笑んだ。

まだ、正式な家族になったわけではない。しかし、一緒に暮らし、密な時間を過ごした
胸が熱くなった。

ことで、少しだけ家族になってきているのかもしれない。

「仕事で家を空けるのは仕方ないこと。でも、帰ってきてくれれば問題ないよ」

「わかった。もし、長期の仕事が入っても――」

「もしじゃない。もう、決まったんでしょう、次の仕事」

「……ああ」

「いつから？」

「明後日《あさって》には行かなきゃならない」

「わかった」

「遙香ちゃんには、明日、俺から話しておくよ」

「うん、そうして。で、必ず帰ってきて」

綾子はコップを持ち上げた。

「必ず帰ってくる。家族の元に」

瀧川は綾子を見つめ、コップを重ねた。

二日後、瀧川は簡単な着替えをスポーツバッグに詰め込み、ミスター珍を出て、警視庁本庁舎へ赴いた。

第二章　潜入

1

瀧川が警視庁本庁舎一階の総務受付に声をかけると、すぐさま公安部のフロアに案内された。

久しぶりに公安部オフィスに入る。ドア口からオフィスを見渡す。今村の姿はない。

「よう」

いきなり声をかけられ、後ろから肩を叩かれた。

びくっとして振り返る。

イタリアンスーツに身を包んだ長身の男が立ち、瀧川に笑顔を向けている。

「ご無沙汰」

男は被っていた中折れハットをつかみ、少し持ち上げた。

白瀬秀一郎《しゆういちろう》。瀧川と同年齢の作業班員だ。

警察学校での公安研修では同室の研修生を装い、瀧川を監視していた。

パグの事件では共に潜入することとなったが、藪野と二人で戦っていた頃は鹿倉に拘束、監禁され、何もできなかった。

すべてが終わった後、白瀬は助けに行けなかったことを瀧川に詫びたが、瀧川は鹿倉に辞表を叩きつけてまで自分を助けに来ようとしてくれた白瀬の気持ちに深く感謝していた。百パーセントではないが、白瀬は藪野と同じく、公安部内で信用できる数少ない人物だった。

白瀬は瀧川と共に中へ進むと、カウンターにいた女性警察官に声をかけた。

「お姉さん、今日もきれいだね」

濃い双眸で熱い視線を送る。

が、女性警官はにべもなく受け流した。

「白瀬さんと瀧川さんですね。第三応接室へどうぞ」

「つれないねえ」

白瀬は苦笑し、左手の応接室へ足を向けた。瀧川も女性警官に一礼し、左奥に進む。

「相変わらずですね、白瀬さん」

「軽いところがか？」

「ええ、まあ……」

「僕にはラテンの血が流れているからね」

「そうかもしれませんね」

「否定しないのか？」

「彫りの深い顔立ち、長身、立ち居振る舞い。ラテン系の血が流れていてもおかしくはないですから」

「言ってくれるね」

白瀬がにやりとする。瀧川は笑みを返した。

二人して、第三応接室のドア前に立った。白瀬がノックをする。返答はない。

白瀬がドアを開けた。中を覗く。

「誰もいないな。中で待っていようか」

「そうですね」

瀧川は白瀬に続いて部屋へ入った。

二人掛けソファーの奥に白瀬が、手前のドア側に瀧川が座った。

「瀧川君。藪野さんの話は聞いたか？」

白瀬が訊ねた。

「はい。行方不明になったと。白瀬さんも聞いたんですか？」

「ああ。今村さんから電話があってな。自分は現地に飛ぶので、任務については、直接、部長から聞いてくれとのことだった」

「俺もそう聞かされました」

「瀧川君にも同じ話をしているということは、本当のことなのだろうか……」

白瀬の顔つきが険しくなる。

ドアが開いた。鹿倉が姿を現わした。

白瀬が帽子を脱いで立ち上がる。瀧川も立ち上がり、一礼した。

「ご苦労」

鹿倉は一声かけ、瀧川たちの向かいに座った。瀧川と白瀬も腰を下ろす。

「部長、藪野さんが消息を絶ったというのは本当ですか？」

白瀬が訊いた。

「本当だ。今、今村に状況を確認させているところだ」

神妙な面持ちで答える。

「藪野さんは宝石店に潜入していたと聞きましたが」

瀧川が言った。

鹿倉が頷く。

「二人とも、今村から聞いていると思うが、今回の対象は、宝石店〈ピジョン〉を経営する宝飾デザイナー芳澤完と明神大地学科の教授大嘉根盛仁《もりひと》だ。彼らは全革労と深い繋がりがある」

「彼らがテロを画策していると？」

白瀬が訊く。

鹿倉は白瀬に顔を向けた。

「まだ確定したわけではないが、兆候はある」

「どこまでつかんでいるんですか、公安部は」

瀧川が訊く。

「武器の密輸状況や資金調達方法は、君たちが今村から聞いた通りだ。さらに、別班からの報告で、全革労が割れたという報告も入っている」

「割れた？」

「全革労の元議長、大嘉根盛仁は、過去にも過激な左翼運動に参画していたと取り沙汰されている人物だ。全革労の中には、大嘉根の信奉者も多い。しかし、大嘉根は全革労を脱退した。新しく集団を組織している確証はつかめていないが、芳澤の動きをみる限りでは、新たな集団が組織化されつつあると判断してもよかろう」

「芳澤がピジョン・ブラッドを手に入れたとも聞いたんですが」

白瀬が言う。

「その宝石を知っているか？」

「ええ。ルビーでも最高級のものです。セレブが欲しがる逸品ですね」

白瀬が答えた。

「その通り。藪野の報告では、芳澤は三ヶ月ほど前からピジョン・ブラッドに的《まと》を絞って、産地に出向き、探すようになったそうだ」

「つまり、ここ三ヶ月で事態が進展している可能性があるということですね」

瀧川の問いに、鹿倉が頷く。

「早急に全容を把握する必要がある。そこで君たちに来てもらった」

「わかりました。で、僕たちは何を？」

白瀬が訊いた。

「白瀬君は宝石に詳しいようだから、バイヤーに扮して、ピジョンの芳澤に接触してほしい。餌はこちらで用意する」

「餌とは？」

「ピジョン・ブラッドだ」

「それはもう、手に入れたのでは？」

「一つでは、よほどの物でない限り、数千万円がいいところだ。彼らが何か大きな計画を遂行しようとしているなら、もっと資金を必要とする。上物のピジョン・ブラッドを提示すれば、食いついてくるだろう」

「品はあるんですか？」

「ミャンマー政府と交渉して市場に出回らない上物を用意する。それまで、宝石の知識を磨いておけ」

「了解」

白瀬は頷いた。

鹿倉が瀧川に目を向ける。

「君には、明神大に潜入してもらいたい」

「大学生になれと?」

瀧川が目を丸くする。

「聴講生でいい。宝石に関心があり、鉱物の勉強をしたいという理由で大嘉根に近づけ。革命思想をちらつかせれば、大嘉根の目に留まるだろう。そこから大嘉根が率いているかもしれない組織や関係者の端緒をつかんできてくれ。二人の潜入名とプロフィール、アジトは用意している。ここを出たら、カウンターの事務方から各々《おのおの》の資料を受け取って、さっそく潜入準備を整えろ。期間は一週間。時間がないから、ぬかりなく。質問は?」

鹿倉が二人を交互に見やった。

「部長。俺の公安部在籍の件ですが」

瀧川が口を開いた。

「わかっている。今は、捜査に専念しろ」

「本当ですね？」

「嘘は言わん。ただ、口外無用。その件は君個人の問題だからな」

「わかりました」

「では、よろしく」

鹿倉が言う。

瀧川と白瀬は立ち上がり、一礼して部屋を出た。

ドアが閉まる。

白瀬が顔を寄せた。

「瀧川君、在籍の件とは？」

小声で訊く。

「すみません。極秘事項なので」

「真面目だな。少しぐらい教えてくれてもいいだろう」

「いずれ、わかります」

瀧川は言い、先にカウンターへ向かった。事務方の女性警官に声をかける。

「瀧川さんですね。こちらです」

黒いキャリングケースを渡された。

「その中に資料が入っています。アジトの住所と鍵はこれです」

そう言い、女性警官は汎用《はんよう》のシリンダー錠と住所を記した紙をカウンターに置いた。

「僕のは？」

白瀬がカウンターに肘《ひじ》をかける。

「瀧川さんが出てからです」

「一緒に出るからいいよ」

「いえ、そう命じられていますので」

「堅いなあ。そういう四角四面な感じも悪くないけどね」

軽口を叩くが、女性警官は眉一つ動かさない。

白瀬は双肩《そうけん》を上げ、顔を横に振った。

「ということだ、瀧川君。また、いずれ現場で会うことになると思うが、それまでお互いがんばろう」

白瀬が右手を出した。

「そうですね。がんばって早く終わらせましょう」

瀧川は白瀬と固く握手して、公安部のオフィスを出た。

瀧川に与えられたアジトは、世田谷区松原《せたがやくまつばら》のワンルームマンションだった。

最寄りの駅は京王線《けいおうせん》・井《い》の頭線《かしらせん》の明大前駅《めいだいまええき》で、学生も多い街だ。明神大学も近くにある。

十畳一間の室内には、シングルのローベッドと座卓があった。座卓にはノートパソコンが置かれている。

台所には調理器具があり、小さな冷蔵庫もある。

いかにも独り暮らしの若者の部屋といった風情《ふぜい》だ。

カラーボックスには鉱物や宝石関係の本が並んでいた。

瀧川はキャリングケースを開け、茶封筒に入った資料を取り出した。

履歴書が出てきた。

安藤晶《あんどうあきら》という名前が書かれていた。三十二歳で、前職は建設会社の営業マン。過去に宝石に興味を持ったことがあり、仕事の関係で採石場を回った時、その頃の思いが再燃し、脱サラして宝石の勉強を一から始めようと思った、とある。

独身で、大分県《おおいたけん》に母がいる。大分は、大嘉根の出身地でもある。

「難しい役だな……」

瀧川は口角を下げた。

楽な潜入がないことは、前回経験してみてわかっている。

特に苦労するのが、指定された人物になりきることだ。

風体《ふうてい》はなんとかなる。それよりも専門知識の勉強が大変だった。

自分が取り立てて博識でないことはわかっている。が、ある程度、相手に疑念を抱かれない程度の知識は持っておかなければならない。

「さて、どこから手を付けるかな」

瀧川は資料を手に、用意されたローベッドに仰向けに寝転がった。

鹿倉は瀧川と白瀬が出てからも、第三応接室にいた。

ドアがノックされ、開く。

顔を出したのは、今村だった。

ドアを閉め、鹿倉の前に座る。

「瀧川は来ましたか？」

「来た。資料を受け取り、アジトへ向かった」

「藪野が不明という情報が効きましたね。さすが、部長だ」

片笑みを浮かべる。

「感心している場合か。本来なら、君がそこまで念押ししておくべきことだ」

「恐縮です」

口にするが、たいして気にしている素振りもない。

鹿倉は小さくため息をついた。

「で、藪野からの連絡は？」

今村を見る。

「明日、帰国するそうです」

「そうか。現地で殺されたという男の情報は？」

「芳澤の下では〝岡本《おかもと》〟と名乗っていましたが、本名は三隅洋二《みすみようじ》。年齢は三十五。半年前まで全革労に所属していたことが判明しました」

「大嘉根の脱退と共に組織を出たというわけか？」

「そうみて、調べています」

「やはり、大嘉根は新組織を起ち上げようとしているようだな」

「俺もそこは間違いないと踏んでます。芳澤が現地で接触したバイヤーについても現在調査中です」

「急げ。大嘉根が新たな組織を形にする前に押さえるぞ」

「承知しました」

今村は小さく頷いた。

2

瀧川は古びたショルダーバッグにノートや本を詰め込み、松原のアジトを出た。

大嘉根の講義は十時五十分からだ。明神大学までは歩いて十分ほどなので、ちょうど二十分前には大学へ着く。

この一週間、瀧川はアジトに籠《こ》もり、鉱物や宝石の本を読み漁った。

建設関係で働いていたという経歴設定から、そのあたりの勉強もした。

しかし、一週間という短い期間で詰め込める知識には限りがある。相手は専門家だ。にわか仕込みでは、懐に入る前に警戒される可能性が高い。

そこで、瀧川は鹿倉に連絡を入れ、作戦を変えた。

瀧川演じる〝安藤晶〟は、仕事で採石場を回った時、採石で山が削られていく様を見て衝撃を受ける。

それ以降、自然を破壊する採石という行為に嫌悪感を抱き、その最たるものとして、宝石の採掘を忌《い》み嫌った。

大嘉根の授業を聴講しようと決めたのは、鉱物や地層のことをもっと詳しく知り、自然を破壊してまで利益を求める連中をやり込めるため。

環境運動家として、大嘉根に近づくよう作戦を変更してみた。

鹿倉は了承した。

瀧川は環境運動家の顔を作り、聴講生として明神大学へ向かった。

正門を潜り、キャンパスへ入る。若い子だらけだろうと思っていたが、そこかしこに年配者の顔もある。

この頃は、大学も経営が苦しい。そこで、社会人を相手にした生涯学習制度を設ける大学も増えてきた。

広々としたキャンパスを校舎に向かってゆっくりと歩く。

目に様々な学生の姿が飛び込んでくる。希望に溢《あふ》れ、輝いている学生たちがうらやましい。

瀧川は家庭の事情もあり、進学できなかった。

もし、大学へ行けたなら、少しは違う人生を歩めたのかもしれないと思ったこともある。

聴講生とはいえ、今、大学という場所へ入れたことは、失った時を取り戻すようで悪くなかった。

ただ、目的が目的なので、手放しに喜べはしない。

窓口で手続きを済ませ、第二校舎一階の教室に入る。半円形のすり鉢状の教室だった。

そのまま教室へ入ろうとしたが、ふと立ち止まった。

同じ教室へ入ろうとする生徒たちがカードをドア横のリーダーにかざしていた。

ドアは開いている。

何をしているのか、不思議そうに見ていると、ショートカットの背の高い女性が声をかけてきた。

「どうかしましたか？」

涼しげな瞳で微笑みかけてくる。

「いや、何をしているのかなと思って……」

そう言い、リーダーを指差す。

「ああ、学生証をかざしているんです。これが出席確認になりますから。退出の際もかざさないと、代返扱いになりますよ。聴講生の方ですか？」

「はい」

「聴講生の方も、同じ方法で出欠確認していますから、忘れずにかざしてくださいね」

女性はそう言うと、先に教室へ入った。

瀧川は聴講生に与えられたＩＣチップ入りの学生証をリーダーにかざし、中へ入った。十数人程度の生徒が真ん中から後ろの方に点々と座っていた。先ほどの女性は教室中央のやや前の席にいる。

瀧川は階段を下り、教えてくれた女性に会釈をして、教壇の真ん前の席に腰を下ろした。

生徒たちが見慣れない瀧川に訝《いぶか》しげな目を向ける。

瀧川は気にせず、ノートと筆記用具を出し、授業の用意をした。

まもなくチャイムが鳴り、ドアが閉じられた。脇のドアから、白髪まじりの口髭《くちひげ》豊かな初老の紳士が入ってきた。

大嘉根盛仁教授だ。

大嘉根は、手に抱えた書籍とノートをテーブルに置き、顔を上げた。

すぐさま、瀧川を認める。

「君は初めてですね」

「はい。今日から聴講生として、先生の講義を受講させていただく安藤です」

「途中からになりますが、ついてこられますか？」

「わからなくても、聞かせていただくことが大事だと思っていますので」

「そうですか。がんばってください」

大嘉根は笑みを作り、マイクのスイッチを入れ、本を開いた。

「では、今日はダイナミクスにおける地球物質の塑性《そせい》変形の概要について講義したいと思いますす」

大嘉根はそう切り出し、講義を始めた。

九十分の講義が終わった。

瀧川はぐったりした。

大嘉根の話していることは、さっぱりわからなかった。

これは、骨が折れそうだな……。

瀧川はノートと筆記用具をしまい、立ち上がってカバンを肩にかけ、階段を上った。

うつむいたまま、教室を出る。そのまま玄関へ向かっていると、後ろから声がかかった。

「すみません！　退出時のカード」

ショートカットの女性がリーダーを指差した。

「ああ、いけない」

瀧川は小走りで戻り、学生証をかざした。

「ありがとうございます」

「いえ。あの、この後、お急ぎですか？」

「いや、特に急ぎの用はないですけど」

「ちょうどお昼時なので、学食でごはんどうです？」

「はい。でも、いいんですか？」

「私は大丈夫です。あ、申し遅れました。小柳恵里菜《こやなぎえりな》です」

恵里菜は右手を出した。

「安藤晶です」

瀧川も右手を出し、握手をした。

恵里菜に促され、食堂に向かう。

校舎の一角にあるものだと思っていたら、独立した建物が食堂だった。

「ここで食券を買って、各階に行くんです。ここのチキンカレーはおすすめですよ。天気もいいから、三階の屋外テラスで食べませんか？」

「いいですね。そうしましょう」

瀧川は言い、チキンカレーとアイスコーヒーの食券を買った。

恵里菜が同じ物を買い、三階へ案内する。

カウンターで食券を渡し、カレーとアイスコーヒーを受け取って、テラスに出る。若い学生がひしめいていた。

恵里菜が空いている席を見つけ、先に取り、瀧川を呼ぶ。瀧川は少し照れくさそうに恵里菜が待つ席まで行き、腰を下ろした。

「いただきます」

手を合わせ、スプーンを取って、チキンカレーを口に運ぶ。

少しピリ辛で、口の中で煮込んだチキンがほろほろっと崩れ、肉の旨味《うまみ》が広がる。

「んー、これはうまい！　これとアイスコーヒーで五百円とは、驚きですね」

「お金のない私たちには助かります」

恵里菜は微笑み、自分もカレーを食べた。

「大嘉根先生の講義、わかりました？」

「いや、それがさっぱりで……」

自嘲《じちょう》する。

「以前、地学の勉強はされていたんですか？」

「いやいや、まったく。大学も行っていないですから」

「そうだったんですか。なら、今日の講義は難しかったかも」

「何を話していたんですか?」

瀧川は訊いた。

「地球物質の塑性変形。つまり、マグマの流動性のことです。厳密にはマグマのことだけを指しているわけではないんですけど、今日は概要だったので、流体であるマグマが地球の鉱物にどういう影響をもたらしているかという話をしていたんです」

「なるほど。うーん、なるほどなあ……」

首をひねり、難しい顔をしてカレーを食べる。

「そんな顔で食べてたら、おいしいものもまずくなっちゃいますよ」

恵里菜が笑う。

きれいな女性だった。黙っていると少々近づきがたい大人顔の美形だが、笑うと黒目が濃くなり、優しい表情を作る。

「まあ、少しずつ勉強します」

瀧川は笑みを返し、カレーを食べきった。

ブラックのアイスコーヒーを含む。ひと息つくと、聴講からの緊張が解《ほぐ》れた。

「安藤さん、なぜ聴講生になったんですか?」

恵里菜が訊く。

「ある運動をしていまして、その参考になればと」

「ある運動って？」

恵里菜が踏み込んで訊いてくる。

瀧川は恵里菜を直視し、口を噤《つぐ》んだ。つい、目つきが鋭くなる。

「あ、すみません。初対面なのに、ずけずけと訊いちゃって……」

恵里菜は苦笑し、うつむいた。

「あ、いや、いいんですよ」

瀧川が笑みを作る。

「私、気になる人に会うと、ついいろいろ訊きたくなっちゃうんです。空気読めない典型ですね」

「いや、うれしいですよ。右も左もわからないところで良くしてもらって。私の方こそ失礼しました。あまり初対面の人と話すことになれていないんで、つい警戒してしまいました」

瀧川はそう言い、話を続けた。

「実は、つい最近まで建設資材関係の会社で営業マンをしていたんです。でも、そこで採石現場を見て、衝撃を受けてしまいましてね」

「ええ。豊かとまでは言えないが、緑をまとった山が一気に禿《は》げ山になるんです。ダイナマイトとショベルカーでね。山もどんどん小さくなって、元の形もわからなくなる。それが哀しくて。特に、貴重な石が採れる場所では、よりよい石を採ろうと無駄とも思える勢いで山を崩してしまいます。そうすると何が起こるか、わかりますか？」

「衝撃ですか？」

瀧川が訊いた。

「山に治水力がなくなり、洪水が起きますね。削られた隙間から雨水が入って溜まれば、土石流や山の崩壊を引き起こします」

「さすが、地学を専攻されている学生さんです。そうです。利益のために山を削ったせいで、流域に住む人々の生活が脅《おびや》かされている。それだけじゃありません。生態系にも変化を与え、獣害が増える。ひいては山で暮らしてきた人々の生きる場所さえも奪うことになる。外国では宝石を採取するために水銀を使うせいで、その鉱山で働いている人々だけでなく、気化した水銀を吸った流域都市の人々にまで深刻な健康被害を及ぼしている。私はそれが許せなくなったんです。なので、環境運動に従事したいと思い、会社を辞め、地学、鉱物学の勉強を始めたんです」

瀧川は〝安藤〟になりきって、熱く語った。

恵里菜に通じない程度の〝出来〟であれば、到底、大嘉根は落とせない。

「ああ、すみません。つい、語ってしまいました。いや、お恥ずかしい」

瀧川は照れて見せた。

「素晴らしいです」

「え？」

「本当にその通りなんですよね。私、宝石関係の仕事に就きたくて、鉱物学を専攻したんですけど。先生の研究旅行に同行した時、採掘場の悲惨な状況を見て考えさせられました。安藤さん、またお話しさせてもらってもいいですか？」

「ええ、もちろん」

瀧川は笑顔で頷いた。

恵里菜の真意がはっきりしないが、とりあえずは、大嘉根に近づく足がかりの一つにはなりそうだ、と瀧川は感じた。

3

白瀬は、銀座《ぎんざ》にある〈ピジョン〉本店の玄関先にいた。芳澤完が経営する宝石店だ。

通りに面した壁はガラス張りで、ショーウインドウには創作アクセサリーがディスプレイされている。

白瀬は自分の姿をガラスに映した。

薄いベージュのスーツの下に焦げ茶色の開襟《かいきん》シャツを着て、サングラスをかけ、少々胡《う》散《さん》臭い体裁《ていさい》に仕上がっている。

手にはアタッシェケースを持っていた。

「うん、よし」

白瀬は頷き、玄関を潜った。

広いフロアにガラスのショーケースがぽつりぽつりと配置されている。フォーマルスーツを着た男性店員が、白瀬を認め、近づいてきた。

「いらっしゃいませ」

笑顔で頭を下げる。

「今日はどのようなものをお探しですか？」

店員は笑顔を崩さない。

が、あきらかに、怪しい風体の白瀬を警戒していた。

「ああ、買い物に来たわけじゃないんですよ。私、こういう者です」

白瀬が上着の内側に手を入れる。店員の笑顔が多少凍りつく。

白瀬は名刺入れを出した。一枚、名刺を出して、店員に渡す。

「私、青山《あおやま》と言います。宝石商をやってましてね」

にやりとする。

店員は名刺を見た。宝石商、青山邦和《くにかず》と記されている。

「ピジョンさんは、いろんな石を探してらっしゃると小耳に挟みましたもので、私が持っている石を見ていただけないかと思いましてね」

白瀬はケースを持ち上げ、側面をポンポンと叩いた。

「申し訳ございません。当店では、面識のない方とは取引しないことになっていまして」

「あれあれ、いいのかな？　高峰《たかみね》くん」

白瀬は店員の名札を見て名前を呼び、近づいた。耳元に口を寄せる。

「極上のピジョン・ブラッドがあるんですがね」

小声で伝える。

高峰の目つきが一瞬鋭くなった。しかしすぐ、笑みを作り直した。

「申し訳ございません。当店の方針ですので」

「そうですか。まあでも、これで面識はできたわけですから、もし、興味がおありでしたら、そちらの携帯番号に電話をください」

白瀬は名刺を指さし、「では」と挨拶《あいさつ》をして店を出た。

一分にも満たない訪問だったが、それでいい。

白瀬は〝青山邦和〟というフリーの宝石バイヤーを名乗っていた。

フリーというと聞こえはいいが、いわゆる〝もぐり〟だ。

青山は地方の宝石店や名士を訪ね歩き、お宝を安く手に入れる仲介屋という設定だった。

一昔前なら、こうした人物を相手にするのは故買商《こばいしょう》くらいだった。

しかし、現在は様相が変わっていた。

日本では、バブル期に大量の宝飾品が出回った。

当時、取引されていた宝石や貴金属は質が良い。本来なら家宝となってもおかしくない品だ。

が、このところの不景気で市場に出回るようになった。

それを求めて買い付けに来る、中東やアジアの目利《めき》きバイヤーが日本に頻繁に訪れるほどだ。

日本はひそかに宝飾品大国となっていた。

そうした現況なので、青山のようなフリーのバイヤーがピジョン・ブラッドを持ち歩いていても不自然ではない。

白瀬は、青山に扮して、どのようにピジョン、及び芳澤完に近づくかを思案した。

じっくり取引実績を作って、段階を踏んで芳澤にたどり着く手もあった。

しかし、今回は時間がない。

ならば、初めからピジョン・ブラッドを前面に出し、芳澤を食いつかせる方が手っ取り早い。

リスクも大きいが、うまくいけば、一足飛《いっそくと》びに芳澤へたどり着く。

「さて、あと二、三軒、回ってくるか」

白瀬は昭和通《しょうわどお》り沿いの歩道を歩き出した。


瀧川は、今日も聴講生として、大嘉根の講義に出席した後、食堂三階のオープンスペースでカレーを食べていた。

「ご一緒してもいいですか？」

恵里菜が声をかけてきた。

「どうぞ」

笑顔を向ける。

恵里菜は瀧川の向かいに座った。

聴講生の安藤として通い始めて、三日が経った。

恵里菜は、初日に昼食を共にして以降、瀧川の顔を見つけると教室や食堂で隣の席へ座るようになった。

恵里菜はアイスコーヒーだけを手にしていた。

「昼ごはんは食べないんですか？」

瀧川が訊く。

「朝昼兼用で食べましたから。安藤さんは相変わらずカレーですね」

「ええ。小柳さんに教えてもらって以来、ちょっと病《や》みつきになってしまいました」

そう言い、笑みを向ける。

恵里菜も笑みを返し、ストローを唇で咥《くわ》えた。

「今日の講義はどうでした？」

恵里菜が訊く。

「いやあ……今日もさっぱりでした」

「何がわかりませんでした？」

「何がわからないかが、わかりません」

瀧川は自嘲の笑みをこぼした。

恵里菜も微笑む。

「どうしても、学術用語についていけなくて」

「あー。今日の講義だと、相転移《そうてんい》という言葉がわからないといった感じですか？」

「そんな感じです」

「そうですね。どうしても、専門用語や学術用語が出てくると、それだけで難しく感じますものね。でも、今日の講義も話の中身は簡単なんですよ」

「そうなんですか？」

すから」

「ええ。今日の話は、言ってしまえば、炭素がダイヤモンドに変化するというような話で

「そんな話だったんですか!」

瀧川は大仰《おおぎょう》に驚いてみせた。

「はい。氷が水になったりするのも相転移です」

「そんな話をしていたんですか。はあ……ついていけるのかなあ、この先……」

顔を小さく横に振って、ため息をつく。

「わからなくても、講義を聞いているだけで勉強になりますよ」

恵里菜は笑顔で言った。アイスコーヒーを含んで一つ息をつき、改めて、瀧川の顔を見る。

「安藤さん、訊いてもいいですか?」

「何です?」

「環境運動をしていると、こないだ話してましたけど。何という団体なんですか?」

「あ、いや。団体には属していなくて。環境運動もしているわけではなく、しようと準備しているところなんです」

「ではまだ、何か具体的な運動をしているわけじゃないんですか?」

「はい。お恥ずかしい限りですが」

瀧川は頭を掻《か》いた。

「よければ、私たちのサークルに入りませんか？」

「サークル、ですか？」

「大嘉根先生が主宰されている〈グリーンベルト〉という環境保護運動のサークルです」

「しかし、私は聴講生なので……」

「ああ、大丈夫ですよ。社会人の方も参加しているサークルですから」

「そんなサークルがあるんですか？」

「ええ。ですから、安藤さんもよろしければ」

恵里菜は積極的に誘いかけてきた。

瀧川は逡巡《しゅんじゅん》した。

〝安藤〟としては、飛びつきたくなる話かもしれない。しかし、展開が早すぎる。ひょっとして、早くも正体を疑われているのかもしれない、という疑心もよぎる。

「ありがとうございます。ちょっと三日ぐらい仕事が忙しくて聴講できなくなるので、落ち着いてから改めてお話を聞かせてもらってもいいですか？」

「はい、いつでも。安藤さんのご都合がよろしい時に」

恵里菜は微笑んだ。

瀧川は笑みを返しつつ、すぐさま、小柳恵里菜の背景を探る必要があると感じた。

午後二時過ぎ、バンコクからの航空機が羽田《はねだ》空港に到着した。

芳澤完が到着ロビーに降り立った。現地で車を運転していた池谷《いけたに》と藪野扮する北上が後に続く。

三人は三階の駐車場に上がった。共にEスペースへ足を向ける。一足先に池谷が走り、黒いワンボックスのドアを開け、運転席に乗り込んだ。

藪野は後部のスライドドアを開けた。芳澤が乗り込む。

ドアを閉めた藪野はハッチバックを開けて荷物を置き、助手席へ回った。

藪野が乗り込み、ドアを閉めると、池谷が車を走らせ始めた。

藪野は、肩越しに後部座席を見やった。

「芳澤さん。下谷はどうします？」

芳澤に訊く。

藪野たちは、バンコクでピジョン・ブラッドを手に入れた後、すぐさま出国する予定だった。

しかし、下谷の息のかかった現地のマフィアに狙われ、一時、三人で姿を隠した。

そして、わずかな隙を突き、命からがら出国した。

「その件はすでに、大嘉根先生に報告してある。早晩、粛清されるだろう」

芳澤はさらりと答えた。

「それより、高峰から連絡のあったピジョン・ブラッドが気になるな。北上、池谷、どう思う?」

芳澤が前部座席の二人に訊いてきた。

「俺は無視してもいいと思いますよ。すでにピジョン・ブラッドは手に入れているわけですし、身元がはっきりしない者から仕入れる必要もないでしょう」

池谷が言う。

「北上は?」

藪野に訊いた。

藪野は腕組みをし、熟考するふりをした。やや間をおいて、口を開く。

「俺も、池谷の意見には賛成です。が、一応、物を確かめてみるのもいいんじゃないですか? もし、本物であれば、手に入れておいても損はないかと」

「しかし、青山という男が当局関係者だったらどうするんだ?」

池谷が藪野を一瞥《いちべつ》する。

「その時は粛清《しゆくせい》すればいい。そうですよね、芳澤さん」

藪野はバックミラー越しに後部座席を見た。

「……そうだな」

芳澤は上着の内ポケットからスマートフォンを取り出した。番号を表示し、タップする。

「……僕だ。青山という男に品を見せてほしいと連絡を入れろ。店でいい。今晩だ」

芳澤は用件を伝え、電話を切った。

藪野は芳澤の会話を耳にし、車窓の先に視線を投げた。


バンコク郊外にあるシーナコンクエンカン公園を取り巻くように湾曲しているチャオプラヤ川の船着場に、人だかりができていた。

自然豊かで風光明媚《ふうこうめいび》な場所だが、人々はみな、美景には目も向けず、桟橋《さんばし》の支柱あたりの水面を覗き込んでいた。

男がうつぶせに浮いていた。

全裸で、背中の至るところに打撲痕《こん》がある。

船が桟橋に近づいてきた。川面《かわも》が波立つ。

男の体が揺らいで傾き、仰向けになった。

顔面を腫《は》らして息絶えていたのは、下谷だった。

4

日中、ピジョン本店に寄って、銀座界隈《かいわい》の他の宝石店を回っていると、高峰から白瀬に連絡があった。

午後八時、閉店後のピジョン銀座本店に来てほしいとのこと。もちろん、ピジョン・ブラッドは持参だ。

あまりに食いつきが早いので、多少の警戒心を抱いたが、先方からの申し出を断る手はない。

白瀬はいったん赤坂のアジトに戻り、鹿倉に連絡を入れ、別の作業班員が持ってきた鹿倉が用意したピジョン・ブラッドを受け取り、午後七時過ぎにアジトを出た。

ピジョン・ブラッドは小さなアルミ製のアタッシェケースに入れている。10カラットの上物だ。

藪野からの報告で、芳澤がバンコクで手に入れたピジョン・ブラッドは、8カラットと聞いている。

モゴック産のピジョン・ブラッドで上質の物は、1カラットあたり四、五百万円の値がつく。芳澤が手に入れた物は、加工にもよるが、おそらくは四千万円前後で取引されるだろう。

単純計算では、鹿倉が用意した物は五千万円程度の値段となる。

が、実際、白瀬が手にしているモゴック産のピジョン・ブラッドは五億円を下らない加工済みのネックレスだ。

チェーンにプラチナを使い、大粒のダイヤモンドでトップ周りが飾られていることもあるが、その中でもトップに輝くルビーが存在感を主張する極上品だった。

中は二重になっていた。開いてすぐ現われるのは、タイ産のルビーだ。ピジョン・ブラッドよりは若干黒みがかった色をしていて、ビーフ・ブラッドとも呼ばれる。

それでも上物は1カラット十万円を超えるが、ピジョン・ブラッドには及ばない。

芳澤がどれほどの目利きなのか確かめるため、加えて、白瀬扮する青山が本物の取引業者だと見せかけるために用意した物だった。

銀座に降り立ち、少し、銀座本店の周りの様子を探る。

店の玄関は、パイプ製のグリルシャッターで閉じられていた。店内にはうっすらとした明かりが灯《とも》り、ショーウインドウに飾られたディスプレイが通りの風景を演出していた。

店の周りや店内に怪しい影はない。

シャッターの脇に通用口がある。銀色の扉で監視カメラと感熱センサーがショーウインドウと通用口の扉前を警護している。

白瀬は腕時計に目を落とした。午後八時十分前。ゆっくりと通用口に近づいていく。

支柱の端にテンキーとインターホンがあった。

インターホンを押す。

——どちらさまでしょうか？

男性の声が聞こえる。

「青山と申します」

——少々お待ちください。

男性が通話を切る。名前だけで用件が通じた。

やや間があって、内側から扉が開いた。見た目以上に分厚い扉だった。

顔を出したのは高峰だった。

「お待ちしておりました。どうぞ」

笑顔を向け、中へ促す。

白瀬は会釈し、扉を潜った。

狭い廊下が奥へと続いていた。その先にエレベーターホールがあった。そこも大人が三人も立てばいっぱいになるほど狭い。

「ずいぶん狭いですね」

白瀬が言う。

「これも防犯です。万が一、通用口から強盗が入ってきたとしても、ここで袋小路に陥《おちい》り、身動きが取れなくなります。もちろん、容姿もばっちり撮られます」

高峰が天井を指差した。

四方に小さな監視カメラが仕込まれている。

「不便じゃないですか？」

白瀬は天井を見回し、訊いた。

「普段は、店の方から中へ入れます。閉店後は、退店する従業員や本部社員、青山様のような取引業者しか出入りしませんから、特段支障はないですよ」

高峰が答えた。

エレベーターのドアが開き、二人が乗り込む。高峰は五階のボタンを押した。

箱が上昇し、停まる。ドアが開くとホールとなっていて、その先にガラスのドアがあった。

白瀬は降ろされ、ガラスドアの方へ案内された。

高峰がドアを開ける。間仕切りされた受付カウンターがあり、背後にピジョンのロゴが飾られている。

高峰の案内でオフィス内へ入る。オープンフロアで開放的な雰囲気の明るいオフィスだ。スーツを着た男女の社員が仕事をしていた。

右手奥へ進んでいく。木目調の壁が連なる通路に出た。そこから奥は左右にドアが並んでいる。商談室のようだ。

白瀬は最も奥の部屋に通された。

高峰がドアをノックした。

「高峰です。青山様をお連れしました」

「どうぞ」

中から声がした。

高峰がドアを開ける。広々とした応接室だった。毛足の長いベージュ基調の絨毯《じゅうたん》が敷かれている。中央に楕円形のテーブルとソファーが置かれていて、壁には絵画が飾られていた。

宝石店の応接室だが、宝石の類《たぐい》は置かれていない。

正面奥の一人掛けソファーに薄い髭をまとった細面《ほそおもて》の男がいた。白瀬はすぐに芳澤完だと認識した。

芳澤は一人だった。高峰以外、社員もいない。

「わざわざお呼び立てして申し訳ない。当社代表の芳澤完です」

芳澤は立ち上がり、開いていた青いスーツのボタンを閉じた。

白瀬は笑顔で歩み寄った。

「青山です。私の方こそ、お時間をいただき、光栄です」

右手を差し出し、握手をする。

「どうぞ、こちらへ」

芳澤は右斜めの二人掛けソファーを手で指した。

白瀬は浅く腰を下ろした。部屋を見回す。殺風景な部屋だったが、ところどころに監視カメラが仕込まれているのが見て取れた。

「飲み物は何にしますか？　夜なので、酒でも構いませんが」

「いえ、結構です。大事な物を持っていますので」

白瀬は脇に置いたアタッシェケースを軽く手で叩いた。

芳澤は少し笑みを覗かせた。

「わかりました。高峰君、君も下がってよろしい」

「失礼します」

高峰は深く腰を降り、部屋を出た。

二人きりになる。神経質そうな細い目が白瀬を見つめる。

白瀬は見つめ返した。一見、おとなしそうな青年に映るが、目の奥や体から漂う冷気のようなものが対峙《たいじ》する者を静かに圧迫する。

なるほど、こいつは厄介《やっかい》だな……。

笑顔を崩さず、胸の内で呟《つぶや》いた。

「では、お時間を取らせても申し訳ないので、品を見せていただけますか？」

芳澤が切り出した。

白瀬はテーブルにアタッシェケースを置いた。

蓋《ふた》を開いて上着の内ポケットから出した白手袋をはめ、オーバル・ブリリアントカットが施《ほどこ》されたタイ産の10カラットルビーを取り出した。

「こちらです」

ケースごと、芳澤の前に差し出す。

芳澤はケースを取ることなく、一瞥して、白瀬に顔を向けた。

「青山さん。どういうことです？　あなたが持ち込みたいのは、モゴック産のピジョン・ブラッドと聞いていましたが」

笑顔ながら、目元に不快感をあらわにする。

白瀬は笑みをこぼした。

「さすがにわかりますか」

「一応、私もプロとして宝石を取り扱っているもので。これはタイ産のビーフ・ブラッドですね」

芳澤が言う。白瀬は頷いた。

「品は悪くないですね。これでも二千万近くはするでしょう。ただ、私が求めているものではありません」

芳澤はきっぱりと言った。

「芳澤社長を信用していなかったわけではないのですが、このところ、目利きを謳《うた》いながらまったくの素人という買い手も多くてですね。良い品を価値もわからないド素人に売るのは、極上品をどぶに捨てるようなものなので、失礼を承知の上で試させてもらうことにしているんです。こちらからお話をいただくまで、近辺の宝石店を何店か回ってみましたが、いずれも私の目に適《かな》う目利きはいませんでした。まったく、嘆かわしい現状です」

「青山さんのお気持ちはわかりますよ。私も、宝石の真の価値を知るお客様に、私が厳選した品をお持ちいただきたいと常々思っていますので」

芳澤は言った。

「社長のような本物に出会えて、素直にうれしいです。では――」

白瀬は中蓋を開き、ケースに入れたネックレスを出した。反対に返して、芳澤の前に差し出す。

一瞬で、芳澤の双眸が見開いた。

「これは、すごい……」

感嘆し、ケースを手に取って間近で見つめる。

「こんなネックレスは、市場品で見たことがない」

「それはそうでしょう。市場には出回らないものなので」

「どういうことです?」

芳澤が顔を上げた。

「その前に。そのネックレス、どの程度の価値があると思います?」

白瀬が訊いた。

「安くても五億。人によっては、十億を出してもおかしくないでしょう」

「素晴らしい目利きです。それはミャンマー政府が管理している宝石店で扱われていたモゴック産ピジョン・ブラッドのネックレスです。ルビー市場が解禁されたとはいえ、まだまだ高額の極上品の取引はセーブされていますから、そのクラスの品は出てきません」

「なぜ、あなたの手に？」

「詳細は企業秘密ですが、私も宝石の取引に関わっている関係で、ミャンマー政府とはちょっとしたつながりがありまして」

白瀬は意味深な片笑みを覗かせた。

芳澤の手から宝石を取り返し、タイ産のルビーと共にアタッシェケースにしまう。

「とりあえず、本物だということはわかっていただけたと思います。値段交渉は後程ゆっくりと」

白瀬は立ち上がった。

「これから商談してもいいのですが」

芳澤が言う。

「一応、物が物なので、あまり持ち歩きたくないんですよ。今日のところは持ち帰り、しかるべき場所に保管させてもらいます」

「見せ石ではないでしょうね」

怪訝そうに目を細める。

「それも含めて、今後の交渉でご判断を。私としてはいい取引になればと願っています。では」

白瀬は一礼し、部屋を出た。

高峰の案内でエレベーターに乗り、通用口から表に出る。

少し歩いたところで一つ息をついた。

とりあえずは、これでいい。芳澤は間違いなく、ピジョン・ブラッドを手に入れようと動く。そこが食い込みどころだ。

路地を避け、人ごみの中を歩く。万が一、芳澤の手下が尾けてきていた時の保険だ。

と、いきなり気配のないまま、背後から誰かが近づいてきた。気づいた時には腰元に硬いものを突き付けられていた。

「左手の路地へ入れ」

男が小声で言う。

白瀬は仕方なく、路地へ入った。人の目がなくなる。白瀬は振り返りざま、右肘を振った。

不意打ちだ。相手は避けられないと思ったが、男はダッキングし、肘をかわした。銃口を顎先《あごさき》に突き付ける。

「落ち着け」

男が言う。

白瀬は黒目を下に向けた。その両眼が見開く。

「藪野さん！」

白瀬の前にいたのは、藪野だった。

藪野は銃を下ろした。腰に差し、シャツで隠す。

「おまえ、何やってんだ？」

「藪野さんこそ！　無事だったんですね」

「無事？　何のことだ」

「藪野さんがバンコクで行方不明になったと」

「また、部長と今村が悪さしやがったな……」

藪野は舌打ちをした。

「今、こっちでは誰がどう動いているか、全部教えろ。知ってなきゃ、俺が危なくて仕方ねえ」

藪野が訊く。

白瀬は周囲を警戒しつつ、自分が知っていることを話し始めた。

5

瀧川は昼時を狙い、明神大学へ赴いた。

今日は大嘉根の講義はない。目的は小柳恵里菜と接触することだ。

恵里菜から、グリーンベルトへの参加を勧められて三日が経っていた。

その間、公安部が小柳恵里菜の身辺調査を行なっていた。

恵里菜の両親は、大学時代、共産党を支持し、左翼活動に参画していた。

しかし、どこかの組織に属していたというわけではなく、学内の大学自治に関するサークルに属していただけ。いわゆる学生運動に傾倒していた、という程度だ。

社会人となった後、父は会社の労働組合で活動し、母は市民運動に参加することもあったが、二人とも過激な活動とは縁がなかった。

過去に活動歴のある人物が、一般人を装い、非公然活動を行なう場合もあるが、恵里菜の両親についてはシロだった。

恵里菜が環境保護活動を始めたのは高校一年の夏休みからのようだ。

きっかけは、環境保護団体の旅行イベントに両親と参加したことだった。

過疎地の山村でキャンプなどを楽しみながら、日本や世界の山林の現状を学ぶというものだが、このイベントを主催していたのがグリーンベルトであった。

恵里菜はそれから、学校がある日も放課後にグリーンベルトの事務所を訪れ、わずかな時間でも熱心に環境についての勉強をし、団体の仲間と共に啓蒙《けいもう》活動に取り組んでいた。

そして、グリーンベルトの主宰者である大嘉根教授のいる明神大学へ進学した。

現在のところ、恵里菜が過激な非公然活動に手を染めているかは不明とのことだったが、十分注意するようにとの助言もあった。

炭酸飲料を持って、食堂三階のテラスに上がり、出入り口で恵里菜の姿を探す。

右奥のテーブルに姿を認めた。

恵里菜はアイスコーヒー片手に身を乗り出し、女子学生二人に話しかけている。

しかし、女子学生二人は背もたれに仰《の》け反《ぞ》り、愛想《あいそ》笑いを浮かべ、体を横に向けていた。

あきらかに敬遠されている。

おそらく、環境保護について滔々《とうとう》と語っているのだろう。

恵里菜は、二人がまったく興味を示していないにもかかわらず、かまうことなく笑顔で話し続けている。

自分の考えを伝えることだけに注力し、相手の心情を全く考えていない。偏《かたよ》った思想を持つ者によくみられる特徴だ。

恵里菜も相当環境運動にのめり込んでいる様が見て取れる。

まもなく、女子学生二人は席を立ち、恵里菜に背を向けて去っていった。

恵里菜はうなだれてため息をつき、アイスコーヒーのカップを握った。

瀧川はゆっくりと恵里菜に近づいた。恵里菜はアイスコーヒーを一口含み、顔を上げた。

「あ、安藤さん」

恵里菜が笑顔になる。

瀧川も満面の笑みを向けた。斜め右の椅子に座る。

「彼女たちは、賛同してくれませんでしたか？」

瀧川は去っていった女子学生の背中に目を向けた。

「見ていたんですか？」

「たまたま、目に入ったんです」

瀧川はさらりと答えた。

恵里菜はやるせない笑みを覗かせ、視線を落とした。

「彼女たちも環境についての問題意識はあると思うんですけど、なかなかわかってもらえないですね」

ため息をつき、ストローを唇で咥《くわ》えた。頬をすぼめ、アイスコーヒーを含んでこくりと飲み込む。

やおら、顔を起こした。

「どうすれば、わかってもらえると思います？」

瀧川を見つめる。

「話し続けることだと思いますよ。多くの人は敬遠するかもしれませんが、私のように小柳さんの言葉が入ってくる者もいる。それでいいと思います」

「ありがとうございます。そう言っていただけると、私も少し気分が楽になりました」

「いえいえ、お世辞じゃなくて。小柳さんと話していて、私も本格的に環境保護運動をしてみたくなりました。先日、小柳さんが所属している団体の話をしていましたよね?」

「グリーンベルトのことですか?」

「はい。よければ、私も加えていただけないかなと」

瀧川が言う。

恵里菜の瞳が輝いた。

「本当ですか!」

「はい。私一人では限界がありますし、もっと環境破壊について本格的に学びたいと思いまして。急ぐわけではないのですが、決意が揺るがないうちに、どんなサークルなのか見せていただければなと思っています」

「今日、これからお時間あります?」

「大丈夫です」

「では、ご案内します」

恵里菜が立ち上がる。

瀧川は頷き、席を立った。

バンコクから戻ってきた今村は、公安部のオフィスに戻り、応接室で鹿倉と会合をしていた。

「藪野の生存が白瀬にバレたようで。さっそく、俺に連絡が来ましたよ。白瀬から」

今村が言う。

「早晩、わかることだ。問題はない」

鹿倉は一蹴した。

「一応、白瀬には、瀧川に藪野の生存は報せるなと釘を刺しておきました。それにしても、白瀬に預けたルビーの装飾品は最低でも五億円は下らないそうじゃないですか。よく用意できましたね。内閣官房ルートですか？」

今村が片笑みを覗かせた。

「それほどの本物を用意しなければ、早期潜入が不可能と判断したから用意したまでだ。君が今、手配ルートを知る必要はない」

鹿倉が静かに今村を見据える。

「余計なことを訊いて、すみませんでした」

今村は頭を下げた。

「現地の調査結果は？」

鹿倉が話を変える。

「今のところですが――」

そう切り出し、話し始めた。

今村は現地の協力者から多数の情報を得ていた。

芳澤にピジョン・ブラッドを売った男は、下谷光喜《みつき》という六十代半ばの原石バイヤーだった。

先日、チャオプラヤ川の船着場で遺体で発見されている。射殺だった。

現地の警察は、宝石売買でのトラブルで取引相手に激しい暴行を加えられ、射殺されたと断定した。

下谷を殺したという男が名乗り出たからだ。男の自宅も犯行の背景と辻褄《つじつま》の合うもので、下谷の事案については、バイヤー同士のトラブルによる殺人ということで結審するだろう。

今村は公安部員に下谷光喜の履歴調査を命じた。

下谷は若い頃から学生運動に身を投じ、その後、左翼組織の非公然活動家をしていた。が、組織内での揉め事で袂《たもと》を分かち、タイに渡って、三十年ほど前から宝石の原石を買い付けるバイヤーの仕事をしていた。

現在、表立って左翼組織とのつながりはないようだが、過去の仲間や知人との付き合いはあるとみられた。

もう一人、下谷との取引中に殺された〝岡本〟こと三隅は三里塚《さんりづか》闘争や沖縄《おきなわ》米軍基地返還闘争などにも参加していて、現地公安部にマークされていた。

七年ほど前、沖縄のキャンプシュワブ周辺で警察官と争いになった際、対処した警察官に暴行を加え、公務執行妨害で逮捕されていた。

その他、逮捕はされていないものの目に余る過激な行動が、公安部や三隅を知る活動家仲間から報告されている。

三隅は七年前の公務執行妨害で実刑判決を受け、半年間服役し、出所。五年前にインドネシアへ出国した後、行方知れずとなっていた。

以前、藪野から届いた写真で顔認証をしたが、三隅は大胆な整形手術を行なっていて、顔認証システムでは検知できなかった。

指紋が採取できなければ、三隅洋二とは判明しなかったかもしれない。

「そこで、三隅が〝岡本〟を名乗り始めた後の動向を追ってみたのですが」

今村は話を続けた。

三隅はインドネシアの奥地で活動するイスラム過激派の軍事教練に参加し、戦闘技術を身に付けていたようだとの報告があった。

軍事教練は一年程度で終え、その後はシンガポールへ向かっている。その時所持していたパスポートはすでに岡本名義だった。

岡本を名乗った三隅は、現地の投資会社に籍を置き、株や為替の取引をしていた。

「その投資会社というのは？」

「〈ヤマトキャピタル〉という小さな会社です。ここの代表は、萩尾亮介《はぎおりようすけ》です」

「あの萩尾か？」

鹿倉の問いに、今村が頷いた。

萩尾亮介は、二十年前、大規模なM＆Aで名を馳せた投資家だ。

一時は時代の寵児《ちようじ》としてもてはやされたが、その後、インサイダー取引容疑で起訴され、日本の投資業界から追放された。

保釈後、萩尾は日本を離れ、シンガポールを拠点に投資事業を再開し、再び、巨万の富を得ていた。

「間違いないのか？」

鹿倉が訊く。

「ここまでの流れは裏が取れています」

今村が答える。

鹿倉は腕組みをし、宙を睨んで唸《うな》った。

「なぜ、左翼の活動家が資本主義の権化《ごんげ》のような萩尾と接触したんだ?」

疑問を口にする。

「まだ、分析途中ですが、一つは三隅が資本主義陣営の現状を把握しようとして潜入したことが考えられます。もう一つは活動資金調達にファンドを利用しようとしているのかもしれません」

「なるほど。どちらも可能性はあるな」

「それに、萩尾自身、三隅の正体には気づいていなかったのかもしれないですね。我々でも、指紋を採取するまではわからなかったほどですから」

「だといいが、もし、萩尾が三隅の正体を知っていたとすると、どう考える?」

「極論ですが――」

今村は前置きをし、話を続けた。

「萩尾は日本から叩き出され、日本を捨てた男です。かたや、三隅は日本を武力闘争で変えたいという思想を持ちます。二人の思想は正反対ですが、一致する目的は」

今村が鹿倉を正視した。

「日本の破壊です」

語気を強める。

鹿倉の眉間に皺が立った。

「二人とも、我が国の現状に不満を持つ者です。思想はとりあえず、同じ目的意識を持ったとすれば、共闘してもおかしくないかと。極論には違いありませんが」

「可能性は薄いが、なくはない話だな。早急に、萩尾及びヤマトキャピタルと関係を持っている人物を洗い出してくれ」

「三隅の方は？」

「別の者に調査させる」

「わかりました。ところで、瀧川はうまく潜入できたのですか？」

「近いうちに、大嘉根が主宰する環境保護サークル・グリーンベルトに潜入するとの報告があった」

「ほう、この短時間にたいしたものだ」

今村が笑みを見せる。

「他人のことはいい。君は君の任務を果たすことだ」

「承知しています。では」

今村は立ち上がって一礼し、部屋を出た。

「市場原理主義者と左翼活動家か」

鹿倉は胸の内で、厄介だな……と呟いた。

6

芳澤と対面して一週間後、白瀬はこれまでの身なりとは打って変わって、黒スーツに黒いシャツとネクタイといった黒ずくめのシックな出で立ちで、ピジョン銀座本店を訪れた。手には、五億を超えるピジョン・ブラッドのネックレスが入った小ぶりのアタッシェケースを持っている。

店の玄関を潜《くぐ》る。高峰はすぐさま白瀬を認め、歩み寄ってきた。

「お待ちしておりました。こちらへどうぞ」

高峰は店の奥に招いた。

白瀬はこれまでの軽薄そうな様子からは一転、笑顔も見せず、サングラスをかけた顔を多少伏せ気味にし、高峰に続く。

急変した白瀬の雰囲気に、高峰は緊張し、笑みを強ばらせた。

店内奥には取っ手のない金属製のドアがあった。右の壁に設置されているリーダーにIDカードをかざす。と、ドアがスライドし、廊下が現われた。

少し歩くと、従業員用エレベーターのあるホールに出た。

先日は閉店時、通用口からのみ入れる場所だったが、店が開いている時は、こちらからも入れるようだ。

白瀬はロレックスを模《かたど》った腕時計を見るふりをして、店内奥の様子を動画で撮影した。

エレベーターに乗り込み、五階へ上がる。高峰に案内され、オフィス階にたどり着く。

高峰は正面のガラスドアには向かわず、左手に進んだ。

「どこへ？」

白瀬が訊く。

「重要なお客様には、別フロアをご用意しているのです。こちらへ」

高峰は言い、再びＩＤカードをリーダーに通して非常口のドアを開けた。

薄暗い踊り場に出る。階段は上方向にしかない。踊り場から下は奈落の底のような空洞が延びていた。

「これは非常階段の役割を果たしているのか？」

白瀬の声が壁に反響する。

「一応、この上のフロアの反対側には屋上へ通じる非常階段があり、そこから地上へは下りられるようになっています。ここを使えるのは代表以下、数名の幹部だけですが」

「ずいぶん手の込んだことをしているんだな」

「扱っている物が物ですから。万が一の事態がないようにしなければなりませんので」

高峰は言った。

階段を上がり、一つ上のフロアの非常階段のドアを開ける。

広々としたホールが現われた。毛足の長いブラウンの絨毯が敷かれ、天井には小さなシャンデリアが飾られている。

眼前には木目調の大きな扉がある。高峰はここでもＩＤカードをリーダーにかざし、リーダーに顔を近づけ、口を開いた。

「代表。青山様をお連れしました」

——どうぞ。

壁に内蔵されているらしいスピーカーから芳澤の声が聞こえた。ロックの外れる音がする。ドアが少しだけホール側に開いた。

「鍵は中から開けられるようになっているのか？」

「そうです」

「しかし、それでは中に誰もいない時、困るのでは？」

「中に人がいない時は、二名分の幹部のＩＤカードを通せば開きます。代表のカードだけは一枚で開きますけどね。どうぞ、中へ」

高峰はドアを手前に開いた。

広大なスペースが現われる。階下のオフィスのパーティションを取り払ったスペースが丸々広がっている。ちょっとしたパーティーホールのようだ。

左手にはコーヒーメーカーを置いたカウンターがあった。カウンターの壁際には高価な酒類の瓶も並んでいる。

中央には楕円形《だえんけい》のどっしりとした木製テーブルがあり、ロココ調の椅子が並べられている。

右手の壁際にはショーケースがあり、遠目からでもわかるほどの輝きを放った高価な宝石が飾られている。

ショーケースの奥には〝PRIVATE〟と記されたドアがあった。

窓側の椅子に腰かけていた芳澤が立ち上がり、笑顔を向けた。一人しかいない。手で向かいの席を指し示す。

高峰にも促され、白瀬は芳澤の前に進んだ。

「ご足労いただき、ありがとうございます」

芳澤が丁寧な口調で言う。

「こちらこそ、お時間いただき、ありがとうございます」

白瀬は頭を下げた。

「すごい部屋ですね」

白瀬は見回しながら、マイクロSDを仕込んだ時計を左右上下に向けた。部屋の様子が記録されていく。

白瀬が上階のVIPルームを撮っているのは、藪野の指示だった。

一週間前、藪野に出会った時は驚いた。亡霊でも見たのかと思ったが、話を突き合わせてみると、どうやらまた、今村に一杯食わされたようだった。

今村のやり口には毎度辟易《へきえき》するが、任務を受けた以上、完遂するのが作業班員の務めだ。

藪野は〝北上和彦〟を名乗り、芳澤の裏の仕事を手伝っていた。

その中で、ピジョン銀座本店五階のオフィス階の上に、VIPルームがあることを突き止めていた。

しかし、芳澤は高峰と他一部の設立時からの幹部以外、その部屋には通さないという。

唯一の例外でその部屋に通されるのは、最上級の客と取引相手だけだった。

白瀬が五億円を超える価値のあるピジョン・ブラッドを用意したことを伝えると、藪野は両眼を輝かせ、VIPルームの全容を録画しろと命じた。

リスクはあるが、藪野が言うからにはそれなりの理由があるのだろうと思い、鹿倉に話を通し、最新の盗撮機器を用意させた。

時計はロレックスのデイトジャストターノグラフを模した黒いフェイスのアナログ仕様で、針をつなぐ中心の留め具がカメラのレンズに、目盛りを示すインデックスがマイクに、裏蓋全体がマイクロSDとなっている。バッテリーはガラスを固定するベゼルに仕込んでいた。

加工した一部の部品以外は本物を使っているため、時計に詳しい者でも一見ではわからない代物《しろもの》だ。

本来、そこまで精密な盗撮器は必要ないが、芳澤は宝石の目利きでもある。細工を見抜かれては、元も子もない。

鹿倉は技術班に命じ、技術の粋を集めて一週間で盗撮器を完成させ、白瀬に渡した。

白瀬は一通り部屋を見渡し、芳澤に目を戻した。

「ショーケースに並ぶ宝石も素晴らしい」

「たいしたことはありません。どうぞ、お座りください」

芳澤に言われ、白瀬は腰を下ろした。

「お飲み物は？」

高峰が訊く。

「結構です」

「酒もありますよ」

芳澤が言う。

「大事な商談なので、酒は遠慮します。またの機会に」

白瀬が返す。

芳澤は薄い唇に笑みを滲ませた。

白瀬が高峰を見やる。高峰は一礼し、部屋を出た。

芳澤と二人きりになった。

「さて、早速ですが」

白瀬は切り出し、アタッシェケースをテーブルに置いた。ポケットから鍵を出し、ロックを解除して蓋を開ける。

「お確かめください」

反対に返して、芳澤の前に差し出した。

芳澤はアタッシェケースを手繰《たぐ》り寄せ、白い手袋をしてネックレスを取り出した。ルーペを右目に挟み、じっくりと確かめる。

白瀬は手指を組んでテーブルに置き、さりげなく手首を倒して、カメラを芳澤に向けた。

芳澤は丹念にルビーを調べていた。

「うーん、見れば見るほど、見事なルビーだ。クロム含有率もきっちり一パーセントくらいですね」

「ええ、ほぼ一パーセントの完璧《かんぺき》なピジョン・ブラッドです。ポケットにX線回析の鑑定書を入れていますのでお確かめください」

白瀬が言うと、芳澤は早速、ポケットに挟んだ鑑定書を確認した。

目を通しながら何度か頷き、書類とネックレスをケースに戻し、蓋を閉じた。

白瀬にケースを差し戻す。白瀬はケースを受け取り、手元に寄せた。

「では、値段交渉ですが、私としては七億は用意していただきたい」

白瀬が切り出す。

「その前に。これほどのピジョン・ブラッドは私も見たことがない。ここまでの最上級グレードのルビーを保有しているのは、ミャンマー政府管理下の宝石商しかありえないと思うのですが」

芳澤が細い目の奥からじっとりとした眼光を向ける。

「入手先に関しては企業秘密です」

白瀬は笑みを返した。

「政府と交渉できるのは、政府のみ。あなたは我々にとって、厄介な人物なのではないですか？」

芳澤が懐《ふところ》に手を入れた。リボルバーを取り出し、テーブルに置いた。指はトリガーにかかっている。

白瀬は笑みを崩さない。

「政府という組織の窓口は、表もあれば裏もある。芳澤さんが何を心配されているのかわかりませんが、それでお察しいただけないのであれば、この商談は御破算《ごわさん》ということで」

アタッシェケースに指をかける。

「あなたは今、密室にいる。私の手元には銃もある。ここから生きて出られると思っているのか？」

芳澤は低い声で言い、恫喝《どうかつ》するように睥睨《へいげい》した。

白瀬はまっすぐ芳澤の目を見返した。

「大丈夫。芳澤さんは撃たない」

「なぜだ？」

「私もそれなりの修羅場を潜ってきました。人を見る目は確かなつもりです」

そう言い、笑顔を覗かせる。

芳澤はしばし蛇のような目で白瀬を見据えていたが、やがて目元をふっと弛《ゆる》ませた。

「失礼しました、青山さん」

芳澤は詫びた。

「あなたも薄々お気づきかもしれませんが、私もまともな商売だけをしている人間ではありません」

「宝石の世界は騙《だま》し合いですからね」

白瀬が同調する。

「こうした大口取引では、どうしても警戒してしまうのです」

「心中お察しします。しかし、日本で道具はよろしくないかと」

「これですか？」

芳澤は白瀬の前に拳銃を滑らせた。白瀬は銃を受け止めた。

「精巧なモデルガンです。ここに踏み入ろうとする輩《やから》もいますので」

「よくできた代物ですね」

白瀬は手に取り、銃を眺めた。当然、録画している。シリンダーを振り出してみる。弾倉に弾はなかった。

「コルトパイソンの模造品ですか？」

白瀬が訊く。

「その通りです。銃にも精通してらっしゃるようですね」

「仕事柄、様々な場所で銃を目にする機会があるもので」

意味深な片笑みを見せる。

「話を戻しましょう。売値は十億。ダンピングはしません。引き渡しは現金と引き換えですが、いかがいたしますか？」

「わかりました。言い値で買わせていただきます」

「ありがとうございます。では、金が用意できたら連絡してください。その時、これをお渡ししますので」

白瀬はアタッシェケースを軽く平手で叩いた。

「十億は大金です。少々お時間をいただいてもよろしいですか？」

「はい。ただ、あまり長くは待てません。他にも引き合いがありますもので。二週間程度でご用意いただければと」

「十分です」

芳澤が言う。

白瀬は頷き、立ち上がった。芳澤も立ち上がり、ドア口まで共に歩く。

「いい商談ができました」

芳澤が右手を差し出した。

「こちらこそ、よろしくお願いいたします」

白瀬が握手をする。

芳澤がＩＤカードをリーダーにかざし、ドアを開けた。表には高峰が待っていた。

「青山さんをお送りするように」

「かしこまりました」

「では、失礼します」

白瀬が頭を下げる。芳澤は会釈し、ドアを閉じた。

高峰と共にＶＩＰフロアを出る。白瀬は高峰に悟られないよう、息をついた。

何が、モデルガンだ……。

芳澤が懐から出したのは、銃身にインサート鋼材を詰めていない本物だった——。

芳澤はスマートフォンを出した。すぐさま池谷の番号に電話する。

「……俺だ。北上と共に五日以内で青山の身辺を調べろ」

そう命令し、白瀬の残像を見据えた。

第三章
同志

1

瀧川は明神大学内にあるグリーンベルトのサークル室にいた。

小会議室のようで、中央には五、六人が座れる円卓があり、壁際のケースには環境問題を扱う書籍やＤＶＤがあった。

パソコンや薄型テレビも完備されていて、心地のいい空間だ。

ここは大嘉根が用意した部屋で、恵里菜たち学内で活動するグリーンベルトの会員が討論や勧誘に使える場所だ。

学生会員の多くは、このサークル室を使っている。

グリーンベルトの本部は中野区《なかのく》の哲学堂《てつがくどう》公園付近にある。そこにはなかなか招待されない。

どうやら、グリーンベルト本体は、本部に招待する者の人選には慎重なようだった。

この日、集まっていたのは、恵里菜の他、浅沼政人《あさぬままさと》と谷重之《たにしげゆき》だ。

ずんぐりとして毛深い浅沼は、岩手《いわて》出身の二十八歳。別の大学を卒業後、いったんは銀行へ就職したが、一年で退職。二十四歳の時に明神大学へ再入学し、大嘉根の下で地学を学んでいる。

青白い顔に大きめの黒縁《くろぶち》眼鏡をかけた男は谷重之。徳島《とくしま》出身で二十歳《はたち》の明神大二年生だ。普段、口数は少ないが、環境問題討論になると、別人のように饒舌《じょうぜつ》に語り始める。

他にも、学内には五、六名のサークル会員がいる。しかし、グリーンベルト本体にも出入りを許されているのは、恵里菜と浅沼、谷の三人だった。

今日、本体のメンバー以外で顔を出しているのは、安藤と名乗っている瀧川だけだった。

「安藤君、このところのゲリラ豪雨についてどう思う？」

浅沼が訊く。

歳は瀧川の方が上だが、学年は浅沼の方が上。グリーンベルトでも浅沼の在籍期間には及ばない。

上位意識があるからか、浅沼が瀧川に話しかける時、敬語を使うことはない。瀧川を見やる時も、心なしか顎先が上がっている。

相手より優位なところを見つけては居丈高《いたけだか》な態度で威圧し、マウントして相手を屈服させるタイプだ。

このタイプは、自信過剰か、あるいはとても臆病《おくびょう》なタイプが多い。

ただ、素直に従っていれば、気分を害することもないので、扱いやすい。

「温暖化も問題ですが、それ以上に問題なのは河川の治水力だと思います。原生林が破壊され、植林を進めた上に林業不振で放置され、荒れ放題になった山の整備をしなければ、洪水は頻発しますし、ダムの安全性も保たれなくなります。土砂が溜まったダムに大量の水が流れ込めば、決壊は免《まぬが》れず、都市部に壊滅的被害を及ぼすのではないでしょうか」

「よく勉強されていますね、安藤さん」

恵里菜が微笑みかける。

瀧川は照れた様を見せた。

「まあ、安藤君の言うことも間違ってはいないが、それではまだ、環境問題の序章をなぞっただけの見解だね」

浅沼はそれらしい意見を述べ、瀧川を牽制《けんせい》した。

「では、浅沼氏の見解は？」

谷がメガネの奥からちらっと浅沼を見やる。

浅沼はあからさまに不機嫌そうな表情を覗かせた。

「君はどう思うんだ？」

浅沼が返す。

「そもそも設問がおかしい。ゲリラ豪雨という言葉は事実を歪曲《わいきょく》するエキセントリックなまやかしに過ぎない。何でもかんでもわかりやすい言葉にすればいいというものではないでしょう」

「けど、わかりやすい言葉にすれば、それだけ興味を抱く人も増えると思うんだけど」

恵里菜が言う。

谷は鼻で笑った。

「間違った認識で興味を抱いたところで、そうした人たちは自分が望む聞こえの良い意見に流されていくだけ。そして、たいして理解もしないまま興味を失い、環境のことなど気にもかけなくなる」

「では、君はどう問えばいいと思うんだ?」

浅沼が訊いた。

腕組みをし、組んだ脚を小刻みに揺らす。苛立《いらだ》っている様が手に取るようにわかる。

谷の特徴は、一見正論に思える屁理屈《へりくつ》で、議論相手を煙《けむ》に巻くことだった。

谷自身にはそれなりの理由もあるのだろうが、周りからすれば、いたずらにかき回されているとしか受け取れない。

「局地的豪雨被害は誰が生み出しているのか、と問うべきでしょうね。ポイントは〝被害〟という言葉を入れることです。局地的豪雨、ゲリラ豪雨という言葉だけでは、気象に興味のある者以外、真剣にその意味を考えようとはしません。しかし、〝被害〟という言葉を加えるだけで、たちまち身近な問題として感じ取る。そういう観点を相手に持たせた上で、先ほどの安藤さんの答えを聞けば、自分の身にも起こりうる深刻な事態であると認識できる。と、僕は思いますが？」

谷が言う。

谷は決して、瀧川の味方というわけではない。他人の言質《げんち》を借り、立場が上の者をやり込めたいだけ。論争好きには多いタイプだ。

この手の人間は、プライドが高い。また、はっきりと上昇志向があるわけでもないので、何がきっかけで絡まれるかわからない。

この手合いは、自分の立場が下にある時は問題ないが、逆転して上に立ち、部下として抱えると厄介な存在となる。

浅沼より扱いに慎重を要するタイプだ。

瀧川は会合を通じて、よく接する人間のタイプを見極めていた。

公安部の研修では、心理学やプロファイリングも学んでいる。

落とすターゲットを誰にするかを決めるには、できる限り的確に相手のタイプを知ることが重要だからだ。

今のところ、ターゲットにするなら浅沼だろう。

マウントタイプは上昇志向が強く、イエスマンを好む。相手に忠実である限り、邪険にされることはない。

瀧川は口を開いた。

「谷さん、ありがとうございます。勉強になります。浅沼さん、私が浅沼さんの問いを的確に理解しなかったので、少々的外れな答えになってしまいました。ゲリラ豪雨被害ではなく、ゲリラ豪雨そのものについての感想を問われたんですよね。改めて答えさせていただきます。ゲリラ……いや、局地的豪雨が頻発《ひんぱつ》する現状は由々《ゆゆ》しき事態です。国際的枠組みで何らかの対策が必要だと思います」

瀧川は双方の顔を立てるように答えた。

「いい答えだ。まだ、深みはないが、国際的枠組みに言及したあたりは評価できる。問いに対して的を射た返答ができるようになることは、議論を前へ進める際、実に重要な点だ。そうした意識を磨いてもらいたい」

浅沼が満足そうに答える。

谷は頬杖《ほおづえ》をついて横を向いていたが、瀧川の答えには満足しているようだった。

学内サークル室での会合を終え、瀧川は恵里菜と共に食堂棟屋上のテラスで一服していた。

「今日もお疲れ様でした」

恵里菜がコーラのグラスを持ち上げる。瀧川はアイスコーヒーのグラスを取って、軽く合わせた。

「会合、疲れませんか?」

恵里菜が訊く。

「いえ。私にはいい学びの場になっています」

「なら、よかったです」

恵里菜は微笑み、ストローを唇で咥えた。

「それにしても、浅沼さんと谷さんはすごいですね。浅沼さんは知識も豊富で包括的に環境問題を捉える目を持ってらっしゃる。谷さんはお若いのに、実に鋭い意見を投げかけてくれる。グリーンベルトはすごい団体なんですね」

「ちょっと、めんどくさいですけどね」

恵里菜が苦笑する。

「あの二人、やっぱりグリーンベルト本部でも活躍されているんでしょうね」

「そうでもないですよ」

「あんなに造詣《ぞうけい》が深いのに?」

瀧川は驚いてみせる。

「確かに、環境に対する知識は多く、問題意識は高いんですけどね。サークルでの会合のような意見をまともにぶつけていては、仲間を増やすことはできません。活動の幅を広げるためには、少数精鋭ではなく、より多くの人たちとの共闘が必要だと思うんです。という私も、時々熱くなって、行き過ぎてしまうこともあるんだけど」

恵里菜は自嘲した。

「私はそう感じませんでしたが」

「ありがとうございます。でもそれは、安藤さんが環境問題を意識されていたからです。たまたまそういう人に私が声をかけただけ。もっと、多くの人に話を聞いてもらえて、共に活動できる方法があればなと、いつも考えています。本部も実は、そういう方針なんですよ」

「そうだったんですか。失礼ながら申し上げると、グリーンベルトはかなり尖鋭的《せんえいてき》な組織だと感じていました。すみません」

瀧川が頭を下げる。

恵里菜がふっと笑みを浮かべた。

「そう感じるのも無理はありません。浅沼さんや谷君のような好戦的な人も多いですから」

「本部事情にお詳しいんですね」

「ええ。私、本部の青年部の役員を務めているので」

「それはすごい！」

大仰に目を見開く。

「高校生の頃から積極的に活動していた人が少なかっただけです。青年部のもっぱらの課題は、若者の同志を増やすことなんです。やはり、若者の力を結集しないと何も変えられないですから」

恵里菜が小さく息をつく。

恵里菜は純粋に環境問題に取り組んでいる若者に見える。が、ところどころ、同志や共闘といった用語が口を衝《つ》くあたりが気になる。

とはいえ、もっとも近い恵里菜を利用しない手はない。

「わかりました。周りは決して若いとは言えませんが、私も声をかけてみながら、その方法を考えてみます」

「本当ですか？」

恵里菜は顔を上げ、瞳を輝かせた。

「はい。私も何かしなければと思っていたところです。小柳さんたちでも苦戦している課題なので、私でうまくいくとは思わないんですが、みなさんより知識が浅い分、理屈っぽい話もできません。それは、聞く側にはちょうどいいかもしれませんし、知り合いであれば、話くらいは聞いてくれると思いますので。相手が興味を示したら、サークルに連れてきてもいいですか？」

「もちろんです」

「じゃあ、さっそく今晩からでも始めてみますね」

瀧川は言った。

「ありがとうございます。でも、無理はなさらないでくださいね」

「無理のしようがありませんから」

瀧川は笑顔を見せた。

夕方過ぎ、アジトに戻った瀧川は鹿倉に状況報告のメールを書き始めた。

その中に、依頼も記した。

二十代から三十代の男女三名の作業班員を、グリーンベルト潜入用に用意してほしいという内容だ。

恵里菜の深い意図は読み取れないが、グリーンベルト本部が増員を図っているのは明らかだった。

ここで、瀧川が仲間になりそうな人間を複数紹介すれば、本部へのアピールとなり、グリーンベルト本体へ近づくきっかけとなり得る。

組織は必ず、組織にとって有益な者を重用《ちようよう》する。

すべての作業班員がグリーンベルト本部へ入る必要はない。

瀧川だけが本部に潜入し、他の者は浅沼や谷と接触を深め、情報を引き出す役割を担ってもいい。

ともかく、大嘉根のお膝下《ひざもと》の明神大学内にある環境サークルは一つの穴ではある。

ここを突かない理由はない。

瀧川は文面を睨み、メールを送信した。

2

藪野は、ピジョン銀座本店の店長室にいた。池谷もいる。店長は上得意の客の接待で不在。店長席には芳澤が座っていた。

芳澤は、藪野がまとめた〝青山邦和〟の身辺調査報告書に目を通していた。

「……間違いないか？」

芳澤は書類を手にしたまま、藪野を見た。

「はい。池谷とダブルチェックしましたので」

藪野が答える。

藪野は白瀬が芳澤にピジョン・ブラッドを売りに来た日、路地裏で白瀬を捕まえ、話を聞いた。

鹿倉と今村が、自分が行方不明だと嘘をつき、白瀬や瀧川たちを捜査に引き込んだという。

正直、余計な真似をしてくれたと思った。

藪野の潜入捜査が膠着《こうちゃく》していたことは認める。

しかし、芳澤や周りの人間との信頼関係が構築されつつあった状況での新たな動きは、迷惑以外の何ものでもなかった。

事実、芳澤は青山の素性を調べるように命じた後、警戒心を強め、藪野や池谷には黙って行動することも多くなった。

ただ、上が決めた限りは、その状況下でベストを尽くすしかない。

藪野は白瀬から鹿倉たちの話したことと計画を聞き、白瀬扮する〝青山邦和〟と瀧川扮する〝安藤晶〟の背景を完璧にさせておく必要があると判断し、鹿倉に直接連絡を入れ、準備を入念に強化させた。

池谷と〝青山邦和〟を調べる際、池谷には主に白瀬の尾行をさせ、その間に公安部が用意した背景を入手して精査し、問題ないと踏んだ後、いかにも調べが付いたという顔で池谷にも調べさせた。

池谷という身内のお墨付きがある以上、芳澤も〝青山邦和〟の経歴報告を信じざるを得ないだろう。

芳澤は書類をクリアケースにしまい、足下に置いたカバンに入れた。

カバンを持って立ち上がる。

「どちらへ?」

池谷が訊く。

「ちょっと、出かけてくる」

「では、車を」

「いや、今日はいい。二人ともお疲れさん」

芳澤は言い、一人、店長室を出て行った。

藪野は閉まったドアに顔を向けた。

「芳澤さん、時々、一人で出て行くよな。どこに行ってんだ?」

訊くともなしに訊く。

「さあな。あまり詮索しない方がいいぜ」

「そうだな。どうする、これから? 久しぶりに早上がりだから、一杯やってくか?」

藪野が誘う。

「まだ、早《はえ》えんじゃねえか?」

池谷は壁に掛かった時計を見た。午後三時を回ったところだ。

「いいとこ知ってんだ。どうだ?」

「バンコクから帰ってきて、ずっとピリピリし通しだったしな。行くか」

池谷が頷く。

藪野は片笑みを覗かせ、池谷と共に店長室を後にした。

店前でタクシーを拾った芳澤は、虎ノ門《とらのもん》ヒルズへ来た。

二層吹き抜けの広々としたオフィスエントランスロビーからセキュリティーゲートを抜け、エレベーターホールへ向かう。

芳澤はエレベーターに乗り込み、三十三階のフロアへ上がった。

硝子《ガラス》張《ば》りの入口の奥に、流線型の受付カウンターがある。

受付背後の壁には、〈YAMATO Capital〉という社名とロゴが装飾されていた。

「芳澤です。萩尾社長を」

「伺《うかが》っております」

受付の女性が立ち上がり、カウンターから出てきた。

「こちらへ」

手で右側を指し、オフィス内へ入っていく。芳澤は女性に続いた。

オープンフロアのオフィス内は、簡単なパーティションで仕切られていた。机とパソコンが並び、天井からは電光掲示板が吊り下げられていて、刻々と変わる株価や為替レートの数字が表示されていた。

オフィス脇の通路を通り、個室が並ぶスペースへ入った。社員が働くフロアの喧噪が消え、シックな佇《たたず》まいの空間が続く。

その最奥の部屋まで進んだ。受付嬢がノックをする。

「芳澤様がお見えになりました」

声をかけると、内側からドアが開いた。

眼鏡を掛けたスカートスーツの女性が現われる。萩尾の秘書の南野《みなみの》景子《けいこ》だ。

「お待ちしておりました。どうぞ」

景子が中へ手招いた。

秘書の待機部屋があり、その奥にもう一枚の扉がある。

景子はノックし、声を掛けた。

「社長、芳澤様がいらっしゃいました」

「どうぞ」

中からよく通る声が聞こえてきた。

景子がドアを開ける。芳澤は中へ入った。

ピジョン銀座本店で芳澤が使用している最上階の部屋より広い空間だった。

執務机は黒檀《こくたん》で、左壁際にどっしりと設えられている。応接セットはロココ調のオーバルテーブルで、照明にはシャンデリアも使われ、ちょっとした迎賓室《げいひんしつ》のようだった。

「暑い中、会社まで来てもらって申し訳ありませんね」

「いえ」

芳澤は微笑み、軽く会釈した。

「どうぞ、そちらへ」

萩尾は応接セットを手で指した。

執務椅子から立ち上がる。

「南野君、先日のイギリス出張でいただいたセントヘレナがあっただろう。芳澤さんにお出しして」

「承知しました」

景子は頭を下げ、いったん部屋を出た。

萩尾はダークグレーのスリーピーススーツを着ていた。前ボタンを留めながら、芳澤の向かいに座る。

顔には終始笑みを浮かべている。髪の毛も一糸《いっし》乱れぬオールバックで整え、整髪料でテカテカしている。

萩尾はぎょろりとした大きな目で、まっすぐ芳澤を見やった。

「青山氏の素性が判明したとか」

さっそく話を切り出す。

「はい。報告書をお持ちしました」

芳澤はバッグの中から報告書のクリアファイルを出した。

景子が入ってきた。ワゴンにコーヒーを載せ、芳澤の脇に歩み寄る。ソーサーとカップをセットして置く。サーバーに入ったコーヒーを注ぐと、甘やかな芳《こう》ばしい香りが漂った。

「お砂糖とミルクはいかがいたしますか？」

「私はこのままで」

芳澤は微笑んだ。

「南野君、芳澤さんから書類を受け取って」

萩尾が言う。

芳澤はクリアファイルごと、景子に手渡した。景子はファイルをワゴンに載せ、テーブルを回り込み、萩尾の下へ行った。

クリアファイルを渡し、同じようにコーヒーを用意する。景子はコーヒーの残ったサーバーとシュガーポットをテーブル中央に置き、ワゴンと共に部屋を出た。

「どうぞ、召し上がってください」

「いただきます」

芳澤はカップを持ち、一口含んだ。

「甘味があって、フルーティーですね」

「そうなんですよ。私はこうして砂糖を入れるのが好きでしてね」

萩尾は言い、二杯、三杯と砂糖を入れ、かき混ぜる。

「たっぷり砂糖を入れると、マンゴーのような味になるんですよ」

そう言い、ずずずっと音を立て、コーヒーを啜る。

「頭を使っているからでしょうかね。常に甘い物が欲しくなるんですよ」

話しながら、また、ずずずっと音を立てる。

品のない飲み方に、芳澤は内心失笑した。

「ちょっと待ってくださいね。報告書に目を通しますから」

萩尾はそう言うと、クリアファイルから書類を出した。

パラパラと枚数を確かめるような速さで目を通す。

「なるほど、これは面白い経歴だ」

萩尾はもう一度、読み返す。

がさつで忙しなく、飲食の仕方も品がない。金は持っているが、品位に欠ける男だ。

しかし、情報処理能力だけは常々感心させられる。

特に、萩尾が本や書類に目を通す速さだけは目を瞠《みは》る。以前、速読を習得していると話していたが、それにしてもその読み込み速度は高性能のＯＣＲさながら。その上、内容も理解しているのだから、すごいの一言だ。

萩尾が投資の世界で成功を収めているのも、その圧倒的なインプット力にある。

青山邦和の生まれは大阪で、幼少期に貿易商を営んでいた両親と共に東南アジア各国を点々としていた。

その経験を活かして、政府高官や大使館員の下で、現地コーディネーターを務めていたこともある。

そして、その間に知り合った宝石商と共にディーラーを始め、主に富裕層に向けた宝石や原石を扱うようになった。

「確かに、この経歴なら10カラットのピジョン・ブラッドを用意できてもおかしくないですが」

萩尾はコーヒーを飲み干し、新たなコーヒーをカップに注ぐと、また同じように砂糖を大量に入れた。かき混ぜ、一口啜り、ごくりと飲み込む。

「そもそも、これほどのディーラーなら、あなたが知らないというのはおかしくないですか？」

萩尾が芳澤に顔を向ける。

「私もその点が気になったので、ここへ来る途中、二、三、同業者に訊いてみました。みな、知らないと言っていましたが、この世界には、表に出ないディーラーもいますから、特に問題視する必要はないかと」

「いやいや、10カラットのピジョン・ブラッドを用意できる人ですよ。おそらく、ミャンマー政府とも通じています。現地コーディネーターをしていた関係で、政府とも通じているとは思いますが、その程度ではこれほどの石は手に入りませんよ。もっと密なルートを持つに至った何かがあるはず。そう思いませんか？」

笑顔のまま訊いてくる。

こういうところが面倒くさいが、萩尾がしつこく訊いてくる時は、萩尾の中に何かひっかかる部分があるということだ。

ある種の勘のようなものだが、長年、相場師として生きてきた者の勘は侮れない。

「この青山邦和の父親、青山謙正《けんせい》という人物を調べてみてください」

「父親をですか？」

「はい。もし、ミャンマー政府に密な繋がりがあるとすれば、この青山氏の父親がルートを築いていた可能性がある。いえ、そうした背景がないのなら、この取引はやめた方がいいでしょうね」

「10カラットのピジョン・ブラッドをあきらめろと？」

「計画が次の段階に移行しているという話は伺っています。しかし、事を急ぐと、取り返しのつかない隙を作ることもあります。私たちの世界でもよくあることですよ。九十九パーセント確実な投資話に見えても、残りの一パーセントがトラップだったということもね。短期間で成果を出すには、時に最速の方法を捨てる必要もある。無理にこのルビーを手に入れることもないでしょう」

「お言葉ですが、私の経験則から言わせていただければ、これほどの上物は、一生に一度目にするかしないかの次元です。この機会を逃せば、同等の物に出会うことすら難しくなるでしょう」

「では、青山氏を殺してでも手に入れてはいかがですか？　まあ、そんなことをすれば、私は手を引かざるを得なくなりますが」

萩尾の笑顔が濃くなる。

芳澤はかすかに奥歯を噛んだ。

萩尾が大げさな笑みを浮かべる時は、苛立っている時だ。逆らえば、即断で資金を引き揚げる。

その判断に、長年の付き合いや私情は一切挟まない。あくまでも、判断基準は自分の利益になるかどうかのみ。

所詮《しょせん》、エリート面《づら》をした守銭奴《しゅせんど》でしかないが、それでも、今、萩尾に資金を引き揚げられては計画が根本からひっくり返ってしまう。

「わかりました。早急に調べます」

「そうですか。よろしくお願いしますね」

笑顔が柔和なものに戻る。萩尾は満足そうに甘いコーヒーを啜った。

3

瀧川は明神大学へ行く前、近くの喫茶店で三名の作業班員と会っていた。

鹿倉が用意したグリーンベルトへの潜入捜査員だ。

金沢浩一《かなざわこういち》という二十歳のスポーツマンふうの青年、植野茉奈《うえのまな》という二十二歳の女性事務員、倉持文博《くらもちふみひろ》という三十二歳の派遣社員という体だ。

もちろん、すべてが偽名で、瀧川は彼らの本名を知らない。彼らも瀧川のことは安藤晶と聞かされていた。

作業班員の中には、白瀬や藪野のように本名を知っている者もいる。

しかし、ほとんどの場合、初めから任務に関わった者同士以外で、互いの本名を知らされることはない。

それでいい。

もし、敵に捕まり拷問《ごうもん》を受けても、本当に知らなければ、相手に真実を漏らすこともない。

警察内の他部署の人間から、公安は秘密主義だと非難されたり、作業班員自体にすべてが知らされていなかったりすることもあるが、それは潜入捜査にあたる作業班員の命を守る術《すべ》でもある。

瀧川は、これまでに自分がつかんだグリーンベルトの概要と、恵里菜や浅沼、谷の人物像のあらましを伝えた。

その上で、各人にどう動いてほしいかを語った。

金沢たち三名は、あくまでも、瀧川がグリーンベルト本体へ潜入するための当て馬だ。むろん、瀧川でなく、他三名の中から本体へ近づける者が出てくれれば、その時点で計画を切り替え、その人物に役割を託すことになるが、第一義は、瀧川の潜入を手助けすることだった。

瀧川は金沢たちと打ち合わせをし、そのまま四人で明神大学へ出向いた。

恵里菜には連絡を入れている。瀧川は金沢たちを学内にあるグリーンベルトのサークル室に案内した。

ドアをノックし、開けると、恵里菜が満面の笑みで顔を出した。円卓には浅沼の姿もある。

「本当に連れてきてくれたんですね」

恵里菜が瀧川に笑みを向ける。

「約束しましたから」

「うれしいです。約束はしても、当日になって連絡もなくドタキャンする人も多いんですよ」

恵里菜は言い、瀧川の後ろの三人を見た。

「ようこそ、いらっしゃいました。どうぞ、中へ」

当て馬となった作業班員たちは、期待以上の働きを見せた。

社会に対する鬱憤《うっぷん》を溜め込んだ派遣労働者に扮した倉持は、自己紹介もそこそこに、グリーンベルトの活動を「ぬるい」と批判。好戦的な浅沼を激怒させたところで、登山が趣味の温厚な若者を演じる金沢が割って入り、浅沼の肩を持って場の空気を和《なご》ませるという絶妙な連携プレーを発揮した。

一方、茉奈は、環境問題には疎《うと》いが興味はある設計事務所のＯＬをおどおどと、しかし完璧に演じてみせ、恵里菜に取り入ることに成功した。

瀧川が金沢たちと仕組んだ策――それは、倉持にはサークル内の谷のような反浅沼派の人間に、金沢は浅沼派に、茉奈は恵里菜に近づかせ、グリーンベルト全体の情報を得る、という作戦である。

うまくいきそうだな――。

瀧川は内心、ほくそ笑んだ。

4

藪野は、新宿《しんじゅく》のカラオケボックスに今村を呼びつけた。

今村は三十分後に、藪野の待つカラオケボックスに到着した。

藪野は防犯カメラを意識し、中年男性の友人同士を気取り、生ビールと軽食を注文した。

歌謡曲や演歌をランダムに入れ、マイクを握って歌う。

店員がやってきて、注文したものをテーブルに置く。

演歌をがなり立てている藪野を横目で見て、小さく笑みをこぼしていた。

一曲歌い終え、ジョッキを持って今村と乾杯する。

藪野は半分ほど飲むと、ジョッキをテーブルに置いた。食べ物を摘まむふりをして、上体を傾ける。

スピーカーからは大音量のカラオケが流れていた。歌う者はいない。

「なかなかうまいですね、藪野さん」

「心にもないことを言うな」

今村を睨む。

今村はとぼけて、ビールを含んだ。

藪野を見やる。

「で、用件は？」

「芳澤が、青山邦和の父親、謙正の経歴まで調べろと言ってきた。ミャンマー政府高官と深いつながりがあったことを証明しなければならない。できるか？」

「書面上のことであれば、一両日中に手配します」

「頼む。それと、芳澤の背後関係で、新たな情報はないか？」

「大嘉根のことですか？」

「別の人間のことだ」

「今のところは、特に……」

「こら、今村」

藪野はさらに身を乗り出した。顔を近づける。

「おまえらが、俺に、つかんでいる情報すべてを流していないことぐらいわかってるんだ。今回の芳澤への入れ知恵は大嘉根じゃねえ。ヤツだったら青山の親のことなど気にせず、ピジョン・ブラッドを手に入れようとするだろう。騒ぎを起こせばいいからな。しかし、親まで調べろということは、出所の安全性を確かめたいってことだ。金主《きんしゅ》がいるな？」

今村を睨む。

「勘繰り過ぎじゃないですか？」

今村はジョッキを手にした。

藪野がマイクを握る。

「このマイクで、てめえの頭をかち割ってもいいんだぜ」

マイクがハウリングして、キーンという音が室内に響いた。

「俺は……いや、俺だけじゃねえ。白瀬も瀧川も、てめえらみたいに外から調べてるわけじゃなく、中に潜ってんだ。バレりゃ、命がねえんだよ。さっさと教えろ」

藪野はマイクを強く握った。

今村がジョッキを持ちあげる。藪野はマイクの底を今村の喉笛《のどぶえ》に向けた。

「殴ったりはしませんよ」

今村は言い、ビールを飲んだ。

一つ息をついて、手の甲で口元を拭い、ソファーにもたれた。

「萩尾亮介という名前をご存じですか?」

「ヤマトキャピタルのか?」

「さすが、お詳しい」

今村はジョッキのビールを飲み干した。

「今日はこれで上がりなんですよ。もう一杯飲んでいいですか?」

立ち上がる。

「好きにしろ」

藪野も体を起こし、ソファーにもたれた。モニターを見て、歌いだす。

今村は生ビールを二杯頼み、席に戻った。

少しして、店員がジョッキを二つ持ってきた。藪野の歌を耳にし、またくすりと笑い、空いたジョッキを片づけ、部屋を出た。

「笑われたじゃねえか」

「藪野さんの歌がうまくて、感心していただけですよ」

「別の場所にすりゃあよかった」

藪野は愚痴《ぐち》をこぼした。

カラオケルームは、密会するには絶好の場所だ。

防音設備も整っているし、大音量でカラオケを流していれば、会話が漏れることもない。

今日は今村と同室だが、慎重を期す時は、別の部屋へ入り、行ったり来たりしながら話を進めることもある。

「まあいい。萩尾の関わりは、どこまでわかっている?」

藪野は訊いた。

「萩尾は、バンコクで殺された芳澤の仲間の岡本——三隅洋二とシンガポールで会い、そこから芳澤を知ったようです。そして、芳澤や大嘉根の企《たくら》みを知り、投資を始めたようですね」

「あいつは市場原理主義者だろう? なぜ、極左に肩入れするんだ」

「まだ、断定はできませんが、おそらくＣＤＳ」

今村は藪野を見る。

「クレジット・デフォルト・スワップか……」

藪野の眉間に皺が寄る。

クレジット・デフォルト・スワップは、国債や社債、貸付債権などの信用リスクに対して保険の役割となるクレジット・デリバティブの一種で、買い手はプレミアムという保証料を払い、売り手はプレミアムを受け取る代わりに、契約期間中にその債権が債務不履行となった場合、買い手に損失補塡《ほてん》をする取引のことだ。

買い手は国や企業が破綻《はたん》すれば損失補塡料を受け取って大儲けし、売り手は契約期間中に何事もなければ、保証料を受け取ったままで良いので丸儲け、という博打《ばくち》のような金融商品だった。

「萩尾は日本の破綻に賭けているというわけか？」

「おそらく」

「まだ、そんなヤツがいるのか。アジア通貨危機の時にもそういうヤツはごまんと湧いたが、見事に身代《しんだい》を潰した。今は東京オリンピックを控えて、景気も安定している時だ。さすがに買い手に勝ち目はないだろう。外国資本が入ってきているのか？」

「いえ。その兆候はありません」

「だろうな。日本国債のＣＤＳは都市伝説のようなものだ」

藪野はジョッキを傾けた。

「それがですね。都市伝説とまでは言い切れない部分もあるんですよ」

「どういうことだ?」

「地政学的リスクです」

「北か?」

「北だけでなく、中国、ロシア情勢も含めてです」

今村は言い、藪野に鋭い目を向ける。

「仮に、ですが。北が本当に中距離弾道弾を撃ってきたとしたら、どうなると思います?」

「そりゃあ、オリンピックどころではないし、日本国債のランクは一気に下がる。たちまち、日本が今抱えている借金が爆弾となるだろうがな。まさか、そんな兆候をつかんでいるのか?」

藪野の目つきも鋭くなった。

「北が撃ち込んでくるという情報はありません。が、北が撃ち込んでこなくても、日本で何らかの大規模な破壊行為が行なわれれば、外資は一気に手を引くでしょう。また、その機に乗じて、近隣敵国が狙ってくるかもしれません」

「ちょっと待て。芳澤たちは萩尾と組んで、そんなデカいヤマを踏もうとしてるのか?」

「気になる情報がありましてね。藪野さんのところに高峰悟志《さとし》という男がいるでしょう?」

今村に問われ、藪野は頷いた。

「彼が宝石の買い付けに行く同時期に、萩尾も出国しています。高峰は初めは東南アジアに向かうのですが、その後、中東、ロシア、中国、イスラエルなどを回ります。その同時期、同日に萩尾も同じ国を回っています。彼らの入出国記録と、その日時に何があったのかを調べてみたんですが、ほぼ間違いなく、武器の見本市が行なわれていました」

「また、マシンガンなんかを仕入れるつもりか？」

「いえ、もっと大きいもの。ミサイルです」

今村が言う。

藪野の表情が曇った。

「まさか……」

「自分もそう思ったんですがね。彼らが訪れた国際兵器見本市のほとんどでミサイルが展示されていました。中には中距離弾道弾もあり、それらのブースで、萩尾や高峰らしき人物を見かけたという情報もあります」

「連中、自らの手で日本を破壊するつもりなのか？」

「何を計画しているかは定かではありませんが、我々が想像している以上の何かを計画していることは間違いなさそうです」

今村は言い切った。

今村も小賢《こざか》しい部分はあるが、公安部員としては優秀だ。今や、鹿倉の直属で働くほど、その実力は評価されている。

その今村の調べだ。脚色部分を考慮したとしても、深刻な事態が進んでいることだけは確かなようだ。

「藪野さん、芳澤は青山謙正の調べがつかない限り、白瀬に渡したピジョン・ブラッドを買うつもりはないということですか？」

「そうだな」

「謙正の調査結果を渡す時期、こちらで決めさせてもらえませんか。グリーンベルト本体に誰か潜入させなければ、そこから先の足取りが追えなくなります。そうなると、連中のアジトを見つける手がかりも消えかねない」

「瀧川がグリーンベルト本部と接触して、大嘉根に会うまで待てということか？」

「はい」

「時間はないぞ」

「急がせます」

「一週間以内だ」

「わかりました」

「それと、ここから先は仲間同士での画策はなしだ。今後、萩尾の情報を仕入れたらその都度、俺に報せてくれ。こっちの連携が崩れれば、ヤツらに届かなくなるぞ。部長にそう伝えておいてくれ」

「承知しました」

「もう一つ。瀧川と接触するぞ」

藪野が言う。

「それは自分に任せてもらえませんか？」

「いや、直《じか》に状況を知っておきたいんだ。それに、俺が生きていることを教えてやりゃあ、あいつももっと本腰を入れるだろう。今日の話は、俺が話した後、おまえも話してやれ。そうすりゃ、状況がひっ迫していることくらい察しがつく」

「そうかもしれませんが……」

「もう、本部だけが情報を抱えている場合じゃないぞ」

「わかりました。その件も部長に報告しておきます」

「頼んだぞ」

藪野はジョッキを持ち上げた。今村も渋々ジョッキを取る。

二人はジョッキを合わせ、ビールを流し込んだ。

瀧川は今日も明神大学のサークル室に顔を出し、帰途に就いた。

部室や学内にいる時は、すべての人の言動に集中している。そのせいか、アジトが見えてくると、どっと疲れが込み上げた。

肩を落として、とぼとぼと歩く。

恵里菜との距離はずいぶん縮まったと感じているが、グリーンベルト本部へ潜入する道筋は、まだ見つけられずにいた。

倉持を利用して、本部のことを根掘り葉掘り訊かせてみたが、ヒントを得るどころか、恵里菜を警戒させただけだった。

とりあえず、瀧川はほぼ毎日、部室に顔を出し、熱意をアピールしていた。

金沢や茉奈には、瀧川がいない時、瀧川演じる安藤晶がどれほど環境問題に熱心なのかを喧伝させた。

効果がないわけではないが、歩みが遅い。次の一手を繰り出さなければ、相当時間を要することになりそうだ。

「なんとかしなけりゃな……」

思わず、独りごちる。

ふと、背後に気配を感じた。

「焦るな。だが、急げ」

声をかけられる。

瀧川はズボンのポケットに右手を入れた。部屋の鍵を握り、小指側から先端を少しだけ出す。

気配で距離を測り、そのまま歩く。人気がなくなった瞬間、足を止めると同時に右手を出し、回転した。腕を伸ばして振り、鍵の先端で人影を狙う。

が、腕を止められた。体が正面を向かないところで回転も止められる。

すぐさま前方へ飛び退き、振り返った。

人影を見据える。途端、目元が緩んだ。

「藪野さん！」

「ピリピリしすぎだ。そこまで殺気をまとっちゃ、相手に気づかれる」

「生きてたんですか」

「部長と今村が勝手に殺しただけだ」

藪野は苦笑した。

「アジトはどこだ？」

「あのワンルームです」

指を差す。

通行人の姿が映った。

「十分後、顔を出す。待ってろ」

藪野は言い、路地に姿を消した。

瀧川は藪野が無事だったことに胸を撫で下ろすと同時に、今村にまたも嵌《は》められたことを知り、憤《いきどお》った。

5

瀧川は金沢と倉持を連れ、大手食品会社の玄関前広場にいた。

手には〝地球を守れ〟〝企業責任を果たせ〟〝森を殺すな！〟などの仰々しい文言《もんごん》を記したプラカードを持っている。

瀧川は金沢たちより一歩前に出て、スピーカーを持っていた。

「君たちは経済論理を旗印に、自社の利益を上げるため、東南アジアの森林を破壊している！　そのため、野生動物やそこに住む人たちの住環境を破壊し、殺している！　罪の意識はないのか！」

瀧川が声高に叫ぶ。

「そうだ、そうだ！」

金沢たちが後ろから拳を振り上げ、同調する。

「パーム油の安全性は確立されていない！　それを平気で食品に混ぜ、我々市民に食べさせている。それは殺人行為だ！」

「そうだ、そうだ！」

「今すぐ、パーム油の購買、使用をやめろ！」

瀧川はプラカードを握った右手を振り上げた。

突如、この広場に立ち、抗議活動を始めて十分。警備員が二人、瀧川たちに近づいてきた。

中年の体格のいい警備員が瀧川の前に立つ。

「君たち、ここは会社の敷地だ。出ていきなさい」

警備員が言う。もう一人の若い警備員は、帯革に提げた警棒の柄《え》を握っている。

「我々は御社《おんしや》の姿勢を問いただしているだけだ！」

瀧川が言う。

「ここは私有地だから、出て行けと言っているんだ」

中年警備員が強い口調で言う。

「君たちは、資本主義者の犬か？」

「警備員だ」

中年警備員がため息混じりに失笑する。

「頼むから出て行ってくれないか。それと、近隣での拡声器を使った抗議活動もやめてもらいたい。場合によっては威力業務妨害に問わなければならなくなるんでね。それは双方にとって面倒な話だろう」

「我々は、地球を殺している君たちの姿勢を問うているだけだ。業務妨害とはなんだ！」

瀧川が怒鳴る。

後ろにいた若い警備員が舌打ちした。

「これだから、市民活動家は――」

「なんだと！」

瀧川はプラカードを振り上げた。

若い警備員に振り下ろそうとする。中年警備員が割って入る。プラカードが中年警備員のヘルメットに当たった。よろけてつまずき、片膝を落とす。

「何をする！」

若い警備員が警棒を抜いた。素早く振り出し、中年警備員の前に立ち、警棒を振り上げる。

「やめろ！」

中年警備員が叫ぶ。

若い警備員は腕を止めた。瀧川はプラカードを横に振り、若い警備員の右側面を殴った。

若い警備員が腰を捩《よじ》る。

中年警備員が警笛を鳴らした。玄関口から他の警備員が駆けつける。

瀧川は後ろを向いた。金沢と倉持を見て、目で頷く。

二人はプラカードを放り、逃げ出した。

瀧川はプラカードを振り回した。

警備員たちは警棒を握り、瀧川を囲む。

瀧川はプラカードの棒を握り締め、対峙した。

これでよし――。

先日、藪野と会った時のことを思い出す。

アジトのワンルームマンションを訪れた藪野は、近況報告もそこそこに、芳澤や大嘉根の捜査の現状と今後の方針を伝えた。

ともかく、今は瀧川がグリーンベルト本部への潜入を果たすことが急務だった。

そこで藪野が言った。

『捕まれ』

グリーンベルトは表向き、平和な環境団体だが、中には過激な活動をする者もいる。公安部は過激な活動を繰り返している者たちが大嘉根に通じる本隊だとみている。

藪野は、とある大手食品会社への抗議活動を提案した。

そこでは食品加工にパーム油が使われている。

パーム油は幅広い食材に使われる植物性油脂だ。常温でも液体と固体の中間の性質を維持することから、マーガリンやパン、スナック菓子など、幅広い食品の添加物として使われる。

ラードの代用品として広まったが、近年、成分内のトランス脂肪酸《しぼうさん》が問題視され、欧米では規制が設《もう》けられるようになった。

また、インドネシアやマレーシアなど東南アジアのジャングルでは、パーム油の原料となるアブラヤシを栽培するために開拓され、深刻な森林破壊が引き起こされている。

さらに、土壌の火事による大気汚染、低年齢就労、低賃金での過酷な労働実態など、人道的な問題も孕《はら》んでいる。

日本ではまだあまり知られていないが、海外では、パーム油の生産に付随する諸処《しょしょ》の問題は国際的問題として認識され、パーム油を使っている会社に対する過激な抗議活動も行なわれていた。

藪野は、それで抗議活動をして捕まれと言った。

グリーンベルト本部へ食い込むには、瀧川扮する〝安藤晶〟は過激な行動もいとわない者だと認識させる必要がある。

うまくいけば、必ず、大嘉根は接触してくるとも断言した。

はたして、そううまくいくかは定かでないが、このまま時を重ねるよりはマシだ。

瀧川は藪野の提案を受け入れ、金沢たちと話し合い、二日後、金沢たちと抗議活動に赴いた。

瀧川はおどおどとした様子を見せつつも、プラカードの棒を握り締めた。

叫びながら、プラカードを振り回す。が、あまりに大振りで、警備員たちはあっさりと避《よ》けた。

背後にいた警備員が警棒を振り下ろす。

気配は感じた。が、避けなかった。

後ろの頭頂部に衝撃を覚えた。たまらず両膝をつく。警備員たちが一斉に飛びかかってきた。

「やめろ！　離せ！」

瀧川はじたばたと暴れた。

会社に出入りする者たちがじろじろと瀧川を見やり、行き過ぎる。

まもなく、パトカーが到着した。制服警官が車から降りてきて、瀧川の下に駆けつけた。

警備員と代わり、瀧川を押さえつける。

「暴れるんじゃない！」

「公権力が何をする！　罪を犯しているのはこの会社だ！　罪のない市民を捕まえている場合じゃないだろう！」

「主張は署で聞いてやるから立て」

警官が立たせようと腕を引っ張る。

「痛い痛い！　暴力だ！　公権力の暴力だ！」

「おまえが暴れるからだろう！」

警官は後ろ手に手錠をかけた。もう一人の警察官と共に脇に腕を回し、パトカーへ引きずっていく。

「公権力による言論の弾圧だ！　大企業の横暴だ！」

引きずられながらも叫ぶ。

周囲には人がちらほらと集まり、騒動を物見遊山《ものみゆさん》で眺めていた。スマートフォンで動画を撮っている者もいる。

「自然を返せ！　健康を返せ！」

瀧川は最後まで喚《わめ》き続け、パトカーに押し込まれ、連行された。


三日後、瀧川は釈放された。

予定通りだ。

威力業務妨害や警備員への暴行を問われたが、軽微な上に初犯ということもあり、今後、会社に対しての過度な抗議は行なわないという誓約書にサインをすることで釈放された。

会社側としても、大きな問題にはしたくない。

安藤晶という人物が大きな市民団体に所属しているとは確認されなかったが、強硬な手段に出ると、他の市民団体に抗議のきっかけを与えることにもなる。

企業側は騒動を嫌がるから、必ず示談に持ち込む、と藪野は言っていたが、その通りになった。

釈放後、瀧川はすぐ明神大学に顔を出した。キャンパス内で恵里菜を見つけ、声をかける。

「あ、安藤さん！　金沢さんたちから逮捕されたと聞いて心配していました。大丈夫でしたか？」

恵里菜は心配そうに瀧川を見た。

「ご心配をおかけしました」

深々と頭を下げる。

「どうして、逮捕されることに」

「パーム油の実態を知り、私も何かしなくてはいけないと思って、金沢君たちに声をかけ、抗議活動を行なったんですが、会社側の警備員に小馬鹿にされて、つい……。市民活動を目指す者としては、もっと思慮分別を持つべきでした」

「気持ちはわかります。私たちが地球の危機を訴えても、我関せずの人は多いですから。私は安藤さんのように行動を起こす人を支持します」

「ありがとうございます。ですが、逮捕に至ったことで、こちらのサークルにも迷惑をかけてしまうかもしれません。なので今日は、サークルを辞めさせてもらおうと思って、伺ったんです」

「環境活動をやめられるということですか？」

「いえ。環境問題に関する勉強や活動は続けるつもりです。ただ、ご迷惑はかけたくないので、一人で行なっていくつもりです。大嘉根先生にもご迷惑をおかけしそうなので、聴講もやめるつもりです。小柳さん、今までいろいろと教えてくださってありがとうございました」

瀧川は深々と頭を下げ、踵《きびす》を返した。

それから二日後、恵里菜から連絡があった。連れていきたいところがあるという。

翌日の午前、瀧川は中野区西武新宿線新井薬師前駅《せいぶしんじゆくせんあらいやくしまええき》へ向かった。改札を出たところで恵里菜と落ち合う。

瀧川は微笑み、会釈した。

恵里菜は挨拶もそこそこに「こちらです」と指し示し、北へ歩き出した。瀧川も続く。

「小柳さん、どこへ行くんですか？」

「グリーンベルトの事務局です」

「こんなところにあるんですか？」

「はい。哲学堂公園のすぐ近くなんですよ」

「私が事務局に伺ってもよろしいんですか？」

「安藤さんだからです。グリーンベルトの本部に出入りを許されているのは、本気で環境問題に向き合える人だけです。先日の件で、安藤さんの本気を見せていただきましたから、私が推薦しておきました。一人の活動は限界がありますから」

「そうだったんですか。うれしい限りです」

瀧川は恵里菜の横顔を見やりつつ、内心、感服した。

すごいな、藪野さんは……。

ほぼ、藪野の言うとおりに事が運んでいる。長年の経験から導き出された予見なのだろうが、これほどスムーズに事態が動くと、少々怖くなる。

とはいえ、ここまでくれば、腹を決めて潜るしかない。

改めて、自分は安藤晶である、と言い聞かせる。

十数分ほど歩き、恵里菜は立ち止まった。

「ここです」

五階建てのビルを指す。壁はくすんでひび割れ、上階の窓はすべてカーテンで閉め切られていた。入り口には監視カメラが二台取り付けられている。

周りに瀟洒《しょうしゃ》なマンションや一軒家が並ぶ中、異様な佇まいだった。

短い階段を上がると、鉄扉があった。恵里菜は監視カメラに人差し指を上げて見せた。

内側からロックが外れる。

中へ入ると、すぐエレベーターに乗せられた。最上階へ上がる。エレベーターを降りると目の前に扉があった。

恵里菜は扉を開け、中へ入った。

「どうぞ」

招かれる。瀧川は中へ踏み入れた。恵里菜の脇に老齢の紳士が立っていた。

大嘉根だった。

「待っていたよ、安藤君」

大嘉根は瀧川を見つめ、笑みを浮かべた。

6

「まあ、どうぞ」

大嘉根は古びたソファーを手で指した。恵里菜も促す。

「失礼します」

瀧川はおずおずした様子を見せ、ドア側のソファーに浅く腰かけた。

部屋を見回す。正面にある机には、本や書類が積み上げられていた。壁の周りの書類ケースにもぎっしりと本が詰まり、入りきらないものは床に無造作《むぞうさ》に置かれている。

机の脇にサイドテーブルがあり、電気ポットやカップが置かれている。大学の教授室のようだ。

恵里菜は慣れた様子で白湯《さゆ》を淹れ始めた。

大嘉根が瀧川の前に座った。

「今回は大変だったね」

「いえ。大嘉根先生にも迷惑をかけてしまったのではないかと思っていたんですが、お詫びもできないまま聴講をやめてしまいました。すみませんでした」

瀧川は太腿《ふともも》に手をついて、深く頭を下げた。

「いやいや、あの程度では迷惑などかからんよ」

大嘉根が笑う。

「私が逮捕された時のことをご存じなんですか?」

瀧川が顔を上げた。

恵里菜が三人分の白湯を盆に載せ、ソファー席へ来た。テーブルに湯呑みを置き、瀧川の隣に座る。

「近頃は、プライバシーも何もありませんからね」

そう言い、スマートフォンを出し、指で操作する。

動画を再生し、瀧川に向けた。瀧川が逮捕される瞬間の映像がアップされていた。

「お恥ずかしい話です……」

背を丸め、小さくなってうつむく。

「恥じることはない。立派な行動だよ、安藤君」

大嘉根が言った。白湯の入った湯呑みを持つ。

「安藤君。私は白湯しか飲まないんだが、どうしてかわかるかな？」

「健康のため、ですか？」

「これも環境問題、人権問題に通じているんだよ。コーヒー豆栽培の話を知っているかね？」

「農園の貧困問題ですか？」

「それもある。コーヒー豆は不当に安く買い取られ、農園の貧困問題は深刻だ。子供の労働問題もある。加えて、コーヒーを消費する際に出るゴミの量は膨大だ」

「コーヒー豆のカスのことですか？」

「それだけではなくてね。コーヒーを淹れる時に何を使う？　フィルターを使うだろう。あれはすべてゴミとなり、森林破壊の一因にもなっている。使用済みのコーヒー豆も生ゴミとなる。まあ、これについては堆肥《たいひ》にしようという取り組みが盛んになってはいるのだが。チェーン店の使い捨てカップのゴミの量も深刻だ。飲む側にはたかが一杯のコーヒーだが、それが大きな問題を引き起こしている。身近な環境問題を知るには良い例だね」

「だから、先生はコーヒーを飲まないのですか」

「そうだ。紅茶や日本茶も同じ問題を孕んでいるので、私は個人でできることを実践している。ただ、小柳君や君にまでは強制しない。なぜかわかるかな?」

「個人の自由ということですか?」

「違う。ある一定の消費がなければ、今、コーヒー農園で働いている人たちの仕事を奪ってしまうことになる。貧困が加速すれば、それは新たな支配と隷属《れいぞく》を生み出す。それもまた人類にとっては不幸なことだ。私たちがなすべきは、世界の人々に今ある問題を喧伝《けんでん》し、個々人の中にコンセンサスを作り、そこからゆるやかに事態を是正すること。コーヒーの例で言えば、コーヒーの需給量が激減しても、失業した人たちが新たな仕事に就き、生活の糧《かて》を得られるようにすることが大事なんだよ」

大嘉根は自説をぶった。

「勉強になります。そうした観点からみると、今回の私の行動は軽率でした。反省しきりです」

瀧川はうなだれた。

「いや、それもそうではない。パーム油に関しては、コーヒー問題の比ではないほど深刻だ。資本家は環境破壊の実態や健康被害の事実を隠し、強引な開発と供給を続けている。そうした者たちには、時にこちらも強硬な手段を取らなければならないこともある。これまで、君が私のゼミで熱心に学んでいたのは見ていた。サークルでの様子も小柳君から聞いている。ただ、どんなに熱心な者でも、いざ強硬手段を取らざるを得ないとなると、怯《ひる》む者がほとんどだ。君が連れてきた金沢君と倉持君か。彼らは君が捕まりそうになった時、逃げ出しただろう？　あれが多くの活動家の実態だ。が、君は最後までやり遂げた。自分の主張を貫《つらぬ》き通した」

「いえ、最後までは貫き通せませんでした。会社側の誓約書にサインしてしまいましたから」

瀧川が言う。

と、大嘉根は声を出して笑った。

「仕方ないことだ。君は逮捕されたのは初めてだろう？」

「はい……」

「権力に拘束されることに恐怖を覚えるのは当然。しかし君は、行動し、拘束されたことで、権力側がどのような手段で我々を屈服させようとするか学んだ。その体験こそが本当の活動をするとき、力になるのだ」

「先生もそういう体験をされたことがあるのですか？」

「もちろんだ。私にとってはもはや、三度の食事を摂ることと変わらないものだよ」

大嘉根は言った。

大学での講義を聴いている限り、多少偏《かたよ》ったイデオロギーは持っているものの、過激な思想は持たない人物なのかと感じさせられるところもあった。

だが、それは表の顔なのだろう。今、瀧川の前で語っている大嘉根こそ、真の姿だ。

「君をグリーンベルト本部に迎えようと思うのだが、いかがかな？」

大嘉根は瀧川を見つめた。

「本当に、いいんですか？」

「ここの議長は私だ」

大嘉根が言う。

「安藤さん。一緒に戦ってくれませんか？」

横から恵里菜が言う。

「私で力になれるなら、ぜひ」

瀧川は恵里菜と大嘉根を交互に見やった。大嘉根が深く頷く。

「小柳君、安藤君を案内してあげなさい」

「はい」

恵里菜が立ち上がった。瀧川も立ち上がる。

「大嘉根先生。ありがとうございました」

深々と腰を折る。

「期待しているよ」

大嘉根は満足げに微笑んだ。

今村と藪野は、以前会合を開いた新宿のカラオケボックスで待ち合わせた。

前回と同じく、中年男同士の宴会を気取りつつ、肩を寄せる。

「瀧川がグリーンベルトへの潜入に成功しました」

「まあ、そうだろうな」

藪野はさらりと言った。

「確信があったというわけですか？」

「瀧川が案外、丁寧に仕込んでいたからな。少し背中を押せば、難しい話じゃないとは思った」

「さすがですね」

「べんちゃらはいい。青山謙正のデータは持ってきたか？」

「これです」

今村はデジタルカメラをテーブルに置いた。

藪野は中からＳＤカードを抜き出し、持ってきていたタブレットの挿入口に入れた。

データを本体に読み込み、表示させる。

監視カメラ対策だ。店員が出入りする時、歌っている藪野の姿を今村に撮らせた。それを自分のタブレットに入れれば、見ている者には写真データをダウンロードしていると映る。

藪野は自分の写真は指でスワイプして流し、テキストデータを表示した。

時折、カラオケのリモコンを操作するふりをしながら、公安部が用意した青山謙正の履歴に目を通す。

「それで、大丈夫ですか？」

「ああ、十分だ」

タブレットを閉じる。

「白瀬には、二、三日中に動きそうだと、こちらから連絡を入れておきます」

「よろしく頼む」

藪野はタブレットを持ち、立ち上がった。

「もう歌っていかないんですか？」

「店員に笑われるのは、もうたくさんだ」

藪野は言い、出て行った。

今村は笑って送り出したが、藪野の姿が見えなくなると、笑みが消えた。

「リーダー面しやがって」

音楽にまぎれて毒づき、生ビールを呷《あお》った。

芳澤は、藪野が持ってきた青山謙正の履歴を持って、ヤマトキャピタル本社を訪れていた。

応接ソファーの向かいでは、萩尾がタブレットで、PDFに変換した青山の履歴データに目を通していた。

「これはなかなかの人物だね」

萩尾がつぶやく。

青山謙正は元外務省の職員で、現ミャンマー連邦がビルマから国名を変更する際、軍事政権と関わっていた人物だ。

その後、外務省を辞めて貿易商となり、ミャンマー軍事政権と関係を密にしつつ、ラオス、タイ、バングラデシュ、インドネシアなど、東南アジアの西側諸国とのパイプ役を果たしていた。

「どうやら、秘密裏の行動が長かったため、表に出てこなかったようですね」

「裏は取れたのか？」

「はい。タイ政府の関係者に聞いたところ、渋々ですが存在を認めました」

「ふむ……これならいいだろう」

萩尾はタブレットを閉じた。

顔を上げ、芳澤に微笑みかける。

「わかった。ピジョン・ブラッドの購入資金は私が提供する」

「ありがとうございます」

芳澤は頭を下げた。

「それと、一度、青山邦和君にも会いたい。ピジョン・ブラッド受け渡しの際、私も同席してかまわないかな？」

「それは大丈夫ですが……」

芳澤が口ごもる。

「何か？」

萩尾は微笑んだまま、首を傾けた。

「いえ、その……社長が表に出てもかまわないのですか？」

「出資者として青山君に会うだけだ。問題ないだろう？　それとも、僕が青山君に直接会うと不都合なことでもあるのかな？」

笑顔で詰め寄る。

「いえ……。これまで社長が私の関係者に会わなかったのは、社長の存在が表に出ることを嫌ってのことかと思っていましたもので」

「会う価値のない人間だからだっただけだ。時間は有益だからね。忖度《そんたく》しすぎだよ、君」

萩尾が笑う。

「ピジョンで受け渡しというのも華がない。私の方で受け渡し場所を手配しよう」

「社長のお手を煩わせては――」

「その程度のことは造作ない。南野君！」

萩尾はドアの向こうに大声で呼びかけた。

ドアが開き、秘書の南野景子が入ってくる。

「お呼びでしょうか？」

「明日の夜十九時より、赤坂鶴野屋《あかさかつるのや》の一室を押さえておいてくれ」

「人数は？」

「三名でいい」

「承知しました」

景子は会釈し、部屋を出た。

「ということだ。鶴野屋は知っているね？」

萩尾が芳澤を見る。

「はい」

「君が連れてくればいい。早く入ったところで私はいないから、時間ちょうどでいい」

「わかりました。ところで、社長。例の物の手配はどうなっているんですか？」

「心配するな。もう各部品を国内へ搬入する準備は整っている」

「私や大嘉根先生が先方と会わなくてもいいのですか？」

「君たちのことは伝えてある。それにだ」

萩尾が身を乗り出した。

「前回のように、君たちに任せて摘発されたＡＫ《アーカー》のようなことになっては困る」

笑顔が濃くなる。

「まあ、リスクは分散しておくに越したことはない。不満はあるだろうが辛抱しろ。いずれ、君たちにも引き合わせる時が来るかもしれんから」

萩尾はそう言い、立ち上がった。

帰れという意味だ。芳澤は立ち上がって深く頭を下げ、奥歯を噛みしめた。

第四章
謀略《ぼうりやく》

1

白瀬は芳澤に呼び出され、芳澤所有のセダンで赤坂に来た。

外堀通りから路地を西へ入ると、瀟洒《しょうしゃ》な建物の多い飲食街に出た。暖簾《のれん》で間口を隠した料亭が並ぶ。

枯草色《かれくさいろ》の暖簾がかかった店の軒先で停車する。運転手が降りてきて、後部のドアを開けた。

白瀬が先に降りる。芳澤が続いた。白瀬の手には手錠で鎖《くさり》をつないだアタッシェケースが握られている。

芳澤が暖簾を潜った。白瀬も芳澤について中へ入った。

小庭に囲まれた石畳が続き、その奥に入口がある。戸の前に立つと、引き戸がスッと開いた。

和服を着た女性従業員が軽く頭を下げた。

「芳澤です」

声をかける。

「お待ちしておりました。こちらです」

従業員が促す。

二人は靴を脱いで上がり、従業員について歩いた。中廊下を通り、縁側に出る。日本庭園を左手に見つつ奥へ進み、奥から一つ手前の部屋の前で止まった。

「芳澤様がご到着されました」

従業員は膝をついて声をかけ、障子戸《しょうじど》を開けた。

「どうぞ」

中へ促す。

芳澤に勧められ、白瀬は先に中へ入った。

猫足《ねこあし》の和卓の左手に目の大きな男がいた。

「お待ちしていましたよ、青山さん。さあ、どうぞどうぞ」

向かいの席を手で指す。

「失礼します」

白瀬は会釈をして、右手の席に座る。上座だった。

芳澤は男の横、下座に座った。

「お飲み物はいかがいたしましょうか?」

女性従業員が声をかける。

「青山さん、酒は？」

「何でもいけます」

「では、水芭蕉《みずばしょう》のピュアをもらおうか。グラスでいい」

「かしこまりました。お料理もお運びしてよろしいでしょうか？」

「よろしく」

男がてきぱきと頼む。女性従業員は一礼して下がり、障子戸を閉めた。

「ご挨拶が遅くなり申し訳ない。ヤマトキャピタルの萩尾です」

そう言い、萩尾が名刺を出した。

白瀬は名刺を受け取った。

「青山です。お名前は芳澤さんから伺っています。あいにく名刺は持ち合わせていないのですみません」

「気になさらないで。どうぞ、足を楽にしてください」

萩尾は満面の笑みを浮かべた。

白瀬は胡坐《あぐら》をかき、座椅子の背にもたれた。

従業員がグラスに入った発泡酒を運んできた。

「水芭蕉でございます」

そう言い、三人の前にグラスを置く。その後ろから入ってきた従業員が前菜と刺身を卓に並べた。

従業員が下がるのを待って、萩尾がグラスを取る。

「では、今日の日を祝して」

グラスを掲げる。

白瀬もグラスを掲げ、酒を口に含んだ。

発泡日本酒だった。フルーティーな香りづけはされているが、日本酒のコクと甘みはしっかりと残っている。

「いかがです？」

萩尾が訊く。

「喉越しのいい酒ですね。これであれば、和食にも洋食にも合う」

「そうでしょう。私は大切なお客さんをお迎えした時は、必ずこれで乾杯するんですよ。やはり、日本には日本酒が合いますからね」

そう言い、ごくごくと喉を鳴らし、グラスを空ける。その飲みっぷりには風情も何もない。

「どうぞ、いってください」

萩尾は白瀬に食事を勧め、自分も箸を取った。

きれいな盛り付けも器も関係なく、端から摘まんで口に放り込み、くちゃくちゃと音を立てて食べ進む。

白瀬は多少、げんなりとした。

が、萩尾はかまわず食べ進める。

食事は萩尾のペースで進んでいく。とにかく速い。萩尾は「ごゆっくり」と言うが、煽《あお》られてつい白瀬と芳澤のペースも速くなった。

他愛もない話で会食は進み、一時間も経たないうちに最後の汁物とごはんも出てきて、デザートを残すのみとなった。

萩尾は満足そうに口を拭いた。皿を下げに来た従業員に声をかける。

「デザートと一緒に水芭蕉の大吟醸《だいぎんじょう》をボトルで持ってきてくれ。猪口《ちょこ》はいつものを三つで」

「かしこまりました」

従業員が下がる。

「いかがでしたか、青山さん」

「さすが、赤坂の料亭ですね。申し分ありませんでした」

「味のわかる方と食事するのは楽しいですな」

萩尾は笑みを濃くした。

白瀬は笑みを返しつつ、胸の内で嘲笑した。

従業員がデザートと日本酒を持ってきた。酒杯は富士山を模《かたど》ったガラス製だ。

三つの猪口に冷えた酒を注ぎ、会釈をし、廊下に出て障子戸を閉じる。

静かになった。

「では、再び、この出会いに」

萩尾が猪口を取る。もう一度、白瀬たちは乾杯をした。

萩尾は酒を飲み干した。盃を置く。

「さて、青山さん。商談に入りましょうか」

「芳澤さんと話をするのでは？」

白瀬は芳澤に顔を向けた。

「彼は私の窓口です。出資するのは私ですから」

「ピジョン・ブラッドを必要としていたのは萩尾さんだったということですか？」

「私も、ということだ」

笑みを濃くする。

萩尾は猪口に手を伸ばした。芳澤がすぐさま日本酒を注ぐ。

芳澤は料亭に着いてからたまに相槌《あいづち》を打つ程度で、萩尾と白瀬が話している最中はずっと黙ったままだ。

白瀬だけでなく、誰の目から見ても、芳澤と萩尾の力関係は歴然だった。

「一億、二億の商談なら、私も芳澤君に一任するんだが、今回は十億の商談。しかも、最上級のピジョン・ブラッドの取引だ。万が一があってはいけないと思いまして。いや、青山さんを信用していないわけではないんですがね」

「いえ。私が萩尾さんの立場なら、慎重になります」

「理解していただいてありがたい。失礼を承知で、あなたの経歴も調べさせてもらいました。実に立派なご尊父《そんぷ》ですね。その地盤を引き継いでおられる青山さんなら信用できると確信しました」

「東南アジア地域で仕事をするようになって、父の名声を耳にすることは多くなりましたが、家族にとっては褒《ほ》められた父ではありませんでした。家にいたことはほとんどなく、私も休日に父と遊んだという思い出は数えるほどしかありません。母もよく離婚しなかったものだと思ったものですが、後に聞いてみると、子供のために離婚しなかったそうです。一応、外務省の職員なので、生活は保障されていますしね。父も、実生活では何もできない代わりに、生活費だけは面倒を見ていたようです」

「なるほど、ご家族から見れば、そのようなご苦労もあったわけですね。お父様を嫌っていたり恨んでいたりはしないのですか？」

「本当に幼い頃は、恨む……というより淋しい思いはしていました。ですが、中学へ入る頃にはもう父はいないものと思っていましたし、今、こうして東南アジアで仕事ができるのは父のおかげでもあるので、感情的にはプラマイゼロといったところです」

「仕事人間には付きものの悩みですね。私も子供と遊べたことがない。青山さんのように感じているのかもしれませんね」

「ご結婚されているんですか？」

「ええ。十七歳の娘と十五歳の息子がいます。妻と共にシンガポールで暮らしています」

「いいところですね」

「ご存じのように、この頃は日本人も多くなって、海外で暮らしている感じもしなくなりました。それでも日本で育てるよりはマシですがね」

萩尾はさらりと言った。一瞬、笑みが消える。が、すぐに笑みを作り直した。

「雑談はこの程度で。青山さん、現物を見せていただけますか？」

「もちろんです」

白瀬が脇に置いていたアタッシェケースを取る。

芳澤が卓の上の皿と猪口を避けた。

白瀬はテーブルにケースを置いて蓋を開き、萩尾の前に差し出した。

萩尾は中を覗いた。

「これはすごい……」

大きい双眸がさらに大きくなる。

「素晴らしい一品ですね。私もいろいろと最高級品は目にしていますがこれほどの物は見たことがない」

「萩尾さんだからお教えしますが、これはミャンマー政府直轄《ちょっかつ》の宝石商が所有していたものです。特別のルートで政府関係者と交渉し、手に入れました」

「でしょうね。宝石商か、政府関係者の名前を教えてもらえませんか?」

萩尾が直球で訊く。

「本来、教えるわけにはいかないのですが……。わかりました。政府関係者だけ。テイン・アルカノ氏です。現在、大統領府の補佐室長を務めています」

「それはすごい。私もアルカノ氏にはお目にかかったことがある。まだ彼が欧米で投資を学んでいた頃だったかな。若いが有望な人だと一見してわかったよ。いずれ、大統領になるかもしれませんね」

「はい。アルカノ氏は軍部と民主勢力の中立にいる人物です。近年、文民統治に移行したとはいえ、まだまだ軍部の力も強い。そうした状況下で、アルカノ氏は一定の発言力を持っています。今回、このルビーを私に託してくれたのも、ミャンマー産のピジョン・ブラッドが国際市場でどれほどの価値があるのかを確かめたいからだと言っていました。政府主導では、どうしても高値になってしまいますからね。アルカノ氏は、公称でなく、正味《しょうみ》の価値を把握しておきたいようです。正しい価値を知っておかなければ、国内資産の正確な算定も下せないですから」

「なるほど、それなら納得だ。私の疑問は、どうしてこのような逸品が国外に出てきたかということだった。君の経歴、私が知る限りのアルカノ氏の思考、目の前にある最高級のピジョン・ブラッド、すべてが結びつく。青山さん、このピジョン・ブラッドは買い取らせてもらいます。いや、私に買わせてください」

「そのつもりでお持ちしました。金額は事前の交渉通り、十億でいいですね？」

「いや――」

萩尾は身を乗り出して、白瀬を見つめた。

「二十億、出しましょう」

「いいんですか？」

白瀬が目を丸くする。

「本当はそれ以上出したい。そのくらいの価値があるものですからね。ただ二十億を超えると、商売にならない。私も投資家ですから、利益にならない取引はできません。現在、ギリギリ利益を出せる金額が二十億です。それで手を打ってくれませんか」

「こちらこそ、ありがとうございます。アルカノ氏も喜ぶと思います」

白瀬は言った。

「支払いはどうしましょうか？」

「アルカノ氏の依頼で、私が設立した投資会社がハバナにあります。そこへ投資資金として振り込んでいただきたい。むろん、ここは休眠会社ですが」

「わかりました。早速手配しましょう」

萩尾がケースの蓋を閉じる。白瀬は手を伸ばし、ケースを引き寄せた。

「品物は、振り込みを確認次第、私が芳澤さんの下へ届けます。それと、萩尾さんなら、私とアルカノ氏の関係を調べると思いますが、彼との関係は公にはしていません。ただ、一度だけなら確認できるよう、アルカノ氏に連絡を入れておきますので、その後、確認するなりなんなりしてください。方法は、品物を渡す時、同時にお教えしますので」

「ご配慮、ありがとうございます。青山さん、これからもよろしく」

萩尾が右手を出した。

「こちらこそ」

白瀬も右手を出し、握る。

二人は互いに含みのある笑みを浮かべ、和卓を挟んで固く握手した。

2

大嘉根を紹介され、グリーンベルト本体の出入りを許された瀧川は、その日以来、週に三度のペースでオフィスに顔を出していた。

今日も一人、事務局を訪れ、三階にある資料室で、過去のグリーンベルトの活動記録を読み漁《あさ》っていた。

平日の昼間だからか、恵里菜の姿はない。資料室には、他に二人の男女がいた。どちらも三十前後だ。が、話したことのない人たちだった。

瀧川は、あまりにフレンドリーに近づくのも不自然だと思い、会釈をしただけで、あとは黙々と活動記録に目を通していた。

本部として使用している五階建てのビルのすべての部屋は、グリーンベルトが所有していた。

先日、大嘉根に会うために最上階まで案内されたが、普段、瀧川たち一般会員が立ち入りできるのは三階まで。四階、五階と地下一階は特定の者しか出入りが許されなかった。

瀧川は何度か上階へ上がろうと機会を探ったが、立ち入り禁止のフロアへ続く階段には熱感知装置の付いた監視カメラが取り付けられていて、とても立ち入れない。

うかつに踏み込めば疑われるだけなので、自重《じちょう》した。

恵里菜は、メンバーの中でも数少ない、全階に出入りできる幹部だった。それだけをみても、グリーンベルトでの恵里菜の地位が高いことがわかる。

単に、グリーンベルトへの潜入のきっかけとしか見ていなかった恵里菜は、想定以上に使えるターゲットだと、瀧川は感じていた。

恵里菜はほぼ毎日のように、グリーンベルトの事務局へ来ていた。

平日はだいたい午後三時から五時の間に訪れている。恵里菜のこれまでの行動から考えると、大学で勧誘活動をした後に事務局へ来ているようだ。

土日は、イベントがある時以外は、朝から事務局に詰めていることが多い。

彼女の生活は、グリーンベルトの活動を中心に回っているらしい。

瀧川は恵里菜の推薦ということもあって、メンバーにはおおむね好意的に迎えられていた。

ただ、一部には瀧川を面白くなく思っている連中もいる。

その中でも、古参で幹部の一人である田名部誠司《たなべせいじ》の一派は、恵里菜が力を増すことを快《こころよ》く思っていないようだった。

それとなく探ってみると、田名部はかつて、大嘉根の右腕だったが、五年前、大嘉根と運動方針をめぐって対立して以来、冷遇され始めたという。

そこに現われたのが恵里菜だった。大嘉根は、恵里菜の両親とは、夫妻が大学生時代、左翼活動に身を投じていた時期に面識があった。現在、父が会社の労組の中央執行委員を務めていることや、母が市民活動に携わっていることも知っている。

大嘉根は、両親からの思想を受け継ぎ、若くして熱心に活動する恵里菜を若手のリーダーとして育てるべく、寵愛し始めた。

本来であれば、事務局が認めた幹部以外は入れない上階や地下にも自由に出入りする権利を認められ、イベントの企画会議や立案、グリーンベルトの運営会議での発言も認められた。

大嘉根は恵里菜の提案を優先的に採用し、恵里菜が選んだ若手メンバーと共に次々と実行させた。

最初は、恵里菜の重用に対する反発も多かったようだ。

が、何より、組織の課題であった〝若者の獲得〟に関して、恵里菜以上の成果を出せる者がいなかったこともあり、徐々に組織内で認められるようになり、今では〝小柳派〟と称される若手グループを形成するほどに成長している。

恵里菜たちは、SNSやLINEなどのコミュニケーションツールを使った情報の発信や野外イベントの企画などを主に行なっていた。

それも、これまでのような堅苦しいセミナーではなく、海や山でのバーベキューやキャンプなど、これまでグリーンベルトが行なっていた活動をさらにカジュアルにしたものもあれば、廃村や廃校でコスプレ撮影会を企画することもある。

コミックマーケットや動画サイトのオフラインミーティングにも積極的に参加し、自分たちの主張をうまく織り込んだ映像を配信し、これまで環境に興味のなかった若者たちを取り込むことに成功していた。

しかし、瀧川は、グリーンベルト内での恵里菜の格を知るほどに、一つの疑問が湧いてきた。

組織内での恵里菜の地位は確立されている。恵里菜が提案し、主導すれば、大規模なイベントや勧誘活動も容易な状況にある。

だが、恵里菜は明神大で地道に学生たちに声をかけ、仲間とつるむわけでもなく、一人黙々と勧誘活動を行なっている。

その様子を見る限り、とても組織の幹部とは思えない。

なぜ、恵里菜はそうした活動を続けているのか……。

正体を隠すためかとも考えたが、であれば、表に出ないことが最も合理的だ。顔を出して環境運動を推進していれば、非公然活動家にもなれない。

単に、活動に真面目なだけ、という可能性もなくはないが、若くして幹部に抜擢されるような人物が、真っ白で純粋な人物とも考えにくい。

瀧川はグリーンベルトの内情を鹿倉に報告するとともに、田名部派の誰かに接触する作業班員を仕込むよう、要請した。

現状、瀧川は小柳派を振る舞い、恵里菜に接近する方が自然な流れだ。その状況下で田名部派に接触するのは、自滅行為ともいえる。

ここは二兎を追うより、別々に調べた方が得策だと判断した。

資料室のドアが開いた。

若い細身の男が入ってきた。

瀧川は男を見て笑顔を覗かせ、軽く頭を下げた。相手も笑顔を向ける。

江坂悠大《えさかゆうだい》という二十三歳の若者で、恵里菜と行動することが多く、若手ホープの一人と噂されているメンバーだ。さらさらの髪と涼しげな瞳が印象的な美青年だった。

グリーンベルトの中では、何度か言葉を交わしたことがある顔見知りだった。

「今日も勉強ですか？」

江坂が近づいてきた。

「はい。少しでも早く、みなさんの活動に参加したいもので」

「安藤さんの熱意には感服します。そうだ。これから若手の勉強会をするんですけど、安藤さんもどうですか？」

江坂が言う。

室内にいた三十前後の男女の視線が瀧川に向いた。瀧川は横目で一瞥した。明らかな敵意が滲む。

彼らは田名部派のメンバーか。

瀧川は思いつつ、江坂に笑みを向けた。

「よろしいんですか？」

「ええ。安藤さんは私たち若手の同志なので」

江坂が言う。

室内にピリッとした空気が走る。

田名部派と小柳派の対立は、思った以上に根が深そうだと、瀧川は感じた。

田名部派との無用な対立は避けたい。が、優柔不断な態度を見せれば、どちらに食い込むこともできなくなる。

「ありがとうございます。では、参加させていただきます」

瀧川は言い、活動記録のファイルを閉じて立ち上がった。

ファイルをスチール棚に戻す。同室していた男女はあからさまに瀧川を睨んだ。

瀧川は少し怯んだふりをし、会釈して、江坂と共に部屋を出た。

右手の階段から二階のミーティングルームへ降りていく。

「江坂さん。さっき、部屋にいた人が私を睨んでいたんですけど。私、何かしましたか?」

小声で不安げに訊いてみる。

「人の集まるところですからね。いろいろあります。でも、気にすることないですよ。僕たちは目標のために進んでいけばいいだけですから」

江坂はさらりと流し、階段を下りた。

ミーティングルームのドアを開ける。瀧川は江坂に続いて、中へ入った。

二十代と思われる若い男女が三人いた。円卓の奥半分を囲むように座っている。初めて見る顔だ。誰もが穏やかそうな笑顔を覗かせていた。

「今日は安藤さんにも参加してもらいます」

江坂が言う。

「前田翔《まえだしよう》です」

手前の小柄な男が言う。

「三崎《みさき》いのりです」

向かいの髪の長い女性が会釈する。

「竹岡真司《たけおかしんじ》です」

短髪で背が高く、体つきのいい男性が太腿に手を置き、頭を下げた。

みな、好青年に見えた。

「どうぞ、座ってください」

江坂が竹岡の隣を指す。

瀧川はパイプ椅子に腰を下ろした。江坂が横に座る。五人で円卓を囲むような形になった。

江坂が一同を見回して、口を開いた。

「さて、本日の議題は、環境運動における手法と効果についてです。忌憚ない意見を語ってください」

江坂はいきなり切り出した。

瀧川は心の奥で少し身構えた。

これまで、個別のミーティングに出たことはないが、小柳派の若者たちとは話したことがある。

その時出てくる話は、恵里菜同様、学術的な環境問題に関するものか、表面的な環境運動の実情程度だった。

が、江坂が上げた議題は、より運動そのものに踏み込んだものだ。

試しに来たか……。

瀧川はそう感じていた。先ほど、資料室に田名部派がいるところで〝若手〟という言葉を露骨に使ったのも、瀧川がどちらの派閥の人間かを量《はか》るためだったのかもしれない。

それならば――。

瀧川は真っ先に手を挙げた。

「安藤さん、どうぞ」

江坂が言う。他の三人も瀧川に目を向けた。

「ありがとうございます。意見というわけではないんですが、みなさんにお聞きしたいことがあるんです。私は先日、ある企業への抗議活動が過ぎて、捕まってしまいました」

「パーム油抗議の件ですね」

江坂の言葉に、瀧川は頷いた。

「逮捕されたことには、私自身、複雑な思いがあるのですが、私利私欲のために環境破壊を推進しているような企業の前で直接抗議し、周囲の人々に実態を啓蒙《けいもう》するという手法は間違っていないと今でも思っています。ただ、その効果については、私には判断できません。みなさん、この件についてどう思われますか？」

丁寧に訊く。

前田が手を挙げた。

「僕は抗議活動自体は間違っていなかったと思います。ただ、効果があったかは疑問ですね」

「どうしてです？」

江坂が訊いた。

「抗議に行ったのは三人だと聞いています。そして、捕まったのは安藤さん一人だけだとも。その程度の規模では、通行人は単におかしな人が捕まったぐらいにしか思わないでしょう。もっと大規模な抗議活動と逮捕劇なら、効果はあったと思います。あ、安藤さんの活動自体が無駄だったと言っているわけではないので、あしからず」

前田は目を伏せがちのまま持論を述べ、頭を下げた。

「私も前田さんの意見に賛成かな。この頃、上の人たちは法を守った抗議活動を、なんてうるさいけど、そもそも法とか倫理を破ってるのは、企業側だもんね。もっと激しく追い込んでやんないと」

いのりは前髪の隙間から冷たい双眸を覗かせた。

「俺ももっと激しく抗議していいと思いますよ。ただ、前田君とは違って、俺は効果はあったと思うんです。少なくとも、周囲で安藤さんたちの抗議を見聞きしていた人たちに、パーム油という言葉だけでも刷り込んだでしょうから」

「僕もそう思いますね」

江坂が、竹岡の言葉を拾った。

「そもそも、環境問題に関心のない人々は、パーム油という言葉すら知らない。そのために各地でセミナーや講演会を開いてきたけど、集まるのは元々意識の高い人たちで、身内に語り掛けているに過ぎない。市井《しせい》の人々に実態を知らせ、大きなうねりにするには、もっと危機感を煽らなきゃならない。地道な活動も大事だが、そうしている間にも世界中で環境が破壊されている。破壊者を止めないと。僕たちの手で」

江坂が言う。若い三人が頷いた。三人とも、心なしか紅潮している。

なるほど、洗脳か……。

瀧川は江坂の話を聞きつつ、自分も高揚した様を気取り、強く首肯した。

3

ピジョン・ブラッドが萩尾の手に渡った翌日の午後、藪野は、池谷と共に、高峰からピジョン銀座本店の最上階VIPルームへ案内された。

これまで、ごく少数の幹部以外、決して入ることのできなかった部屋だ。

藪野は警戒心を抱きつつ、池谷と共に社長室へ入った。

藪野は部屋の豪華さに目を瞠《みは》った。オーバルテーブルの中央に、芳澤が座っていた。

高峰に促され、藪野と池谷は芳澤の対面に座った。池谷は落ち着かない様子で部屋を見回していた。藪野も戸惑いを装《よそお》う。

高峰は芳澤の脇に立った。

「忙しいところ、来てもらって申し訳ないね」

「いえ……」

芳澤の言葉に、藪野と池谷は困惑した様子を見せ、互いの顔を見合わせた。

「ピジョン・ブラッドは、無事に手に入った。萩尾さんは、青山の物を二十億で買い取った」

金額を聞き、藪野と池谷が目を丸くする。

「まもなく、ピジョン・ブラッドは商人の仲介者に渡り、我々が必要とする武器が手に入る」

「武器というのは、何です？」

池谷が訊いた。

「ミサイルだ」

芳澤はあっさり答えた。

藪野は息を呑んだ。

これまでひた隠しにしてきた情報を、自分の腹心とはいえ、やすやすと教えた。

何を企んでいる……。

藪野の鼓動が速くなる。視野を広くし、室内に違和感がないかを確かめる。

ちょっとした物音や、高峰や芳澤の呼吸にまで神経が尖る。

藪野の空気に当てられてか、池谷の眉間も険しくなってきた。

芳澤は二人を見やり、ふっと笑った。

「そんなに怯えることはない。たかがミサイルだ」

こともなげに言う。斜め後ろで高峰が微笑んでいた。

「どんなミサイルなんです？」

藪野が口を開いた。

芳澤は笑顔のまま、藪野に顔を向けた。

「準中距離弾道ミサイルだ。射程は千五百キロ超。東京から撃てば、沖縄あたりまで届く距離だな」

芳澤は自慢げな顔を覗かせた。

今村の調査通りか……。

正直、ミサイル購入の話には半信半疑だった。そもそも、目的がわからない。日本で支配階級を破壊しようとするなら、銃器や爆発物を大量購入する方が現実的だ。他国を攻撃するならミサイルもあり得るが、一発撃ち込んだくらいではたいしたダメージもなく、たちまち反撃されるのがオチだ。

こいつら、何をするつもりなんだ、いったい……。

疑問が喉元まで込み上げてくる。だが、躊躇した。

本格的な活動を前に、芳澤が探りを入れている可能性もある。不用意に計画を尋ねれば、潜入者のレッテルを貼られることもあり得る。

芳澤たちが次の段階へ移った今、潜入者と目されること自体、死を引き寄せる要因となる。

しかし、今なら話の流れで訊けなくもない。

どうする……。

逡巡していると、池谷が口を開いた。

「何をするつもりなんですか、ミサイルなんかで」

素直な疑問だ。

芳澤はふっと片笑みを見せた。

「上海《シャンハイ》攻撃」

芳澤の言葉に、藪野も池谷も驚き、両目を見開いた。

「中国と戦争するつもりですか！」

思わず、藪野が声を上げる。

「そうだ。上海にミサイルを撃ち込めば、中国は当然、自国防衛を旗印に人民解放軍を日本へ向かわせる。日本の自衛隊に、本気で攻めてきた人民解放軍を殲滅《せんめつ》する能力はない。実質、人民解放軍と在日米軍との戦闘になる。しかし、それも長くは続かない。米中双方、甚大《じんだい》な被害を出すことは避けたいからだ。早期に調停案が出され、日本は米中で分割統治されることになろう。そうすれば、中国傀儡《かいらい》の北朝鮮のような共産主義国家を樹立できる」

芳澤は滔々《とうとう》と語る。

耳を疑うような話だった。

仮に、上海への攻撃をきっかけに日中が争うことになっても、朝鮮半島のような政治体制にはなりえない。せいぜい、尖閣《せんかく》諸島の領有権を渡す程度だ。アメリカが中国に太平洋の玄関を渡すはずもない。

芳澤を見やる。

頬は紅潮し、自分の言葉に高揚しているようにも映る。

あまりの話に、藪野だけでなく、池谷も絶句していた。

二人が言葉を失い、呆然《ぼうぜん》としていると、芳澤は笑いだした。斜め後ろで高峰も笑っている。

「冗談が過ぎますよ……」

藪野はホッとしたように頬を緩めた。

「何を言っている。本気だったんだぞ、この計画は」

芳澤が言う。

「だった？」

藪野は訊き返した。

「当初は、話通りの計画を進める予定だったが、俺も日本が他国の属国になることは望まない。社会主義体制は創りたいが、それは、我々自身の手で勝ち取らなければならないものだ。他者から与えられたシステムは、所詮《しょせん》、欠陥品だ。我々が我々自身の力で、新たな世界を牽引《けんいん》するシステムを創る。その目的に邁進《まいしん》することとなった」

「具体的に何をするんですか？」

藪野は、多少の危惧を抱きつつも訊かずにはいられなかった。

芳澤は藪野を正視した。

「再構築するためには、破壊しなければならない。人々に新たな時代の幕開けを伝える象徴として——」

芳澤が身を乗り出した。

「手に入れたミサイルで、国会議事堂を爆破する」

双眸に力がこもる。

藪野は息を呑んだ。

こいつ、本気だ……。

この男にミサイルを渡してはいけない。

藪野は芳澤を見返し、今すぐにでも抹殺《まっさつ》したい衝動を抑えた。


同じ頃、白瀬は萩尾に呼ばれ、六本木《ろっぽんぎ》に来ていた。

リッツカールトン東京のフレンチレストランの個室で、二人で昼食を摂っている。

昼間から高級ワインを飲み、贅《ぜい》を尽くした料理を口に運んでいた。

相変わらず、萩尾の食べ方の汚さには辟易するが、白瀬は笑顔を崩さず、穏やかに談笑していた。

「いやあ、やっぱり、ここのフレンチはうまかったですな」

デザートを食べ終えた萩尾は、ナプキンで乱雑に口を拭い、ワインを麦茶のように呷った。

内心失笑しつつも、白瀬もデザートを食べ終え、ナプキンを軽く畳んでテーブルの端に置いた。

「いつも、ごちそうになってすみません」

「遠慮はいりませんよ。私からお誘いしているのですから。もう一本、ワインどうですか？」

「お付き合いします」

白瀬が言うと、萩尾は大声で無粋《ぶすい》に従業員を呼んだ。

「一番高いワインとチーズを持ってきてくれ」

「かしこまりました」

従業員が下がる。別の従業員が皿を下げ、いったんテーブルをきれいにした。

まもなく、店員がワインを持ってきた。

「シャトー・ラフィット１９９９年です。テイスティングなさいますか？」

「いや、いいよ、それで。用意してくれ」

「かしこまりました」

早速、従業員がコルクを抜き、グラスにワインを注ぐ。チーズもテーブルに置かれた。

「あとは、自分たちでやるから」

萩尾は言った。

従業員は丁寧に礼をして下がり、ドアを閉めた。

「では、改めて」

萩尾がグラスを持ち上げる。白瀬は二度目の乾杯をした。

「円熟した深みがありますね。酸味もちょうどいい」

「青山さんは、ワインの味がわかる方のようですね」

「外国で飲むことが多いもので」

「実は、私は味がさっぱりわからないんですよ。どれを飲んでも同じように感じる。ドロッとした赤ワインなど、何がうまいのかわからない。ビールの方がマシです」

萩尾は笑い、ワインを飲み干し、グラスに注した。

そうだろうな、と思いつつ、白瀬はワインを味わった。

「これまで何度かお話をさせていただきましたが、青山さんはやはり、儲け話には興味がおありのようですね」

「でなければ、宝石のバイヤーなどしていませんよ」

笑みを浮かべる。

「人柄も確かめさせてもらいました。私はよく、食事のマナーがなっていないと怒られるのですが」

萩尾が自嘲する。

だろうなと思うが、おくびにも出さなかった。

「あなたは私に一度も注意をしなかった」

「金を払って、場所と料理を買っているわけだから、どう食べようと自由ですから。もちろん、目に余る傍若無人《ぼうじゃくぶじん》なふるまいは私も注意しますが、社長が特別、横柄だとは感じませんので」

「いいバランス感覚だ。私も、金を払えば何をしてもいいとは思わないが、払うに見合った自由はあると思っているんですよ。しかし、日本にはそれがない。金を持てば高慢だとなじられ、貧すれば自分たちに関わるなと言わんばかりに存在自体を黙殺される。慎《つつ》ましさが美徳と言いながら、それはある中間層の中での話で、両極にいる者はわけもなく忌み嫌う。私は日本人だが、そういう故郷が大嫌いでしてね。一度、崩壊して、立て直してはどうかと思っているくらいなんですよ」

「同感です。私も海外が長いので、日本へ戻ってくると、何とも言えない閉塞感《へいそくかん》やら上辺《うわべ》だけの平等主義に息が詰まることがあります。もう少し、許容範囲の広いフラットな感覚があればと思いますね」

白瀬は話を合わせた。

「どうやら、私と青山さんは同種のようですな」

満足げな笑みを滲ませる。

「そんな青山さんだからこそ、お話ししましょう。太い儲け話があるんですが、一枚どうですか？」

「どんな話です？」

「ＣＤＳ、クレジット・ディフォルト・スワップです」

「韓国ですか？」

「いや、日本です」

萩尾はにやりとした。

「まさか……」

白瀬はグラスを持つ手を停め、大仰に驚いてみせた。

「日本の借金は警戒水準に達していますが、ＣＤＳで儲けられるほど破綻することはありえないでしょう。これまでも、海外の投資家が日本の破綻に賭けてきましたが、ことごとく負けている。本当なら、社長の言うように太い儲けとなるでしょうが……。日本が破綻するという確かな情報でもあるんですか？」

忌憚なく問う。萩尾の前では、金の話は躊躇しない方がいい。

「ありません」

「でしたら、その話は――」

「情報はありませんが、シナリオはありますよ」

「シナリオは、エコノミストならいくらでも描けますが、それと現実は別ですよね」

「そう。日本経済崩壊のいろんなシナリオがあるのに、シナリオ通りにならない。ですがね、青山さん。それはシナリオを描きっぱなしで放置するからいけないんです。シナリオどおりにドラマが動かないのであれば――」

萩尾はじとっと上目遣いに白瀬を見やった。

「こちらで動かせばいい」

ジメジメとして淀んだ目に笑みが滲む。ナメクジのぬるみで包まれたような不快感に、鳥肌が立った。

「そのために、あなたからピジョン・ブラッドを仕入れた。そして、それと交換するのはミサイルです」

萩尾の言に、白瀬は息を呑んだ。

4

今村が、これまでに収集した情報をまとめ、報告書を作成し、鹿倉の下を訪れていた。

鹿倉は報告書に軽く目を通すとすぐ、今村を別室へ連れて行った。

小会議室に入った鹿倉は、窓際の椅子に腰を下ろし、改めて報告書に目を通し始めた。

今村は少し離れた席に座り、鹿倉が報告書を読み終えるのを待った。

報告書を読み進めるにつれ、鹿倉の眉間の縦皺《たてじわ》が険しくなる。

報告書には、藪野と白瀬から上がってきた情報を、ほぼそのまま記している。

鹿倉は二度、最初から最後まで目を通した。

ファイルを閉じ、テーブルに報告書を置いて、深く息をつく。

「本当かね、これは？」

顔を少しうつむけたまま、訊く。

「俺も、嘘であってほしいと思いましたが……」

今村が答える。

「今の時代に、こんな愚かなことを考える者がいるとはな」

鹿倉は顔をやるせなく横に振った。

「今の時代だからかもしれませんよ。少し昔……というか、今の四十代から上の連中は、左翼過激派の武力闘争がどういう顚末《てんまつ》を迎えたかを肌身で知っています。なので、極端なことは考えない。しかし、それ以下の若い連中は、この日本で銃撃戦や爆破テロ事件があったことすら知らない。それらの凶行がなんら意味を成さなかったことも。だからこそ、突拍子《とっぴょうし》もないことを真面目に考えつき、実行しようとするのかもしれません」

「今後もそういう連中が湧くというわけか……」

「テロ活動も新世代へ移行するのでしょう」

今村は真顔で言った。

「ミサイルは、どうやって持ち込むつもりだ？」

「それに関しての報告は、まだ上がってきていません。ですが、考えられるのは、完成品か部品を船で運ぶか、設計図を手に入れるかでしょう。ただ、設計図を入手したとしても、基幹のエンジン部分や弾頭は、部品、もしくは完成品を直接仕入れることになると思います。日本にミサイル製造を一からできる者はいないと思われますから」

「技術者を入国させることも考えられるな」

「その点も留意しています」

今村が頷いた。

「しかし、なぜ、芳澤と萩尾のミサイル使用計画がこんなにも違うんだ？」

鹿倉が訊く。

萩尾は、芳澤が口にしていた上海爆撃計画をそのまま遂行しようとしている。かたや、芳澤は計画を切り替え、国会議事堂の爆破を企てていた。

「目的が違うからでしょう。芳澤は革命家を気取りたい人間なので、国内を混乱させたい。かたや、萩尾は日本を破壊すると同時に、報告書にもあったようにＣＤＳで金儲けをしたい。萩尾は日本に残るつもりがないので、騒動を起こした後は我が国がどうなろうと、どうでもいいのでしょう。むしろ、日本の体制が変わることで、またビジネスチャンスが生まれると思っているのかもしれないですね」

「タチの悪い男だな」

鹿倉がめずらしく乱暴な口ぶりで、不快感をあらわにした。

「ミサイルの取引場所と方法は？」

「わかりませんが、藪野と白瀬の話を総合すると、萩尾主導で取引は進むようですね。萩尾が手に入れたピジョン・ブラッドを武器商人に渡し、それと引き替えにミサイルを受け取る。商人本人がピジョン・ブラッドを求めているのか、誰かの仲介をしているのかは不明です」

「宝石は今どこにある？」

「まだ、萩尾の事務所から動いていません」

「取引まで時間があるということか……」

「どうしますか、部長？　今なら、テロ等準備罪を適用して、芳澤と萩尾を検挙し、借り受けたピジョン・ブラッドを取り戻すこともできますが」

今村が訊いた。

鹿倉は腕組みをした。テーブルを睨む。

「大嘉根は？」

「グリーンベルトが動いているという報告は上がってきていません」

「ヤツが関わっていないはずがない。調べは進んでいるのか？」

「瀧川の報告によると、グリーンベルト内部は今、旧主流派と若手中心の新興勢力が反目《はんもく》しているそうです。瀧川は新興勢力に、瀧川の要請で先日、旧主流派にも作業班員を送り込みました。動きがあれば、なんらかの報告があるはずです」

「大嘉根の動向がわからんうちは、こちらも動くわけにはいかんな」

鹿倉が言った。

「泳がせるつもりですか？」

「萩尾が接触しているという武器商人の正体も気になる。何より、ここで萩尾と芳澤を逮捕すれば、大嘉根、あるいは大嘉根と組んでいるかもしれない者たちが潜ることになる。地下に潜ったヤツらはもっと慎重に事を運び、綿密に計画を立てるだろう。そうなると、二〇二〇年に向けて、厄介な火種を残すことになる。連中はここで一網打尽にしておきたい」

「しかし、一歩間違うと、収拾のつかない事態に陥りますよ」

「君は、自分の同僚や部下を信じていないのかね？」

鹿倉がギロリと今村を睨む。

「そうではありません。今回の事案で我々だけでは対処しきれない事象が起こり得る可能性を危惧《きぐ》しているだけです。失敗すれば、我々公安部への非難は高まり、今後の作業がやりにくくなります。であれば、ここで新設のテロ等準備罪を適用して、政府や官邸に恩を売っておくのもありかと思いまして」

「小さいな、君は」

鹿倉が冷ややかに今村を見つめた。

「萩尾や芳澤を検挙したところで、ミサイルを日本へ持ち込むルートは解明できないだろう。もし、大嘉根以上の力を持つ何者かが関わっていたとすれば、その何者かに彼らの口を封じられて終わりだ。炙り出す時は、徹底して炙り出す。それが我々の仕事だ。それに、そこまで調べ上げて、上に報告すれば、今より遥かに活動しやすい下地を作ることもできる」

「万が一のことがあれば、班員だけでなく、一般人にも犠牲が出ますよ」

「大事を成すには、多少の犠牲も必要だ。まあ、それ以前に、ミスをしなければいいだけの話だ。私は、この事案の捜査責任者に君を据えたことは間違っていないと信じている」

鹿倉はそう言い、うっすらと笑みを浮かべた。

この狸《たぬき》が……。

今村は気色《けしき》ばんだ。

任務に失敗すれば、すべての責任を自分に負わせるつもりだ。

うつむき、奥歯を噛みしめ、拳を握り締めて、込み上げてくる憤《いきどお》りを飲み込む。

「ミサイルの取引方法と場所、日時の特定を急がせろ。それと、大嘉根の動向ももっと深く探らせろ。時間が経つほどに、不測の事態を招く確率は高くなる。頼むぞ、今村」

わざと名を口にし、念を押す。

今村は目を閉じて深呼吸をし、やおら顔を上げた。

「承知しました」

今村は立ち上がり、一礼して、足早に部屋を出た。

ドアを背にし、もう一度大きく深呼吸をして気持ちを切り替え、公安部のオフィスを後にした。


瀧川はいつものように、昼間からグリーンベルト本部へ赴いていた。

江坂たち若手の姿はない。普段通り、三階の資料室へ入り、活動記録や環境問題に関する本に目を通していた。

年配の男性が二人、入ってきた。

瀧川は会釈をし、手元の本に目を落とした。

足音が近づいてきた。手元に影が被る。瀧川はそれとなく、気配を探った。

「ちょっといいかな?」

訊かれる。

瀧川は顔を上げた。

斑白頭《はんぱくあたま》で顎髭《あごひげ》だけを生やしている眼鏡の男が笑みを向ける。

田名部派の長、田名部誠司だった。脇にいるでっぷりとして大柄の男は、田名部の側近、篠村瑛二《しのむらえいじ》だった。

「はい。ええと……」

「田名部誠司です」

「安藤晶です。よろしくお願いします」

立ち上がって、腰を深く折る。

「勉強中のところ悪いが、ちょっと付き合ってもらえるかな？」

田名部は笑顔を崩さない。篠村は腫れぼったい一重の双眸で瀧川を見据えている。

しかし、敵意は感じなかった。

「どこへ行くんです？」

「私たちの勉強会があるのでね。君も参加しないかなと思って」

「ありがとうございます。ぜひ」

瀧川は本を閉じて、田名部と篠村についていった。

田名部は階段で四階に上がり始めた。一番後ろにいた瀧川は内心ほくそ笑んだが、わざと訊いた。

「あの、すみません」

「なんです？」

田名部が立ち止まり、笑みを向ける。

「あの……私のような一般メンバーは、四階、五階、地下一階に入ってはいけないと言われているんですが」

「私と一緒だからかまいませんよ」

田名部は言い、階段を上がった。

さらりと口にしたが、瀧川は田名部が普通に四階へ行けるのを知らせることで、自分の力を暗に誇示したのではと感じた。

四階の廊下に出る。小さな部屋が左右にいくつも並んでいた。

田名部は三つ目のドアを開け、中へ入った。篠村も続く。瀧川も神経を尖らせつつ、中へ入った。

六畳ほどの畳部屋だ。部屋の端に座布団と折りたたみの座卓が置かれていた。

田名部と篠村以外は、誰もいなかった。

篠村は座卓を真ん中に置き、座布団を卓の周りに並べた。

「どうぞ」

田名部が促す。

瀧川はドアに最も近い場所に座った。座布団を寄せ、正座する。

「堅苦しいのはなしですよ。どうぞ、足を崩してください」

「では、失礼させていただいて」

瀧川は胡坐《あぐら》をかいた。

瀧川の右斜めに篠村が座った。座高が高く、見下ろされ、妙な威圧感を覚える。

「資料室で熱心に勉強している様子は、いつも見させてもらっていました」

「ありがとうございます」

瀧川は頭を下げた。

「安藤さんは確か、小柳君の推薦でここへ入ったんでしたね？」

「はい。明神大学の大嘉根先生の講義でお会いして、こちらの活動を聞いて、お誘いいただいたんで、ぜひにと入れさせていただきました」

「江坂君たちの勉強会にも出られているようで」

「ええ。誘っていただいたんで、勉強になると思い、時々参加させていただいています」

「しかし、私たちには挨拶がなかった。どういうことでしょう？」

田名部が笑みを濃くする。が、細まった双眸の奥は笑っていない。

「すみませんでした。田名部さんも、ええと……」

篠村を見る。

「篠村だ」

無愛想に答える。

「篠村さんもお見かけしてはいたんですが、私から話しかけていいものかわからなかったもので、ご挨拶が遅れました。無作法で申し訳ありませんでした」

瀧川は深々と頭を下げた。

「いえ、そういうことでしたら。私たちの方こそ、もっと新人の方に配慮すべきでした」

田名部は言う。

一瞥《いちべつ》する田名部の目から、滲んだ怒気は消えていた。

感情的なタイプか――。

対処を脳裏に浮かべつつ、顔を上げる。

「江坂君たちとは、どのような勉強を？」

「国内外の環境に関する問題について話し合っているだけです」

「本当か？」

篠村が訊いてきた。

「はい、そうですけど……」

瀧川は戸惑った様子を見せた。

田名部はにこにこしながら瀧川を見つめ、訊いた。

「他にも話していることがあると思いますよ。例えば、若手の活動方針とか。聞いた限りでいいので、教えてくれませんか？」

田名部の瞳に、再び怒気が滲んだ。

5

瀧川が田名部たちから解放されたのは、勉強会と称して部屋に軟禁され、三時間以上が経った頃だった。

暴行を受けていたわけではないが、何度も同じことを質問された。それはもはや、尋問に近かった。

彼らがしつこく訊いてきたのは、恵里菜を中心とする若手グループの勉強会で何をしているのかということだった。

瀧川は、ただディスカッションをしているだけだと答えた。実際、それしか行なっていないからだ。

が、田名部らは納得しなかった。

会合の中身を執拗に問いただしたり、果ては、田名部たちベテランを追い出す方策を話し合っているのではないかと疑われ、その計略のすべてを話せとまで言われた。

言いがかりも甚《はなは》だしかったが、田名部の話を聞いていると、すべてが田名部たちの思い込みというわけでもないようだった。

田名部派のベテラン勢は、グリーンベルトの中で長い間隆盛《りゅうせい》を誇っていた。

流れが変わったのは、恵里菜が入ってきてからだ。

最初は、恵里菜が若者を連れてくることを快く思っていた。

グリーンベルトの運動は、左翼活動にも通じている。近年高齢化する左翼運動の現場に若手が増えるのは喜ばしいことだった。

田名部たちも当初は、自分たちの知識や理念を伝え、後進に道を譲るつもりだった。

だが、半年も経たないうちに、旗色が変わってきた。

恵里菜は、江坂や前田たちと次々にイベントやセミナーを企画するようになった。

最初のうちは、田名部たちも参加していたが、そのうち、若手は若手だけで勉強会をしたいという理由で、ベテラン勢の参加を断わられるようになってきた。

活動資金も徐々に恵里菜たち若手に流れるようになり、自分たちの活動ができなくなる事態も出てきた。

田名部はベテラン勢の代表として、大嘉根に憂慮《ゆうりよ》の念を伝えた。

しかし、恵里菜の後ろ盾は大嘉根だった。大嘉根は若い力を育てるにはベテランが多少のことに目をつむらなければという考えだった。

代表の方針がそうである限り、田名部たちもあからさまに若手を潰すことはできない。

そして、ベテラン勢の憤懣《ふんまん》は溜まりに溜まり、若手が自分たちを追い出そうとし、グリーンベルトを乗っ取ろうとしているという話まで出てきたようだ。

瀧川から見れば、くだらない井の中の争いごとだが、本人たちにとっては死活問題。特に活動資金の一部はベテラン勢の生活の糧ともなっている。

このまま追い出されれば、グリーンベルトの活動はおろか、たちまち困窮する古参メンバーすら出る。

大嘉根が、なぜこの状況を放置しているのか、疑問に感じる。

組織が二分して、いいことはない。ピジョン・ブラッドが萩尾の手に渡り、いよいよミサイルが密輸されるかもしれないというこの時期は特に、足下は一枚岩で固めたいと思うほうが理にかなっている。

様子を見るしかないか……。

今村からは、大嘉根の動きを迅速《じんそく》に深く探るよう言われているが、肝心の大嘉根の意図が見えない現状で性急に動くのは危うい気がしていた。

一つ踏み間違えば、真相への道は閉ざされる。

まだ、その時ではない。

瀧川の勘が囁いている。瀧川は現場で感じる空気に従おうと思っていた。

三時間超の拘束を解かれ、瀧川は田名部、篠村と共に三階へ降りた。

三階の廊下には、江坂の姿があった。

田名部は江坂を認めるなり、立ち止まって瀧川に右手を差し出した。

「安藤君、これからもよろしく頼むよ」

「いえ、こちらこそ」

瀧川は愛想笑いを返し、右手を握った。

田名部が去る。篠村もぎこちない笑顔を作り、瀧川に握手を求め、去っていった。

瀧川は二人を見送り、江坂に顔を向けた。

「こんにちは」

「どうも」

江坂が笑みを見せた。

「田名部さんたちと何を？」

「勉強会に誘っていただきまして。四階の和室で話を伺っていました」

「四階へ？」

「はい。私は一般メンバーなので大丈夫かと訊いたんですが、特別にということで」

「特別に、ですか」

江坂は笑みを崩さない。が、少しだけ空気が張る。

「私としては素直にうれしかったんですが……。やはり、一般メンバーが四階へ上がったのはまずかったですか？」

「いえ。幹部と一緒ならかまわないんですよ。ここは秘密基地じゃありませんから。じゃあまた、僕たちの勉強会にも来てください」

「はい。また、顔を出します」

瀧川が言うと、江坂は資料室へ入った。

あきらかに勘繰ったな。

田名部が江坂の前でわざと瀧川に握手を求めたのはわかっていた。

が、瀧川は素知らぬふりをして、田名部の陽動に乗った。

内部分裂が激しくなれば、大嘉根も動くかもしれない。

田名部派には、今村が送り込んだ仲間がいるはずだ。

少々危険だが、火種の役割を引き受けるとするか。

瀧川は江坂の残像を見送り、グリーンベルトの本部を後にした。


芳澤は萩尾に呼ばれ、高峰、池谷、藪野を連れ、ヤマトキャピタルの社長室へ来ていた。

萩尾は一人だった。デスクにはピジョン・ブラッドをしまったケースが置かれていた。

「忙しいところ、集まってもらってすまないね」

萩尾が一同を見回す。

「いえ」

芳澤は目礼をした。

池谷は緊張していた。萩尾の会社へ来たのは初めてだ。藪野も同じように緊張したふりをする。

「今日来てもらったのは、他でもない。いよいよ、ミサイルの取引日が決まった」

萩尾が言う。

室内の空気が張り詰めた。

「来週金曜の二十一時。木更津港《きさらづこう》一番埠頭《ふとう》に到着する第十五あやせ丸の船内で交換する」

萩尾が日時と場所を明言した。

芳澤が色めき立った。

藪野も昂《たかぶ》った。大きな情報だ。真偽は定かでないものの、事態が大きく動くことだけは間違いない。

芳澤が口を開いた。

「萩尾社長。ブツを船で運ぶことはわかりました。しかし、どうやってミサイルのような大きなブツを陸揚げするのですか？」

「大きいものはバラせばいい」

萩尾が片笑みを覗かせる。

「船舶を解体したスクラップの中に、ミサイルの部品を混ぜてある。鉄くずは大量にあり、部品を底の方に沈めておけば、まず見つかることはない」

萩尾が語る。

藪野の胸の奥がざわついた。

聞いたことがある。重火器を解体してスクラップに混ぜ、密輸する方法を。実際、積み荷検査を逃れたものもある。

鉄くず船を千葉《ちば》へ入港させるということは、東南アジアから台湾《たいわん》を経由して入ってくると考えられる。

藪野はロシア経由が濃厚とみていたが、萩尾の話が本当なら、どうやら別ルートでミサイルを引っ張ってきたようだ。

であれば、萩尾が手配したミサイルは中国製の東風《とうふう》二号、北朝鮮製のノドンといったところか――。

話を聞きながら、藪野の思考が目まぐるしく回転する。

「埠頭には運搬船を係留し、鉄鋼などの荷を捌《さば》く設備も整っている。そこに私の息のかかった作業員を潜り込ませているから、インボイスとの突き合わせをせずに部品を通せる。陸揚げした部品は数台のコンテナに分けて乗せ、県内の自動車整備工場へ運ぶ。そこで組み立てをし、保管する」

萩尾がすらすらと話す。

藪野は萩尾の話す通りの手順を追った。不合理な点は見当たらない。

「組み立てはどうするんですか？」

芳澤がさらに訊いた。

「船員登録で技術者を五名乗せてある。その技術者たちの指導の下、こちらで集めた工員に組み立てさせる。工員の手配もすでについている」

萩尾は淀《よど》みなく言い切った。

藪野はうつむき気味に顔を伏せ、ごくりと生唾《なまつば》を飲み込んだ。

こいつは本物かもしれない……。

逸《はや》る気持ちを抑える。

「実行日はいつですか?」

「それはまた後日、決定することになる。いくつかの候補日はあるが、まずはミサイルを無事に仕入れて、使える状態にすることが大事なのでね。使えなければ、そこから先の計画は進まない。まあしかし、完成した後、半年や一年もミサイルを置いたままということもしない。せいぜい三ヶ月だろう」

「いよいよ、我々の革命が始まるわけですね」

高峰が高揚して顔を赤くした。

「そういうことだ。時代は変わるよ。私たちの手で」

萩尾の笑みが濃くなった。

「取引現場には、君たち四人で行ってもらいたい」

萩尾は芳澤に目を向けた。

「社長は？」

「私の仕事はここまでだ。実際に改革を断行するのは君たち……いや、芳澤君。君の仕事だろう。私は君を信頼してすべてを任せるつもりだ」

萩尾は当たり前だと言わんばかりの口調だ。

芳澤が多少気色ばむ。

藪野は芳澤の思いがわかった。

萩尾の言葉を額面通りに取れば、最も危険な仕事は芳澤にさせ、自分は安全策を打って高みの見物をするつもりだ。

芳澤たちに万が一のことがあっても、自分は逃げ切ると言っているようなものだった。

芳澤は少しうつむいて奥歯を噛んだ。が、まもなく笑顔を作り、顔を上げた。

「わかりました。お任せください」

芳澤はすぐさま思考を切り替えたようだ。

元々、萩尾が自分の手駒でミサイルを独占しようとすれば、強引に奪うつもりだった。

だが、取引後、芳澤がすべてを手中に収めるのであれば、争う必要もなくなる。

萩尾の考えは胸糞《むなくそ》悪いが、芳澤にとっては都合がいい。

「期待しているよ、芳澤君」

萩尾はピジョン・ブラッドを収めたケースを差し出した。

芳澤は満面の笑みで頷き、ケースを受け取った。


芳澤たちがヤマトキャピタルを後にした二時間後、公安部に藪野から一報が入った。

今村はすぐさま、当日の木更津港の利用状況を確認した。

萩尾の言う通り、当日同時刻に萩尾が口にした登録船が入港することになっていた。

今村は急ぎ、鹿倉に情報を入れた。鹿倉に呼ばれ、別室へ入る。

「藪野君の情報は本物か?」

鹿倉は余計な挨拶も抜きに、訊いた。

「今のところ、当該船舶の入港日も積み荷の内容も情報通りです。現在、船員の情報を取得、分析中です」

「本物だとすれば、とんでもない話だな……」

「ええ。ですが、この流れであれば、水際で食い止められます。取引相手の情報はまだ入っていませんが、早晩、藪野がつかんでくるでしょうから、ルートの解明もできます」

「逆に、本物であってほしい、か」

「はい」

今村が強く頷く。

「大嘉根は動いたか？」

「いえ。グリーンベルトは内部分裂状態にありながら、何も手を打っていないようです。これは、瀧川だけでなく、先日潜入させた部下の報告とも合致しています。部長、大嘉根はもう何もしないのではないでしょうか。むしろ、このままグリーンベルトを崩壊させて、自分の経歴にまとわりつく左翼過激派という影を払拭《ふっしょく》したいんじゃないでしょうかね」

「そうは思えんのだが……。とりあえず今は、ミサイルの情報収集と分析に注力しろ」

鹿倉はそう命じた。

6

瀧川は明神大学へ出向いた。

恵里菜と接触するためだ。

食堂のオープンスペースを覗く。が、見当たらない。テーブルの間をうろついていると、大嘉根の講義で一緒だった青年に声をかけられた。

「お久しぶりですね、安藤さん」

「あ、どうも」

愛想笑いを返す。名前は覚えていないが、顔は見覚えがある。

「授業に戻ってきたんですか？」

「あ、いえ。小柳さんに用事があって、探しているんですけど」

「小柳さんなら、大嘉根先生の研究室にいると思いますよ。今度の研究の手伝いの段取りを話したいとか言ってましたから」

「そうですか。ありがとうございます」

瀧川は言い、頭を下げて、オープンスペースを出る。出てすぐ、柱の陰から青年の様子を見やる。

特に変わった様子はなく、席に座り、持っていたコーヒーを飲んでいた。
二、三度、間を置いて青年の様子を確認し、大丈夫と頷いて階段を下りた。
瀧川はナーバスになっていた。

今村から、ミサイルの取引日が決まったとの連絡があったからだ。

いよいよ、動き出す。それは同時に、潜入している側の危険度が増すということでもある。

一方で、余裕もなくなった。

大嘉根はここまで表立った動きを見せていない。今村の言うように、今回の一連の事案には関係していないのかもしれない。

だが、わずかでも関与している可能性があるなら、それは確認し、潰しておかなければ、出し抜かれることになる。

そうした事態だけは避けなければならない。

食堂のある棟とは正反対の棟に入る。ここは教授室や研究室が多く、食堂のある棟や教室がある棟とは違い、ひっそりとしていた。

大嘉根の部屋は二階の奥にある。

瀧川は周囲の気配を確かめつつ、階段を上がり、二階の廊下を奥へと進んだ。

ドア上の札に〝大嘉根〟と記された部屋があった。

静かに近づく。ドアが少し開いていた。中からかすかに話し声が漏れてきていた。

瀧川は壁に背を寄せ、聞き耳を立てた。

「小柳君、例の計画が動き出すよ」

大嘉根の声だった。

「いよいよですね。いつですか？」

恵里菜の声が訊いた。

「来週の金曜日だ」

大嘉根がはっきりと言った。

瀧川の眉間が険しくなった。

今村に聞いたミサイル取引日と同じだ。

やはり、絡んでいたのか……？

「君たちは予定通りに動いてくれ」

「わかりました」

恵里菜が答える。

予定通り、という言葉が引っかかった。

藪野からの報告では、萩尾の段取りで、藪野を含む芳澤たち四人でミサイルを受け取りに行くという話だった。

恵里菜たち若手グループも参加するのか？　それとも、別の行動を企んでいるのか？

瀧川が身を乗り出した時だった。ドアに体が当たり、蝶番《ちょうつがい》がキイィ……と音を立てた。

室内の会話が止まった。足音が近づいてくる。

瀧川はとっさに、反対側に移った。壁に身を寄せる。

ドアが開いた。ドアが壁となる。

恵里菜の後頭部が少しだけ見えた。首を振って確かめる。瀧川は息を潜《ひそ》めた。

ほどなくして、ドアが閉まり、鍵がかかった。

瀧川は壁に張りついたまま、深く息を吐いた。

ドアに耳を当ててみる。話し声は聞こえなくなった。相手も警戒しているのだろう。

これ以上、詮索するのは難しそうだ。

そう判断した瀧川は、とりあえず鹿倉に連絡を入れ、指示を仰《あお》ぐべく、その場を離れた。

白瀬は萩尾に呼ばれ、ヤマトキャピタル本社を訪れていた。

社長室へ招かれ、応接セットで向かい合う。

「急に呼び出して、悪かったね」

「いえ」

白瀬は笑みを作った。

が、内心、何の話なのかと訝っていた。

藪野からの報告は聞いている。萩尾に今、〝宝石商の青山邦和〟は必要ないはずだ。

「まあ、時間がもったいないので、さっそく本題で。近々、大きい儲け話があるんですよ。そこで、青山さんにもぜひ参加していただけないかと」

「参加、ですか？」

首を傾げる。

「ええ。端的にいえば、少々手伝ってほしいことがあるんです」

「と言いますと？」

「先日、あなたから買い取ったピジョン・ブラッドと同じ装飾のダミーを至急用意してもらいたい」

「ダミー、ですか」

白瀬の言葉に、萩尾は頷いた。

「ケースも同じ物で、ネックレスやメインのルビーの形状も寸分違わない物が欲しいんです。まあ、ルビーの色は多少違っても仕方ないですがね」

「はあ。ちなみに、いつまで？」

「週明けの月曜までにお願いしたい」

「あと三日しかありませんね」

白瀬は腕組みをして、唸った。

「青山さん。あれほどの宝石だ。展示用のダミーがあると思いますが、どうでしょうか？」

「それは問い合わせてみなければわかりませんが……。いずれにしても、安くはありませんよ」

「一億までなら出します」

「そんなにですか！」

白瀬は目を丸くした。

「余った分があなたの取り分でかまいません」

「つかぬ事をお伺いしますが、本物はどうされたんですか？」

白瀬は訊いてみた。

「保管していますよ」

萩尾はさらりと答えた。

「他へ転売する予定なんですが、本物を持ち運ぶのはリスクが高いと思いまして」

「なるほど。交渉用のダミーですね」

「そういうことです」

萩尾が笑みを濃くする。

白瀬は口角を上げた。が、両眼は萩尾を見据えていた。

ペテン師が——。

本物は芳澤の手に渡っている。芳澤はピジョン銀座本店へ戻った後、品を確認したという報告も入っている。もちろん、本物だ。ネックレスに仕込んだ発信装置からの電波も、銀座から出ていた。

ダミーと取り替える気だな。

白瀬は思った。

萩尾なら、芳澤がネックレスを持って帰った後、本物かどうか確認することは織り込んでいただろう。

確認させた上でダミーとすり替えれば、芳澤が何度も確認しない限り、取引日当日まで、ピジョンで保管されている物が偽物だとは気づかない。

しかし、疑問が浮かぶ。

ピジョン・ブラッドは、ミサイルと交換用の品だ。当然、先方にも目利きはいるはず。

ダミーであれば、取引はご破算となる。

何をする気だ……？

思考を巡らせながらも、笑顔は崩さない。

「わかりました。ダミーがあるか、聞いてみましょう。もし、あるという話であれば、私が直接、仕入れてきます」

「それはありがたい。よろしくお願いします」

萩尾が頭を下げる。

白瀬は笑みを向けた。


鹿倉の下に、瀧川、白瀬から次々に連絡が入った。

情報はすぐ今村に回し、分析をさせた。

今村は短時間で分析を終え、鹿倉の待つ応接室へ戻ってきた。

「部長、とりあえず、白瀬に渡したネックレスのダミーは用意できるそうです」

「わかった。後で、白瀬に報せてくれ」

鹿倉の言葉に、今村は首肯した。

「大嘉根もやはり、動いているようだな」

「まだ、瀧川からの情報が少ないのでなんとも言えませんが、田名部派に潜入させている班員からも報告がありました。今晩、田名部と大嘉根が会合をするそうです」

「グリーンベルトの古参だな」

「はい。何が話し合われるのかは不明ですが、この時期に秘密の会合を持つということは、ミサイル事案に関係している可能性は高いですね。古参派の長である田名部誠司、腹心の篠村瑛二は、かつて左翼過激派に所属していたこともあり、我々がマークしていた人物でもあります。大嘉根は初めから、彼ら古参と行動するつもりだったのかもしれませんね」

「つまり、グリーンベルト内の若手の動きはフェイクで、大嘉根は最初から古参との行動を企んでいたということか？」

「その可能性もありそうです」

今村が言う。

鹿倉は腕を組んだ。目を伏せ、眉根を寄せる。納得していない様子だった。

今村は話を続けた。

「しかし、古参に出てこられる方が厄介ですね。彼らはかつての極左活動を知っています。こちらとの戦いも熟知していますから」

「そこだ」

鹿倉は腕組みを解き、顔を上げた。

「やはり、狙いは——」

「いや、そうじゃない。この話、そのままには流れんぞ」

鹿倉が今村を見やる。

「どういうことです?」

「連中はこちらの手の内を知っている。だからこそ、ミサイルを密輸するというような荒《こう》唐《とう》無《む》稽《けい》な手には出ないはずだ。連中は武装闘争の末路を骨身に染みてわかっている。ミサイルを撃ち込んだところで、支持も得られないし、世論が盛り上がらないことも解している。それが自らの存在意義を断つ自殺行為であることも。ヤツらの思想はともかく、そこまで愚かな連中でもない」

「ではなぜ、大嘉根は田名部と密会するのですか?」

「わからん。が、先入観は持たないようにしておけ。間違うぞ」

鹿倉が言う。

俺が集めた情報と分析が信じられないのか……。喉元まで出てきた屈辱《くつじょく》を飲み込んだ。

「わかりました」

今村は頭を下げた。

瀧川は食堂のオープンスペースに戻っていた。コーヒーを飲みながら、恵里菜を待つ。

二十分ほど経って、恵里菜がオープンスペースに姿を現わした。すぐさま瀧川を認め、駆け寄ってくる。

「安藤さん！　どうしたんです？」

手に持ったアイスコーヒーをテーブルに置き、右隣の椅子に浅く座った。

「小柳さんに会いたくて来たんです」

「私に？」

「ええ。ちょっと江坂さんたちのことで……」

小声で言う。

恵里菜は納得したように頷いた。

「大嘉根ゼミで一緒だった人に、小柳さんは大嘉根先生の部屋にいると聞いたんですが」

瀧川が言うと、恵里菜の瞳が一瞬鋭くなった。

「先生の部屋がわからなかったので、ここで待ってました」

「そうだったんですか」

恵里菜の目元が和らぐ。

「江坂君たちの話って、田名部さんの勉強会に出た後のことでしょ？」

「そうなんです。あれ以来、勉強会に誘ってくれなくなって。話しかけても冷たいし。私、何かしてしまったかなと思いまして……」

「そんなことないですよ。ただ、若手とベテランがちょっと仲が悪くて。余計なことで気疲れをさせてしまってすみません。江坂君たちには、私から言っておきます」

「いえ、いいんです。私が何かしたということでなければ」

瀧川は笑みを返した。

「そうだ。安藤さん、車は運転できますか?」

「できますけど?」

「来週の金曜日、若手のイベントがあるんですけど、気晴らしも兼ねて、参加しませんか? 運転してもらえると助かるんですが」

恵里菜が言う。

「いいですよ」

瀧川は笑顔で答えた。

第五章　悪魔の胎動《たいどう》

1

週が明け、白瀬はヤマトキャピタル社屋の萩尾の下を訪れた。ピジョン・ブラッドのダミーが手に入ったからだ。

ミャンマー側に展示用のダミーはなかったため、急きょ、公安部から協力者の宝石加工技術者にミャンマーから取り寄せたネックレスの加工図を渡し、作らせた。

中央のルビーはピジョン・ブラッドではないものの、上級品を使っているため、本物と遜色《そんしょく》のない出来となっていた。

社長室に通され、さっそく、ケースごとネックレスを渡す。

ケースを開いた萩尾は、現物を見るなり目を細めた。

「これは見事なダミーだ」

「宝石は格落ちとはいえ本物を使っていますから」

白瀬が静かに言う。

「これも結構な値段だろう?」

「二千万程度だと聞いています」

白瀬は答えた。

一応、これもミャンマー政府関係者から受け取ったものだ、という体《てい》を保っていた。

萩尾は満足そうな顔で、ケースを閉じた。

「それを、本物とどうやってすり替えるんですか?」

白瀬は率直に訊いた。

「手配はすでに終わっているんですよ。大丈夫です」

萩尾はうまくはぐらかした。

白瀬もそれ以上は追及できない。

「そうですか。なら、心配ないですね」

微笑みを返す。

「では」

帰ろうとした。

「そうだ、青山さん。今週の金曜日、何かご予定はありますか?」

萩尾が笑顔を向ける。

金曜日といえば、ミサイル取引がある日だ。

張り詰めそうな空気を押し殺し、笑顔を作る。

「いえ、特には」

「よろしければ、ちょっとお付き合いいただきたいのですが」

「どちらへ？」

「このオフィスビルの前に夜七時頃来ていただければ結構です」

「何をするんです？　持っていった方がいい物はあるでしょうか？」

「先日お話しした件の延長です。青山さんにも私のブレーンを紹介させていただこうかと思いまして」

萩尾が言う。

先日の件とは、ＣＤＳに絡むミサイル取引の件に間違いない。

「それは光栄です」

白瀬は笑みを濃くしつつ、生唾を飲んだ。

今村は白瀬から報告を受け、すぐさま鹿倉の下に出向いた。

「白瀬も萩尾と共に木更津港へ行くということか？」

鹿倉が訊く。

「以前の白瀬の話では、萩尾は別の場所で取引をしそうな気配でしたが」

「場所はわからんのか？」

「はい。まだ明かさないようです」

「何が動いている……」

鹿倉が眉間に皺を立てる。

「藪野からの報告は？」

「前回の報告と変わりないということです。ただ、どこかで芳澤の手に渡ったピジョン・ブラッドをすり替えることは確かなようなので、今、ピジョン内部で萩尾と通じている者の特定を急がせているところです」

「大嘉根は？」

「田名部派へ送り込んだ者から報告がありました。何をしているのかはわかりませんが、古参の中でも、田名部同様、最も古い者たちが五、六名集まって、若手や新人を閉め出し、何か相談しているようですね」

「先日の大嘉根との会合の関係か？」

「そうだと思われます。一方、瀧川は、若手筆頭格の小柳恵里菜から、金曜日に運転を頼まれたとの報告がありました」

「金曜？　やはり、ミサイル取引が行なわれる日か」

「はい。おそらく、その関連だと思われますが、こちらも、当日まで詳細が伏せられているようです」

「すべての動きが金曜日に収束しているな……」

「部長。マークした人物や組織が一斉に動きます。ここで勝負に出てもいいんじゃないでしょうか」

今村は進言した。

鹿倉は腕組みをして、押し黙る。

「まだ、何か気になることでも？」

「大嘉根がな……」

「部長。なぜ、そこまで大嘉根に執着するのですか？」

今村が訊く。

鹿倉は答えない。

「……水曜日に方針を決定する。それまで、情報を収集してくれ」

「わかりました」

今村は納得がいかなかったが、思いを飲み込み、一礼して鹿倉に背を向けた。

今村が遠ざかる。

「仕方ないな」

鹿倉はデスクの受話器を持ち上げた。

その夜、鹿倉は埼玉に出向いた。ＪＲ大宮駅《おおみやえき》近くのホテルに赴《おもむ》く。鹿倉を乗せた車は、地下駐車場に入った。停車し、運転していた部下が降りてきて、後部座席のドアを開ける。

鹿倉は車を降りた。

部下と共に、ロビー階へ上がる。

ロビーにはソファーとテーブルのセットが五つ設《しつら》えられていた。

「君はここで待機していてくれ」

「承知しました」

部下がソファーへ向かう。

鹿倉はそのままエレベーターホールへ向かい、客室階に上がった。

五階フロアで降り、五〇五号室の前に立つ。呼び鈴を鳴らす。

静かにドアが開いた。

「ご無沙汰してます、舟田さん」

「本当に来たのか……」

舟田はノブを握って、ため息をついた。

「まあ、入れ」

ドアを押し開く。

「失礼します」

鹿倉はドアノブを握って、中へ入った。舟田について、奥へ入る。

ベッドと小さいテーブルがあるだけの質素なシングルルームだった。

「座るところがないんでな。私はベッドの上で失礼するよ」

舟田は言い、スリッパを脱いでベッドに上がり、あぐらをかいた。

鹿倉は一つだけある椅子に座った。

「言ってくれれば、もう少しいい部屋を用意させたんですが」

「私は地域課のイチ巡査部長だ。これで十分だ」

「指導はどうですか？」

「順調だ。あと二週間もすれば、東京へ戻れるだろう。横やりが入らなければ、の話だがね」

舟田は鹿倉を見据えた。

鹿倉はさりげなく流し、笑みを作った。

「瀧川君はどうしている？」

「がんばってくれています」

「危険はないんだろうな？」

「一応、配慮はしましたが、作業班員の仕事にまったく危険のない現場というのはありません。そのことは、誰よりも舟田さん自身がご存じではありませんか？」

鹿倉は舟田を正視した。

舟田は息を吐き、目を伏せた。

「万全のサポート体制は取っています。ご心配なく」

鹿倉は微笑んだ。

「君を信じるしかないが」

舟田は顔を上げた。

「彼にもしものことがあれば、私は君を許さんよ」

双眸に力がこもる。

「瀧川君は大丈夫です。しかし、絶対はありません。もしもの場合は、どんなそしりも受けましょう。むろん、端《はな》からその覚悟はあります。公安部の部長なので」

鹿倉が眼力を込めて見返す。

しばし、互いに睨み合う。舟田は目を閉じ、一つ深呼吸をして、顔を起こした。

「話というのはなんだ?」

話題を切り替える。

「今回、瀧川君も追っている事案のことなんですが」

「私は公安部員ではない。かまわんのか?」

「舟田さんだから話すのです。そして、率直なご意見をお聞かせ願いたい」

鹿倉が真顔で舟田を見やる。

舟田の顔つきも真剣になる。

「今、瀧川君はグリーンベルトという環境保護団体に潜入しています。そこの代表は、あの大嘉根盛仁です」

「全革労のか！」

舟田が目を見開いた。鹿倉が頷く。

「ヤツの周りで、市場原理主義者と左翼活動家が蠢《うごめ》き、日本にミサイルを密輸しようとしています」

鹿倉の言葉に、舟田が絶句する。

「今週の金曜日、その取引が行なわれるようですが、大嘉根の動きがもう一つ明確ではないのです。私にはどうしても、そこがひっかかる。現在の情報を総合すれば、おそらく、市場原理主義者である萩尾が本物のミサイルを手に入れるのだろうと推測されますが、大嘉根と萩尾の接点が見えません。舟田さんは、どう思われますか？」

鹿倉が訊いた。

「大嘉根か……。まさか、この歳になって、その名を耳にするとはな」

舟田はうつむいた。

かつて、舟田が公安研修を受けていた時、先に入校していた年下の巡査部長が早期に卒業させられ、すぐさま全革労の内偵に送り込まれた。

舟田はその事実を知り、彼にはまだ早いと、当時の公安部長に進言したが聞き入れられず、そのまま潜入続行となった。

捜査は順調に見えた。が、彼の正体は敵にバレていた。

彼は二重スパイになることを強いられ、悩んだあげく、死を選んだ。

舟田は、そうした事故が起こったにもかかわらず、なおも若い作業班員を送り込もうとする公安部のやり口に嫌気が差し、研修を終えたものの、公安部には行かなかった。

「瀧川君をすぐに外せ」

舟田が言う。

「それはできません。彼は今、最も大嘉根に近い場所にいます。これから新たに作業班員を送り込んでも、瀧川君ほど潜り込めない。もう時間がない中、彼を外せば、致命傷になりかねない状況です」

「君は初めから瀧川君を大嘉根の下に送り込もうとしていたから、私を埼玉へ飛ばしたんだな?」

「指導員の決定は、私が行なったわけではありません。邪推は勘弁してください」

鹿倉はそらとぼけ、話を続けた。

「いずれにせよ、瀧川君を今、捜査から外すわけにはいきません。しかし、私も大嘉根の正体は知っていますから、彼の安全に万全を期したいと思い、舟田さんに意見を求めに来たのです」

滔々《とうとう》と語る。

舟田は目を閉じ、小さく息を吐いた。やおら、顔を起こす。

「わかった。今は君たちの〝仕込み〟を問うことはやめよう。大嘉根だがな」

舟田が太腿に両手を置き、身を乗り出す。

「おそらく、どちらとも組んではいない」

「どちらとも、とは？」

「ミサイル密輸に動いている市場原理主義者と左翼活動家だ。その者たちはおそらく、ミサイルを手に入れるためだけに動かされているのだろう。密輸が終われば、用なしだ。ヤツは全革労の頃から、そういうやり方をする。利用できる者はとことん利用し、いらなくなれば仲間でも関係なく粛清《しゆくせい》する。ヤツが赤軍や革マルとの関係を疑われ、三菱重工《みつびしじゆうこう》爆破事案にも関わっていたのではないかと言われていたが、確たる証拠はなく逃げ果《おお》せた。理由は単純。証言する者がいなかったからだ」

「つまり、大嘉根がすべて処分したと？」

「実際は、大嘉根の取り巻きがヤツを守ったという方が正しいな。ヤツは口八丁で、自分の手を汚さないとんだペテン師なんだが、なぜかカリスマ性はあった」

「やはり、実働部隊はグリーンベルト内か」

「それもわからんぞ。そのグリーンベルト自体もダミーかもしれん。ヤツは人を駒のように扱うことに関しては天才的だ。鹿倉、これまでの捜査資料をすべて用意してくれるか」

「何をするんですか?」

「全体像をつかみたい。目先に囚われると、ヤツの策に嵌まる」

「それは、我々が――」

「大嘉根との因縁を知っていながら私のところへ来たんだろう。中途半端な真似はさせるな」

舟田は鹿倉を見据えた。ぞくりとするほどの迫力が覗く。

「わかりました。ただ、水曜日には捜査方針を決定しなければなりません」

「二日あれば十分だ。すぐに用意しろ」

舟田の眉間が険しくなった。

2

公安部に詰めていた今村の下に、腹心の渡部《わたべ》が戻ってきた。

「どうだった?」

今村が訊く。

「部長は埼玉へ行きました。大宮で舟田と接触した模様です」

「舟田と？」

「はい。接触を直接確認することはできませんでしたが、舟田が宿泊しているホテルへ入っていきましたので」

「なぜ、舟田と会うんだ……」

今村が眉根を寄せる。

「別情報ですが、舟田は過去に全革労絡みの事案の捜査に関係していたとの報告もあります」

「舟田が公安研修を受けていたことは俺も知っているが、その後、公安部には所属しなかったはずだぞ」

「舟田が直接というより、舟田と同期、あるいは後輩が、当時の全革労への潜入事案に関わっていたようです」

「そいつは今、どこにいる？」

「殉職したそうです」

渡部が言う。

そういうことか――。

舟田が公安部へ来なかった理由は定かでないと、鹿倉と日埜原が言っていた。

本当にわからないのか、わかっていてとぼけたのかは知らないが、舟田が公安部入りを蹴った理由は、どうやらそのあたりにありそうだ。

舟田はいわば、常識人だ。情もあれば、遵法《じゅんぽう》精神もある。

公安部員、特に作業班員は、時にそうした〝常識〟を逸脱しなければならない。非情にならざるを得ないこともある。

おそらく、舟田はその関係者の死に触れ、そうした世界に耐えられなくなったのだろう。

ベテランであり、公安研修を首席でクリアするほどの力を持っていながら、地域課のイチ巡査部長に甘んじているのも、舟田の中に捨てられないものがあるからだろう。

その程度の覚悟しかない者には、地域課がお似合いだ。今村は腹の中で嘲笑する。

一方で、そうした背景があるなら、舟田が過去に大嘉根や全革労のことを調べ上げていた可能性もある。

鹿倉は大嘉根にこだわっていた。であれば、舟田に意見を求めるのも必然かと思う。

しかし、今回の案件の総指揮を任されたのは自分。余計な情報を元に指揮権を剥奪《はくだつ》されては、鹿倉より上にアピールできるチャンスをみすみす逃すことにもなりかねない。

鹿倉や日埜原が、瀧川に肩入れしているのも気に入らない。

「渡部」

「はい」

「勝負に出るぞ」

今村は渡部を見上げた。

渡部は目を丸くした。

「どういうことですか?」

「金曜日、芳澤一味と萩尾、グリーンベルトの関係者を一網打尽《いちもうだじん》にし、ミサイルも押さえる」

「しかし、方針は部長が水曜日に言い渡すと――」

「部長は管理職だ。現場はわからない。現場の動きを最も知っているのは俺たちだ。ここですべてを押さえなければ、ミサイルは敵の誰かの手に渡り、ミャンマー政府から借り受けたピジョン・ブラッドを取り返す機会も失う。違うか?」

今村は渡部を見つめた。

「それはそうだと思いますが……」

「渡部。潜入班以外の者を三者の監視に特化させるぞ。芳澤、萩尾、グリーンベルトの三者だ」

「大嘉根個人の監視はいいのですか?」

「グリーンベルトを押さえていれば、大嘉根の動向もわかる。金曜の朝からは各ポイントに十名体制の監視を置く。そして、おそらく、現時点の情報では萩尾がミサイル取引を行なうのだろうが、取引前に萩尾を拘束して、取引要件を吐かせ、萩尾の代理でミサイル取引に出向いて、現物を確認した時点でそいつらも拘束する」

「つまり、関係者全員を拘束して、吐かせるということですね?」

「ああ。これ以上、待つ必要はない。裏を掻かれ、取引を成立されては、それこそ厄介だ。部長はおそらく、ミサイル取引まで手を出すなと言うだろうが、現場の判断で行なったと釈明すればいい。さっそく、手配してくれ」

「わかりました」

「くれぐれも潜入班には漏れないようにな。特に、藪野には勘づかれるな」

今村が命じる。

渡部は首肯し、今村の前から去った。

「邪魔はさせんぞ」

今村は宙を見据えた。


鹿倉は二日後の午後一時に、舟田の宿泊先を訪れた。

舟田はこの二日間、指導員の仕事を休み、情報分析に没頭していた。

鹿倉が部屋へ入る。

「すまんな。もう少し待ってくれ」

舟田は鹿倉を見て言い、すぐさま資料に目を戻した。

不精髭《ぶしょうひげ》が伸び、髪もぼさぼさだった。目の下にはくまができ、疲労はあきらかだったが、眼力だけは衰えていなかった。

テーブルやベッドの上には、資料が四散《しさん》していた。

舟田はベッドで枕にもたれ、老眼鏡を鼻に引っかけ、ひたすら資料に目を通し、メモに思考を書き込んでいた。

鹿倉は椅子に座り、脚を組んで、舟田の作業が終わるのを待った。

舟田を見つめる。集中力が凄まじい気迫となって伝わってくる。現役の公安部の情報分析班にも、ここまで集中力を発揮する者は少ない。

やはり、一流か――。

もったいないと思うと同時に、舟田に外部から手を出されるのは厄介だと感じる。

「ふう……」

舟田がペンを置き、眼鏡を外した。目頭《めがしら》を指で揉む。

「終わりましたか？」

「だいたいな」

舟田はベッドの端に来て、両脚を床に下ろした。

B5版のコピー用紙の束をテーブルに置いた。中には関係者の名前や関係図が記されている。

「見てくれ」

舟田に言われ、鹿倉が手に取る。鹿倉は用紙を一枚ずつめくった。さらっと目を通す。

「書き殴ったものだが、わかるか？」

「ええ、読めますよ」

鹿倉は言い、十枚ほどの束を読み終えた。

最後の一枚をもう一度見返す。

「舟田さん、これはどういう意味ですか？」

鹿倉が最後の一文を指差した。

〝本当にミサイルの取引はあるのか？〟

という一文で終わっている。

「個々の流れをみると、ピジョン・ブラッドの入手からミサイル取引まで、一連の流れがあるように見える。だが、そこから先がないんだ」

「それは今、情報を集めているところですから、判明していない部分もあるかと」

「おかしいと思わんか？」

舟田が鹿倉を見やる。

「これだけ大がかりな取引をし、ミサイルまで手に入れるんだ。ミサイルを使うのであれば、入手後、どう動くのかも、現時点でかなり詳細な計画を立てているはず。その片鱗《へんりん》が

「まったくない」

「それは、芳澤や萩尾の証言から出ているのでは？」

「国会議事堂に撃ち込む、あるいは上海へ撃ち込むといった話のことだな。彼らは本当にそう画策しているのかもしれない。だが、現実的にどうやってその作戦を遂行する？　あまりに突飛《とっぴ》な話だ」

「そうしたとんでもないことを実行しようとするのが過激派ではないですか」

鹿倉は少々落胆していた。

藪野や白瀬の情報は、確度の高いものだ。そうでなければ、彼らは簡単に報告を上げない。情報を取った状況の仔細《しさい》はわからないが、少なくとも彼らが重要だと感じた情報であることは間違いなく、肝の情報でもある。

それを舟田は否定している。

舟田の言いたいことはわかる。日本にミサイルを持ち込むなど、あまりに荒唐無稽《こうとうむけい》だ。

が、不可能ではない。

藪野が聞いた通り、鉄くずにエンジン部品や弾頭を混ぜて持ち込み、日本の工場で組み立て、その場から発射してしまえば、十分にその役割を果たす。

万が一、ミサイル発射を強行されれば、日本の治安を揺るがす事態となり、それを許した公安部の拭いきれない汚点となる。

「なぜ、そのように思うのですか？」

　鹿倉はあえて訊いた。

　老いさらばえ、公安の感覚を失った者の意見など、もう必要ないが、念のためだった。

「利がないんだ、大嘉根に」

「利？　利益ですか？」

「そうだ。このままミサイル攻撃が強行されれば、当然、グリーンベルトも捜査対象となり、全革労出身の大嘉根が真っ先に疑われることになる。しかし、ヤツは今や、国際地理学連盟でも重鎮《じゆうちん》だ。そこまでの地位を築いた者が、わざわざ自分を破滅に追い込むような真似をするとは思えない。特に、大嘉根は以前も話したようにペテン師だ。思想信条に基づいて行動しているとは、どうしても思えんのだ」

「ちなみに、大嘉根がもし、ミサイルによる日本の破壊と革命を望んでいないとすれば、何が目的だと思いますか？」

「ピジョン・ブラッドそのもの」

「宝石ですか？」

「ああ。ヤツが最高級のピジョン・ブラッドを手に入れるため、大がかりな策を企てたとすると、私の中では最もしっくりくるんだよ。私利私欲のためなら、国一つどうなろうと、関係ないヤツだからな」

「なるほど」

鹿倉は頷いた。が、納得はしていない。むしろ、呆れた。ピジョン・ブラッドの入手が目的なら、芳澤が手に入れた時点で横流しさせればよかっただけの話だ。

わざわざ、ミサイル取引など持ち出して、目くらましをする必要はない。そんなことをすれば、かえって入手が困難になる。

買いかぶりすぎたか……。

「わかりました。それも視野に入れて、捜査することにしましょう」

鹿倉はメモをテーブルに置き、立ち上がった。

「持っていっていいぞ」

「いえ、外部に資料を出した証拠になってしまいますので、後ほど、部下が資料を引き上げる時、同時に持ち出し、処理します」

「そうか。わかった」

「無理を言ってすみませんでした。今日はゆっくり休んでください。寝ている間に、部下に資料を引き上げさせますので」

「そうさせてもらうよ」

舟田は右手を上げ、ベッドに戻った。

鹿倉は会釈をして、部屋を出た。外で待っていた部下に、資料の引き上げを指示する。

「この件は、他には漏らすな」

「わかりました」

鹿倉の言葉に部下は頷き、舟田の部屋へ入った。

鹿倉はもう一人の部下が待つ、地下駐車場へ向かった。


公安部に戻った鹿倉は、すぐさま今村を小会議室へ呼び出した。

「今村、方針が決まった」

鹿倉が言う。

今村は身構えた。どうせ、ミサイル取引が完了するまで待て、という指令だろうと思っていた。

が……。

「金曜の夜、芳澤、萩尾、グリーンベルトの連中が動いたところで、関係者全員を拘束しろ」

「えっ？」

意外な命令に目を丸くする。

「何か問題でも？」

鹿倉が怪訝そうに今村を見上げる。

「いえ……」

今村は顔を伏せた。

「潜入班にも、関係者拘束の件を伝えておけ。金曜日に、この事案に関しては一気にカタを付ける」

「ミサイルのバイヤーや大嘉根に関してはどうしますか？」

「関係者に口を割らせて、後日、検挙すればいい。ともかく、連中の手にミサイルが渡ることを阻止する。いいな」

「承知しました。さっそく、手配します」

今村は一礼し、部屋を出た。

俺の手柄にはならないか……。今村は誰もいないところで、悔しそうに奥歯を噛んだ。

3

瀧川は、今日もグリーンベルト本部に顔を出し、午後七時を回った頃にアジトへ帰ってきた。

田名部の勉強会の一件で、江坂たちとは少々折り合いが悪くなっていたが、恵里菜が取りなし、再び若手の輪に戻っていた。

同時に、田名部たち古参とは距離を置いた。というより、田名部たちが近づかなくなっていた。

古参派閥に潜入している作業班員より、田名部と大嘉根が会合を開いたとの報告があった翌日から、田名部たちはあれほど敵視していた若手や若手に近いと思われるメンバーにはかまわなくなった。

何が話されたかはわからないが、大きく動く日は近い。

部屋へ入り、荷物を置くと、すぐさまノートパソコンの電源を入れた。

公安本部からのメールをチェックする。

最新のメールを開き、瀧川は思わず前のめりになった。

文面には、金曜日のミサイル取引時、関係者を一網打尽に拘束すると記されている。

「やっとか……」

瀧川は大きく息をついた。

関係者を一斉検挙できれば、潜入は終わる。安心するにはまだ早いが、終わりが見えると正直、気分も楽になる。

今回は、パグの事案のような危険な状況にも遭遇しなかった。

このまま終わってくれ……と願う。

今日の若手の会合でも、妙なところはなかった。

金曜日、自分がどこへ運転しなければならないのかは、まだわからない。気になるといえば気になるが、焦って余計なことを訊けば、田名部との件もあり、怪しまれることは必至だ。

瀧川は、取引日まで慎重に動いていた。

今村への報告を打ち始めた時、ドアがノックされた。

瀧川の神経がピリッと張り詰める。ノートパソコンの電源を落として閉じ、立ち上がる。

窓から明かりが漏れているだろうから、居留守は使えない。

ゆっくりとドアに近づいて、気配を探る。殺気らしき息苦しい圧は感じない。

瀧川は鍵を開け、ドアノブを握った。そっとドアを押し開ける。

「久しぶりだな」

中年男性が笑顔を向ける。

「舟田さん！」

瀧川は目を丸くした。

「どうしてここへ？　いや、なぜこのアジトを知ってるんですか？」

「ちょっとな。メシ食ったか？」

「いえ、まだです」

「ちょうどよかった。弁当買ってきたんだが、どうだ？」

「はい、いただきます。とりあえず、中へ」

舟田を入れる。

瀧川は外を二、三度確認し、ドアを閉め、鍵をかけた。

舟田は奥へ進み、テーブルの前に座った。買ってきた弁当を袋から出し、テーブルに置く。

「鮭《さけ》と唐揚げがあるが、君はどっちがいい？」

舟田が訊く。

「どっちでもいいです。何か飲みますか？　ビールもありますけど」

「もらおうか」

舟田が言う。

瀧川は冷蔵庫から缶ビールを二本取り出し、部屋へ戻った。舟田の向かいに座り、缶ビール一本を舟田の前に置く。

「ありがとう」

舟田が缶のプルを開けた。ぷしゅっと炭酸の弾ける音が響く。

瀧川もプルを開け、缶を差し出した。

「お疲れ様です」

舟田が差し出した缶と合わせ、少しだけ含む。

「じゃあ、私は鮭弁をもらうよ」

「はい。では、俺が唐揚げということで」

共に弁当を引き寄せ、つまみながらビールを飲む。

少し腹を満たしたところで、瀧川が口を開いた。

「舟田さん、埼玉県警に出向していると聞きましたが。職質指導は終わったんですか?」

「いや、まだあと二週間くらいは残っている」

舟田は箸を置いた。まっすぐ瀧川を見つめる。

「実は、今回の事案の捜査資料をすべて通して見せてもらった」

「俺が捜査している事案ですか?」

瀧川の言葉に、舟田は首肯した。

「なぜ、舟田さんが?」

「大嘉根とは少なからず因縁があるんだよ。鹿倉もそのことを知っていてね。今回の事案に対する意見を求められた」

「因縁とは?」

瀧川は訊いてみた。

舟田は押し黙り、缶を取って少し喉を湿らせた。やおら、顔を上げ、缶を置く。

「私も公安研修の履修生だったんだよ」

「舟田さんが!」

目を丸くする。

舟田は頷いた。

「卒業間際のこと、私の後輩が先に卒業させられ、当時の全革労への潜入を命じられた。ちょうど、君くらいの歳だったな。私は上に彼の潜入をやめさせるよう訴えたが聞き入れられず、彼は彼で正体がバレて二重スパイを行なうよう強いられ、悩み苦しんだあげく自殺した」

淡々と語る。その静かな口調が、舟田の抱えた苦しみを滲ませている。

「しかし、上はその後も若手を全革労に送り込もうとした。私はそういう公安部のやり方に嫌気が差し、研修終了後、公安部への配属は拒否し、所轄署へ戻った」

「工作されなかったんですか？　俺みたいに」

「幸か不幸か、当時、私は首席で修了するほどの能力を備えていたんでね。向こうも中途半端な工作は仕掛けてこなかった」

舟田は自嘲し、ビールを含んだ。

信じがたい話だ。が、瀧川へのアドバイスや公安部へ出向いての話のまとめ方を思い返すと、事実なのかもしれないと感じる部分もある。

「今回の事案とは違うが、大嘉根が絡んでいるところが気になり、鹿倉は私に意見を聞きに来たんだ。その時に資料に目を通し、このアジトの住所も知った。本来、作業中のアジトに出向いてはいかんが――」

「わざわざ来られたということは、何か気になることがあったからでしょう?」

「まあな」

「聞かせてください」

瀧川はまっすぐ舟田を見た。

「君は、取引当日、若手グループのリーダー小柳恵里菜に車の運転を頼まれているそうだね」

「はい」

「行き先はわかったか?」

「それはまだ教えてくれません。ただ、今日、レンタカーを手配してほしいと言われました。七人乗りのミニバンです」

「なるほど。ということは、君と彼女だけでなく、他にも何名か乗り込むということだな」

「おそらく、小柳と行動を共にしている江坂、前田、竹岡といった若手だと思いますが」

「君は彼女たちがどこへ向かうとみている?」

「彼女が大嘉根と話している場面に偶然出くわしました。大嘉根は彼女に『例の計画が動き出す』と言っていました」

「例の計画とは?」

「動き出しが金曜日です。ミサイル計画に関することだと思いますが」

「そこだ、瀧川君。私は、大嘉根が狙っているのは、ミサイルではないような気がしている」

「なぜです？」

意外な答えに目を見開く。

「ミサイルを手に入れ、争乱を起こしても、大嘉根には何のメリットもないんだ」

「理念の体現ではないんですか？」

「ヤツに理念などない」

舟田が断ずる。

「ヤツにあるのは、権力欲だ。全革労を割ったのも、議長の座を追われたからだろう」

「しかし、単にトップの座が欲しいからといって、曲がりなりにも歴史のある極左団体を離れますか？　議長を降りても一定の権力は保てるはずです」

「そこも気になる。大嘉根は新たな権力ターゲットを見つけたのかもしれん」

「何ですか、それは？」

「これまでの調べではわからん。大嘉根の交友関係を徹底して洗う必要があるが、おそらく、鹿倉はその方向には動かんだろう。折を見て調べてみるつもりだが、金曜日の取引まで時間がない。そこでだ。今から私が言うことを肝に銘じて、動いてほしい」

舟田が瀧川を正視した。その眼力は、先日瀧川が初めて知ったもう一人の舟田の強く鋭いものだった。

「大嘉根は鼻の利く男だ。こうして大がかりな仕掛けに出ている以上、公安が紛れ込んでいることは織り込んでいる。そして、使える者は使おうとするはずだ。志《こころざし》半《なか》ばで死んだ後輩のようにな」

舟田が奥歯を噛む。

瀧川はまっすぐ舟田を見つめた。

「もし、君の素性がバレ、二重スパイを強いられた時、君はそれを受け入れろ」

舟田が瀧川を強く見やった。

瀧川は双眸を見開いた。

「そして、タイミングを計り、姿を消す。鹿倉に連絡を入れる必要はない。忽然《こつぜん》と霧のように消えることだ」

「それは職務放棄では……」

「仕事より命の方が何万倍も大事だ。君の命は一つしかない」

舟田が語気を強める。有無を言わせぬ圧だった。

「君に関係する者、綾子ちゃんや遥香ちゃん、小郷夫妻の安全は、私が必ず確保する。何一つ気にすることなく、姿を消せ。これだけは約束してほしい。頼む」

舟田は両腿に手を置き、頭を下げた。

「舟田さん……」

瀧川は戸惑った。

舟田の言っていることは身に染みてわかる。自分も、潜入捜査中に死にたくはない。まして、敵に正体が知られた後の死は悲惨だ。

とはいえ、逃げたところで、犯人側の人間を隅々《すみずみ》まで捕まえなければ、危険は根絶やしにできない。

今後を考えると、中途半端に逃げ出すのも不安だ。

舟田は顔を上げた。

「瀧川君。君の使命感はわかる。だが、強すぎる使命感は敵からも味方からも利用される」

舟田の指摘に、瀧川がうなだれる。

「が、しかし」

舟田は笑みを浮かべた。

「そこがまた、君のいいところでもある。だから、もし君のその性格を利用された場合は、そのままうまく利用されればいいんだよ」

「利用される？」

瀧川は顔を起こした。

「そうだ。死んだ後輩は、その技術があまりに未熟だった。利用されることがわかっていれば、それを逆手《さかて》に取り、利用することもできる。化かし合いではあるが、そのように思考を切り替えれば、利用されることを恐れる必要はない。ただ一点、利用する側は、君に利用価値がなくなれば、必ず粛清しようとする。深い情報を知る敵だからな。その危険を察知したら、すぐに離脱すること。それもまた、自分の身を守る大事な技術の一つだ」

「技術なんですか？」

「ああ、技術だ。熟練すればするほど、淀みなくこなせるようになる。クラシックを演奏するようにな。しかし、君にはこれを教えたくはなかった」

「なぜです？」

「熟練するほどに、君が公安から抜けられなくなるからだ」

舟田が眉根を寄せ、苦渋を覗かせる。

「ただ、今度の敵は大嘉根だ。中途半端なまま向き合えば、危険度が増す。なので、これだけは伝えたくて東京へ戻ってきた」

「舟田さん……。ありがとうございます」

瀧川は深々と頭を下げた。

「自身の長所と短所を知り、そのすべてを我が利とする。それが作業班員の極意だ」

「肝に銘じます」

「私の話は以上だ。私がここへ来たことは、鹿倉にも今村にも黙っておいてくれ。大嘉根周辺を調べることもな」

「わかりました」

「さて、残りを食べて飲んで、少しの間だけリラックスしてくれ。また、明日の朝からは、気の抜けない日々を送ることになる」

舟田がビール缶を取った。

瀧川もビール缶を取る。

「君の生還を祈って」

「ありがとうございます」

二人は缶を合わせ、ビールを思いきり、口に流し込んだ。

4

藪野は、芳澤の下での仕事を終えると、ピジョン銀座本店を監視できる場所に舞い戻っていた。

白瀬が萩尾に渡したピジョン・ブラッドのダミーを誰がいつ取り替えるのか。その誰かを特定することは重要だった。

今のところ、動きはない。

しかし、もう木曜日。取引日は明日に迫っている。

その日もピジョン本店は閉店し、従業員もほとんどが退店して、残っていなかった。

芳澤は出かけている。もし、すり替えるとすれば、絶好の機会だ。

藪野はビルの陰にじっと潜み、ピジョン本店の裏口へ入る路地を見つめていた。

と、高峰が姿を現わした。手には銀色のケースを持っている。

高峰は警戒するように周囲に目を配り、スッと路地に消えた。

こいつだったか――。

藪野の目が光った。

高峰は明日の仕込みのために、木更津にいるはずだ。藪野たちの前でも、今日は戻らないと明言していた。

藪野は路地を凝視し、スマートフォンを取り出した。今村の番号を出し、コールボタンをタップして耳に当てる。

「……藪野だ。ピジョン・ブラッドのケースに付けた発信機の動きを見ておいてくれ。電話は繋いでおく」

そう言い、路地を見据える。

ジリジリすること十分、高峰が出てきた。再び、歩道を見回し、顔を伏せて人混みに紛れる。

「動いたか？」

――いや、動いてない。

今村が答えた。

「動いてないだと？　ピジョン・ブラッド本体に付けた電波は？」

――ビルの中だ。

「そんなはずはない。高峰がビルを出た。尾行させろ。俺は本体を調べてくる」

――待て、藪野！

今村が止める。

が、藪野はスマホをズボンの後ろポケットに突っ込み、ビルへの路地へ駆け込んだ。

通用口からエレベーターホールへ走る。と、背後から気配が近づいてきた。殺気をまとっている。

藪野はとっさにポケットに手を入れた。スマートフォンの電源を三回早押しする。

公安部関係のデータがマイクロＳＤカードから瞬時に消えた。

「両手を挙げろ、北上」

高峰の声だった。

ポケットから手を出し、ゆっくりと両手を掲げる。

「何をしている？」

「ちょっと忘れものをしたんでな。取りに来ただけだ」

背を向けたまま答える。

「忘れ物ねえ」

足音が近づいてくる。一つではない。二つ、三つ……。

「おまえは何をしてるんだ？　木更津へ行ったはずじゃなかったのか？」

両手を挙げたまま、振り向こうとした。

瞬間、後頭部に衝撃を覚えた。目が眩《くら》み、よろける。誰かが膝裏を蹴った。藪野は両膝を落とした。

「おい、何の真似だ、高峰」

「それはこっちのセリフだ」

高峰が背後から硬い物を頭部に押しつけた。

藪野は眉根を寄せた。肩越しに背後を見やる。銃を握った高峰の他に見知らぬ男が二人、左右に立っていた。

男が藪野のポケットをまさぐった。スマホを取る。高峰が受け取り、履歴を確認する。

「どこに連絡をしていた？」

「いつの話だ？」

「今だよ、今」

「電話なんかしてねえ。履歴見りゃあわかるだろ」

「履歴には残ってなくても、見てるんだよ。おまえが電話していたところを。おまえがずっと、二つ先のビル陰でここの様子を窺っていたこともな」

高峰は言った。銃口を押しつける。

「何をしていた？」

「だから、忘れ物を取りに来ただけだと言ってんだろうが。ビル陰にいたってのは、本当に俺か？　見間違いじゃねえのか？　大仕事前につまんねえ言いがかりをつけるようなら、殺すぞ」

藪野はどすの利いた声で言う。左右にいた男たちは多少怯《ひる》んだ。

「威勢がいいな」

高峰が言うと、通用口のドアが開いた。もう一人、男が入ってきた。顔の腫れた若い男の腕をつかんで連れてくる。

「こいつが、俺を尾行してたんだ。おまえが電話した後すぐにな」

高峰は左手の甲で若い男の頬を打った。若い男は後ろ手をつかまれ、避けることもできない。

しくじったか……。

おそらく、今村が手配した作業班員だろう。

「だから、俺には何のことかわからないと言ってるだろう」

藪野はそらとぼけた。

「そうか」

高峰は若い男に銃口を向けた。

乾いた音が通路に響いた。若い男の悲鳴が反響する。

銃弾が左肩口を撃ち抜いた。

「殺しちまうぞ」

高峰は若い男の左腿にも発砲した。若い男は相貌を歪め、片膝を落とした。

非情にならねば……と言い聞かせる。しかし、目の前で仲間がやられるのを黙って見ているのは耐えられない。

高峰が若い男の眉間に銃口を向けた。引き金にかけた指を曲げる。

「あー、わかったわかった」

藪野は声を上げた。

手を下ろして、若い男に歩み寄る。

「てめえ、バレやがって」

頭をひっぱたく。

「おまえを見張らせていたのは俺だ。おまえの言う通り、おまえの行動も監視していた」

藪野は高峰を見上げた。

「なぜだ?」

「そいつだよ」

銀色のケースに目を向ける。

「明日は取引の日だ。今日か明日、必ず芳澤の部屋からそいつを持ち出すと踏んでいた。その時、そいつを奪ってやろうと思ってな」

「おまえ、盗人《ぬすっと》か？」

「最初からそうだったわけじゃない。ただ、二十億もの値がついたピジョン・ブラッドを目の前にしたら、欲が湧いちまってな。なあ、高峰。俺たち……いや、ここにいる全員で、そいつを盗んじまわないか？」

藪野は他の男たちも見た。

「ミサイルなんて手に入れたところで、飯の種にもならねえだろ。それより、そいつを売り払って金に換えて、みんなで分け合おうや。今、六人いるから、一人頭二億くらいにはなる。どうだ？」

藪野は高峰や男たちを何度も見回した。

「おまえ……」

高峰がため息をつき、うつむいた。

「救えないヤツだな」

高峰は銃口を藪野に向けた。

藪野はとっさに地を蹴った。頭から高峰の懐に突っ込む。高峰は押され、尻から落ちた。

銃を持った右腕を押さえ、頭を振り下ろした。

高峰の顔面に額が食い込んだ。高峰が顔を歪める。歯が折れ、口から鮮血がしぶく。

撃たれた若い男は、気力を振り絞り、脇に立っていた男の股間を拳で突き上げた。

不意打ちを食らった男は目を剥き、股間を押さえ、両膝を落とした。右手のひらを男の顔に被せ、指で男の両眼を突く。

男は顔を押さえて倒れ、もんどり打った。

高峰と共に入ってきた男二人が動こうとする。

藪野は高峰の手から銃を奪い取った。立て続けに引き金を引く。藪野は男たちの脚を撃ち抜いた。

男たちが揃ってフロアに沈み、脚を押さえて転げ回る。フロアに血の筋が広がる。

「てめえ……こんな真似して、ただじゃすまねえぞ」

高峰が藪野を睨む。

「心配するな。おまえらの前には二度と現われねえ」

藪野は宝石の入ったケースを取った。立ち上がり、高峰の顔面を思いきり蹴り上げる。

高峰の顎が跳ね上がり、意識を失った。

藪野は銃を男たちに向け、高峰に撃たれた若い男の腕を取った。

「行くぞ」

無理やり立たせる。若い男は足を引きずりながら藪野についていく。

藪野は通用口を出て、歩道に出た。血だらけの若い男を見て、通行人がギョッとして立ち止まる。

藪野は通りかかったタクシーを停め、乗り込んだ。

「俺は警察関係者だ。いいから急げ」

藪野は衝撃で固まっている運転手を急《せ》かした。

運転手は従わざるを得ず、車を急発進させた。

二十分ほどで、高峰が意識を取り戻した。顔を起こす。芳澤の部屋だった。

周りには、藪野に撃たれた男たちや若い男に眼を潰された者がいる。

芳澤の脇には池谷と他の仲間の男が三人いた。

「やっと、お目覚めか？」

芳澤は片笑みを浮かべた。

「どういうことだ。説明してもらおうか？」

高峰を見据える。

「北上がピジョン・ブラッドを盗みに来まして。それを止めようとしたら返り討ちに——」

「そんなことを訊きたいわけじゃない。なぜ、木更津へ行ったはずのおまえが、ここにいるのかを訊いているんだ」

芳澤の双眸に怒気がこもる。

「それは……」

「こいつら、誰だ？」

芳澤は右手を持ち上げた。銃を握っている。

芳澤は迷わず、一人の男を撃ち抜いた。眉間に穴が開く。後頭部から鮮血が噴き出す。

両眼を見開いた男はゆっくりと仰向《あおむ》けに倒れた。カーペットに血溜まりができ、染みていく。

「俺の仲間じゃねえ。こんなヤツら、見たこともねえ」

芳澤は眼を潰された男にも発砲した。

こめかみに穴が開く。弾き飛ばされた男は横倒しになり、絶命した。

高峰はみるみる青ざめた。

「おまえ、俺の性格は知ってるよな？　妙な小細工をされるのが、一番嫌いなんだ」

もう一人の男の胸にも二発の弾丸を撃ち込む。男は胸を押さえて吐血し、カーペットに突っ伏した。尻を上げたままひくひくと痙攣《けいれん》する。

「何をしようとしていたんだ？」

銃口が高峰に向く。

「ま……待ってください！　すみません。すみませんでした！」

高峰は土下座し、額を擦りつけた。

「萩尾さんに、ピジョン・ブラッドをすり替えてこいと言われていたんです」

「すり替える？　何とすり替えるんだ？」

「ダミーを用意していました。それは北上に持っていかれました」

「何が目的だ？」

「それは……」

言い淀む。

銃が火を噴いた。高峰の右肩の肉が弾け飛ぶ。

「ミサイルの取引現場は、木更津じゃないんです！」

高峰は大声で言った。

芳澤が片眉を上げる。

「交換は都内のホテル。ピジョン・ブラッドはバイヤーに渡し、ミサイルは後日、完成品をクルーザーに載せ、油壺《あぶらつぼ》のマリーナで受け取るという手はずだったんです」

「ほお、萩尾はそんなことを考えていたのか。俺たちが木更津へ行っていたらどうなった？」

「……おそらく、みな捕まっていました」

「サツにも売ったということか？」

芳澤の問いに、高峰はうなだれた。

「まさか、側近として信頼していたおまえが、俺を裏切っていたとはなあ」

「いや、そういうわけじゃなくて、萩尾さんに脅されて仕方なく……」

「脅されて寝返るヤツはもっと許せねえ」

芳澤は引き金を引いた。

二発、三発――。スライドが滑り、銃口から煙が立ち上る。凄まじい炸裂音《さくれつおん》で耳が痛くなる。高峰の体が躍《おど》る。

弾が切れ、スライドが上がった。

高峰の顔は原形を留《とど》めないほど吹き飛んでいた。

「池谷。萩尾をさらってこい」

「北上はどうします?」

「放っておけ」

「わかりました」

池谷が出て行く。

芳澤は顔をなくして朽ち果てた高峰を冷たく見下ろした。

5

藪野からの連絡を受け、今村は鹿倉の下に走った。鹿倉はすぐさま今村を別室に連れて行き、協議を始めた。

藪野は高峰に〝宝石を盗むため、仲間を集めた〟と言い訳したと話していた。

が、勘づかれたかもしれないので、今村との電話で、作戦の中止を要請していた。

しかし、鹿倉は作戦続行を決めた。

多少のトラブルは発生したが、芳澤、あるいは萩尾がミサイルを手に入れる可能性は残っている。

取引は翌日だ。ここはリスクを冒してでも、関係者の一斉摘発に賭けることにした。

今村はその旨を潜入している作業班員たちに一斉メールで送信した。

その後、鹿倉と想定されるリスクを検討していた。

メールを送信して十分後、藪野が公安部別室に来た。

ドアが軋《きし》むほど強く開き、開口一番、怒鳴った。

「おまえら、仲間を殺す気か！」

藪野の声がオフィスまで響く。

日頃からそうした物騒な話には慣れている部員も、藪野の尋常ならざる怒声に驚き、数人が駆け寄ってきた。

薮野の背後に部員が立つ。

「あー、なんでもない。他の者を近づけるな」

鹿倉が室内の奥から言う。

部員たちは一礼して下がり、ドアを閉めた。

薮野は仁王《におう》立ちし、両拳を握り締めたまま鹿倉と今村を睨みつけ、肩で息を継いでいた。

「まあ、そう興奮するな。座れ」

鹿倉が右手の椅子を目で指す。

薮野はずかずかと直進した。鹿倉の前に立つ。今村が腰を浮かせる。鹿倉は右手のひらを今村に向けて立て、制止した。

薮野はテーブルに両拳を叩きつけた。前のめりになり、鹿倉に鼻を突きつけ、両眼を剥く。

「作戦続行とはどういうことだ。大勢が死ぬぞ」

「私の部下はそれほどやわではない。君も含めてね」

「あんたは現場をわかっているのか!」

薮野は鹿倉の胸ぐらをつかんだ。

「薮野!」

今村が立ち上がる。

鹿倉は再び、右手のひらを上げ、今村を止めた。

「藪野。これは適切な行動か？」

鹿倉は藪野の目を見据えた。

「今、この時点で、この行動は適切かと訊いている」

目に力がこもる。

藪野は襟首を絞り、奥歯を噛んだ。突き飛ばすように襟から手を離す。

鹿倉はワイシャツの喉元に指を入れ、締まった首元を弛め、ネクタイを軽く締め直した。

「そもそも、君の情報収集失敗がこの事態を招いている。違うか？」

鹿倉が言う。

藪野は拳を固く握った。しかし、それは事実だ。言い返すことはできない。

顔を上げて、鹿倉を見据える。

「その点については認めます。しかし、それと今回の作戦続行の話は別です。俺は高峰を倒したまま放ってきた。芳澤が気づいていないはずがない。高峰が萩尾と通じていたということは、今頃、芳澤は高峰から萩尾の計画を聞き出しているでしょう。そうなれば、彼らは木更津には行かない。俺の感情とは関係なく、計画を大幅に変更せざるを得ません」

「芳澤に萩尾の計画が通じたというのは、確かか？」

「状況からみて、そう判断するのが賢明です」

「わかった。今村」

鹿倉が今村に顔を向ける。

「はい」

「潜入中の作業班員を引き揚げさせろ。アジトも今夜中に撤収させろ」

「わかりました」

「ただし」

鹿倉は語気を強めた。

「萩尾に接している白瀬と、グリーンベルトの若手グループに接触している瀧川は、このまま続行だ」

「承知しました」

今村がドア口へ向かう。

「部長！」

藪野は激高《げっこう》し、顔を真っ赤にした。

「あの二人が最も危ないんだ！　あんた、本気で部下を殺したいのか！　俺たちはあんたのロボットじゃねえんだぞ！」

「我々の任務に危険はつきものだ。ここから先は邪魔しないでもらえるか。君は病院でおとなしくしていてくれ」

瞬間だった。

突然、腰に強烈な痺《しび》れが走った。全身が震え、たまらず片膝を落とす。

「てめえ……」

腰に手を当て、肩越しに背後を見上げた。

今村が立っていた。手には棒状のスタンガンが握られている。

「今度、我々の装備に加えようと思っているんだ、このスタンガン。近頃は、どいつもこいつも武装化しているからな。伸縮性もあり、携帯に便利だ。警棒として武器にも使える。どうだ、藪野？」

「そんなもの使っている間に殺《や》られちまう」

「そうか。なら、もう少し電流を上げてみるか」

今村は柄《え》の先についたダイヤルを回した。

藪野は振り返りざま、今村の脚にタックルを食らわせようとした。

が、今村は左足を引き、同時に棒の電極部を藪野の首筋に当てた。

藪野が短く呻き、双眸を見開いた。動きが止まる。そのままゆっくりと床に突っ伏した。

「死んだか？」

鹿倉が冷たい口調で訊く。

「いえ、そこまでの電圧ではありません。ただ、今は全身痺れて動けないでしょうが」

今村が片笑みを滲ませる。

「白瀬と瀧川には、逐一動向を報告するよう伝えろ」

「わかりました」

今村は一礼し、部屋を出た。

入れ替わりに、部員が三名入ってくる。

「病院へ連れて行き、拘禁しろ」

「はい」

三人は同時に返事をし、気絶した藪野を抱えて連れ出した。

白瀬はカジュアルな暗めの色のスーツを着て、ヤマトキャピタルの社長室にいた。

萩尾も目の前にいる。オフィスには秘書の南野景子以外、残していなかった。

白瀬扮する青山は、レプリカを持ってきた者として、高峰がすり替えてくるまでの時間を付き合わされていた。

時間は、午後九時になろうとしていた。約束の時間は午後八時だった。が、高峰は現われない。

八時を五分も過ぎたあたりから、萩尾は何度も腕時計に目を落としていた。時間が経つほどに苛立《いらだ》ちがあらわになっていた。

すり替えが終われば、高峰から連絡が入るようになっている。萩尾の方から連絡するのは無用な危険を招くので、しないことになっていた。

「何をやっているんだ、あいつは」

萩尾がコーヒーを飲み干す。

「まあまあ、萩尾さん。ここはじっくり待ちましょう」

白瀬は笑みを絶やさなかった。

一方で、不測の事態が起こっていることも想定していた。

万が一、高峰がすり替えている時、芳澤に見つかれば、ただでは済まないだろう。

しかし、もし不測の事態が起こったのであれば、本部から連絡が来るはずだ。

一時間ほど前、トイレで公安部連絡用のメールを開いてみたが、作戦は続行という指令しか入っていなかった。

そろそろ別の指令が入っていないか確かめたいが、萩尾が苛立っている状況で、あまり席を立つわけにもいかない。

「社長、食事がまだでしたね。近場へ食べに行きませんか。いい店があるんですよ」

「余裕ですね、青山さん。何か、ご存じなのですか？」

大きい目でギロリと見やる。

「いやいや、腹が減っては何とやらなので、提案しただけです」

苦笑し、ごまかす。

「あのレプリカ、大丈夫ですか?」

「百パーセント大丈夫とは言い切れませんが、あれ以上のレプリカもありません。あのレプリカでダメなら、どんな偽物を持っていっても無理ですよ」

白瀬は努《つと》めて刺激しないよう、柔らかい口調で言った。

ドアがノックされた。

「失礼します」

秘書の南野景子の声だった。

「高峰さんがいらっしゃいましたが」

景子が言う。いつもの声色《こわいろ》に聞こえたが、若干震えているようにも感じた。

「やっと来たか」

萩尾は不愉快そうに片眉を歪めた。

白瀬は後ろポケットに右手を忍ばせ、スマートフォンを握った。

萩尾が居丈高に口を開いた。

「入れ」

ドアが開く。

瞬間、ドアが勢いよく開かれた。景子が突き飛ばされた。よろけて、白瀬の前に倒れ込む。

やはりか――。

白瀬はスマホの電源を素早く三度押した。公安関係のデータを消す。と同時に、ピジョンで不測の事態が起こったことを瞬時に理解した。

「南野さん！」

白瀬は床に屈み、景子を抱き起こした。白瀬の前に景子の上体が被さる。

その時、パンと乾いた音が響いた。

景子が瞳を見開いた。再び、発砲音が轟く。景子の体が震えた。背中に食い込んだ弾丸が貫通し、白瀬の左脇腹を掠《かす》めた。

衣服が切れ、血が滲む。

白瀬は景子を抱いたまま、仰向けに倒れた。倒れ込む間際、景子の体を少しだけ右側にずらす。

白瀬は仰向けになって、目を閉じた。

「だ……誰だ！」

「来てもらうぞ、萩尾」

野太い男の声がした。重そうな足音がする。複数の足音も部屋へ入ってきた。

一つの足音が白瀬の脇に駆け寄ってきた。何者かの影が被さる。

少し様子を見ていた何者かが、白瀬の頭を爪先でコツンと蹴った。白瀬は無反応で蹴られた。首がぐらりと傾く。

「池谷さん。弾が貫通して、二人とも死んじまってますよ」

「ほお、なかなかの威力だな、このサンパチは」

池谷が三度発砲した。

景子の腰から入った弾丸が白瀬の腹部を抉った。

焼け付くような鋭い痛みが腹部に走る。その後すぐ、全身に痺れるような痛みが駆け抜ける。

それでも白瀬は、瞼《まぶた》一つ動かさなかった。

椅子の倒れる音がした。

「何をする！　離せ！」

萩尾の引きつった声が聞こえた。

「芳澤さんが話をしたいそうだ。来てもらうぞ」

「それなら、芳澤が来ればいい」

「あー、一つ言い忘れたが。高峰は、こうなった」

池谷が引き金を引いた。

弾丸が景子の後頭部を砕いた。脳みそまじりの鮮血がしぶき、白瀬の顔に降りかかる。

「すべてわかってる。ミサイル取引の件も教えてもらうぞ。連れていけ」

池谷が命じた。

萩尾は喚《わめ》いていたが、声は呻きに変わった。猿ぐつわを噛まされたようだ。

部屋が静かになる。が、気配は消えない。白瀬は最小限の呼吸をしつつ、微動だにしなかった。

重い足音が近づいてきた。大きな影が瞼に当たる明かりを遮《さえぎ》った。

視線を感じた。白瀬は息を止めた。少しの間、男は白瀬を見ていた。

「池谷さん、行きましょう」

白瀬を蹴った男が言う。

やがて、重い足音は遠ざかり、ドアが閉じた。

白瀬は息をした。しばらく、景子の屍《しかばね》を抱いたまま、時をやり過ごした。

長い静寂に身を置く。耳に神経を集中させる。ビルの軋むかすかな音まで聞こえる。エレベーターは何度か動いたが、やがて動きを止めた。

白瀬は目を開いた。血が目に入ってくる。目を閉じて血を拭い、再び開ける。

ゆっくりと体を起こした。そっと景子の屍を横に倒す。仰向けになった景子の頭部が、少し飛んでいた。

手に付いた血糊を見る。脳みそが付いている。ぐしゃぐしゃの顔を見て、池谷という男も白瀬が死んだと思ったのだろう。

白瀬は目を閉じ、景子に手を合わせた。そして、スマートフォンを取り出した。腕を持ち上げる。腹部の銃創がズキッと疼《うず》いた。顔をしかめつつ、頭に入れてあった番号をダイヤルキーで入力し、コールボタンを押した。

「もしもし……白瀬です」

第六章 神風ふたたび

1

午後三時を回った頃、瀧川はレンタカー店の窓口に来ていた。

いよいよ、今日は取引決行日だ。ワゴンを借りて、恵里菜たちを運ぶ予定だ。

江坂が同行していた。

瀧川は、聴講生となる時の身分証明として今村から渡された〃安藤晶〃の免許証で、レンタル手続きを進めていた。

時折、江坂が手元を覗き込む。身元を確認しているのだろう。

瀧川は朝から、恵里菜以外の仲間――、江坂、前田、竹岡、いのりの誰かに見張られていた。

どこまで恵里菜に情報が入っているのかわからないが、昔からグリーンベルト本部に出入りしている仲間以外はかなり警戒している。特に、最近近づいてきた瀧川には、相当用心しているようだ。

恵里菜の提案で、待機場所は瀧川のアパートになった。

今、江坂と恵里菜以外の三人は、安藤晶が借りているアパートにいる。おそらく、家捜しでもしているのだろう。

瀧川はまったく気にしていない。

昨夜、今村から事情は聞いた。

芳澤は萩尾の計画を知り、拉致した。芳澤たちを木更津で検挙し、萩尾と恵里菜たちは自分と他の班で逮捕するという計画は崩れた。

白瀬は腹部に銃弾を受ける大怪我《おおけが》を負い手術、入院したそうだ。

瀧川以外の全作業班員は撤退した。

今村は瀧川にも身を退いてもいいと言ったが、そういう空気でもなかった。

瀧川は作戦を続行する決断をした。

今村の読みでは、恵里菜たちに情報が入れば、瀧川の身辺を探るだろうとのことだった。なので、昨夜のうちに、公安部へ繋がるものは部員が撤収し、しがない三十代独身の部屋を作り上げた。

竹岡たちがどこをどう漁ろうと、何一つ出てこない。

「では、車の傷をチェックしてもらえますか？」

手続きをしていた従業員の男が立ち上がる。この男もまた、公安部員だ。

男は、安藤の免許証をわざとテーブルの端に置いた。

瀧川もあえて取らずに立ち上がる。

「僕はここで待っていていいですか？」

江坂が言った。

「ええ、私が済ませてきますので」

瀧川は笑顔を向けた。

店を出る。駐車場へ行く間際、ちらっと店内を見た。江坂は安藤の免許証を取って確認している。

瀧川は内心ほくそ笑み、駐車場へ行った。ボードを片手に従業員に扮した部員が待っていた。

「お疲れさんです。ポイントに追跡装置を付けています」

部員は車を回りながら、装置の付いた場所を指で差していく。

ドアを開け、中も確認させる。

「バックミラーに専用の盗聴盗撮装置を仕込んでいます。映像と音声は、リアルタイムで本部へ発信されるようになっています。発煙筒《はつえんとう》はスタンガンになっていますので、いざという時は使ってください」

「わかりました。白瀬さんと藪野さんの具合は？」

「二人ともまだ入院中ですが、意識はあります」

「よかった。他に指令は？」

「小柳恵里菜他を検挙するのは、我々の姿を現認してから。それまでは彼女らの仲間として振る舞うようにとのことです」

「わかりました」

手短に話をし、鍵と書類を受け取って店に戻る。江坂はあわてて、免許証を置いた。

瀧川はテーブルの上の免許証を取って、財布に入れた。

「行きましょうか」

江坂に声をかける。

江坂は瀧川と共に店を出て、ワゴンの助手席に乗り込んだ。

「では、お気を付けて」

従業員に扮した部員が誘導し、頭を下げる。

瀧川は江坂を乗せ、アジトへ向かった。

アパート近くの時間貸し駐車場にワゴンを停め、江坂と共に歩いて戻った。

ドアには鍵がかかっていた。ノックをして、声をかける。

「安藤です」

中から足音が聞こえてきて、鍵が開いた。ドアを開ける。

「お疲れ様です」

恵里菜が顔を出した。

「いらしていたんですか」

「ええ。お邪魔して、すみません」

「いえいえ。どうぞ」

江坂を促し、自分も玄関に入って鍵を閉める。

狭い部屋に、前田と竹岡、いのりの姿もあった。

それぞれ、ペットボトルを片手にスナック菓子を摘《つま》んでいた。脇には弁当の食べかすもある。

「江坂君と安藤さんもどうぞ」

恵里菜が弁当を出した。

「いや、私は——」

「長丁場になりますから、食べておいてください」

恵里菜が言う。いのりがペットボトルのお茶とコーラを出した。

江坂はコーラを取り、いのりの横に座った。瀧川は恵里菜の横に座り、のり弁当を取った。フタを開け、さっそく食べ始める。

江坂も鮭弁当を手に取った。箸を割る。が、進まない。緊張した面持《おもも》ちだった。恵里菜以外の三人も同じように表情を硬くしている。

「何時に出るんですか？」

瀧川が訊いた。

空気がピリッとする。

「四時半頃には出ようと思います。帰ってきたばかりなのに、申し訳ないですけど」

「いえいえ、わかりました。で、どちらへ？」

「油壺です」

「三浦《みうら》半島の、ですか？」

「はい」

恵里菜が答えた。

ミサイルを奪取するつもりか。瀧川は胸の内で呟いた。

「どのくらいかかります？」

恵里菜が訊く。

「あまり行ったことがないので詳しくはわかりませんが、二時間くらいじゃないですかね。大丈夫ですか？」

「ええ、十分です。その前に、グリーンベルトの本部に寄ってほしいんですけど」

「承知しました」

瀧川は笑顔を向け、弁当を食べ進めた。


午後四時半、瀧川はワゴンをアパート前に回した。恵里菜たち五人が乗り込む。

恵里菜は助手席に乗った。

「鍵、閉めておきました」

「ありがとうございます。カーナビ、油壺のマリンパークあたりに設定しておきましたけど、いいですか？」

「あ、ちょっと待ってください」

恵里菜がカーナビを操《あやつ》る。

「ああ、マリーナに行くんですね」

瀧川はわざと声に出した。

「はい」

「でも、今からだとマリーナから船は出せませんね」

「いいんですよ。船に乗るわけじゃないので」

恵里菜がにこりと笑みを覗かせる。

瀧川はそれ以上突っ込まず、車を出した。

瀧川と恵里菜は、前席でたわいもない話をしていた。が、後席にいる四人は押し黙っていた。

バックミラーで表情を確認する。アパートにいた時より、さらに強《こわ》ばっていた。

三十分ほどで、グリーンベルト本部に着いた。

「ちょっと待っていてください」

恵里菜が他の四人と共に車を降り、本部へ入っていく。

「ただいま、哲学堂のグリーンベルト本部前。これより、三浦半島の油壺マリーナに向かう。ターゲット、ミサイル奪取画策の模様」

手短に本部へ音声を送信する。

十分ほどして、恵里菜たちが戻ってきた。バックドアを開け、スポーツバッグを載せる。

重い金属音がし、車体が少し揺れた。

江坂がスポーツバッグの中に手を入れ、何かをガサゴソと触った。一瞬、カーナビの画面が揺れる。

江坂がバックドアを閉めた。四人が同じ位置へ乗り込んでくる。

恵里菜も隣に乗り込み、シートベルトをたすきにかけた。

雰囲気はさらに重くなっていた。殺気が漂う。瀧川の表情も少し硬くなる。

「出してください」

恵里菜が言う。

瀧川は車を滑り出した。中野通りを南下する。交通量が多く、ゆっくりと進んでいた。

「この調子だと二時間以上はかかりそうですね」

「大丈夫です。現地に到着すればいいですから」

「何時までに着けばいいんですか?」

「八時くらいですね」

「それなら十分、間に合います」

瀧川は笑みを浮かべた。

「ところで、安藤さん。私たちが何をしようとしているのか、気になりませんか?」

恵里菜が訊いた。

「気にはなっていますが……。私が聞いてもよろしいんですか?」

「ええ。私たちが今から行なおうとしているのは――」

恵里菜がフロントガラスの先を見据えた。

「革命です」

恵里菜が語勢を強めた。

直後、ヘッドレストの隙間から硬い物を押し当てられた。

「なんですか……」

戸惑った様子を見せ、バックミラーで背後を見る。

真後ろには竹岡がいた。手に黒い物が見える。信号で停まる。肩越しに振り返る。

銃口が映った。

「前を向いてろ」

竹岡の低い声が響く。

恵里菜が瀧川に顔を向けた。

「あなた、何者ですか？」

「私は、普通の三十代の――」

「隠さなくてもいいんですよ。わかっています。この車から、妙な電波が出ていたことくらい」

恵里菜が片笑みを覗かせた。これまでの人のよさそうな微笑みは影をひそめる。

「周波数を解析しました。公安部ですね」

恵里菜が言い切った。

「何のことだか、私には……」

「今ここで、粛清してもいいんだぞ」

背後から、江坂の声がした。

「私たちは常に権力と戦っています。そのための準備にぬかりはありません。公安部の周波数くらいは検出できるんですよ」

恵里菜は片笑みを滲ませたまま、瀧川を睨んだ。

「目的は何？」

声色が変わる。

信号が青になる。乱暴な運転をしてこの場を脱するか……と、一瞬思う。

しかし、その前に恵里菜が銃を出し、脇腹に押し当てた。

「おとなしく運転して」

恵里菜が言う。

二丁の銃口を押し当てられている。他の三人も武器を携帯しているだろう。今、車内で騒ぎを起こすのは得策ではない。

何事もないように、車を走らせる。

「現地に着いたら、君たち全員、検挙されるぞ」

瀧川が言った。

恵里菜が鼻で笑う。

「この車から出ている電波は遮断した。ここからの動きはわからない」

江坂が言った。

「油壺へ行くのはわかっているぞ」

「銀座へ行きます」

恵里菜が言った。

「油壺じゃないのか?」

「そこへは、田名部さんたちが行ってます」

恵里菜が言う。

「田名部が? 君たちは反目しているんじゃないのか?」

「まさか。同志であり、尊《とうと》ぶべき先輩です。あなた方のような政治警察はゴキブリのように入り込んでいますからね。余計な陽動も必要です」

「銀座に何をしに行くんだ?」

「もう知っているでしょうけど、芳澤が手にしている宝石を奪いに行きます。あれも革命に必要な物ですから」

「なぜ、宝石がいるんだ?」

「あなたに答える必要はない。あなたは私たちの指示に従っていればいいのです。妙な動きを見せたら、その時点で粛清します」

恵里菜が微笑む。

凍りつくほど冷酷な笑みを見て、瀧川の背筋に寒気が走った。

2

油壺湾と諸磯湾《もろいそわん》は、三浦半島の南端西側に位置する天然の入り江だ。相模湾《さがみわん》に接しているが、入り組んだ地形で波も穏やかなこともあり、ヨットやプレジャーボートの係留所となっている。

昼間は、釣り人やクルーズを楽しむ人々、近くの小網代《こあじろ》の森を散策する人や水族館へ遊びに来る人、仕事に励む漁師など、多様の人々で賑わうが、日が暮れると明かりも少なくなり、静寂に包まれる。

油壺マリーナは、諸磯湾側にある。日も暮れ、ヨットやボートもマリーナに戻り、クラブハウスも営業を終えて、あたりは真っ暗だった。

今村の指令を受けた公安部員は、係留中のヨットやボートの陰、磯へ向かう林の中、路上に停めた車の中などから、グリーンベルトの若手がやって来るのを息を潜めて待っていた。

彼らがいつどこでミサイルの受け渡しをするのかわからない。ひょっとして、交渉するだけの場所かもしれないが、鹿倉はこの場で、関係者を全員検挙すると決めた。

路上で張り込んでいる部員は、車が通りかかるたびにナンバーをチェックし、本部に照会していた。

あちこちに潜んでいる部員たちも、数少ない通行人や釣り人に注意を払う。釣り人に扮し、洋上を監視している者もいる。

総力態勢でこの日の検挙に臨《のぞ》んでいた。

午後八時を回った頃、一艘のプレジャーボートが入り江に入ってきた。

「プレジャーボート入港。船名、エスペーロ。要照会」

釣り人を装っている部員がベストのポケットから小型無線を出し、連絡を入れた。

油壺の部員から報告が入った。

捜査本部で待機している今村は、すぐ部下に命令し、調べさせた。

部下が国土交通省の登録データを検索する。

「見つかりました。所有者は横浜市《よこはまし》在住の伊藤光則《いとうみつのり》。登録地は三浦市三崎《みさき》。二〇〇七年に登録しています」

部下が大声で報告する。

隣で端末を捜査していた部下が続けて報告する。

「当該所有者、リストに名前はありません」

部下が言った。

リストとは、公安部が所有している監視者リストだ。右左の活動家から新興宗教団体信者、過激思想家など、テロを実行しそうな者や関連会社等々をリストアップしたデータだった。

「違うか……。ヤツら、どうやって取引するつもりだ」

今村は苛立ち、奥歯を噛んだ。眉間に険しい皺が立つ。

藪野と白瀬は現場を離れた。他の作業班員も撤収させた。

唯一の情報源である瀧川からの報告は途絶えた。ワゴン車の電波も妨害されていて捉えられない。ナンバーで探しているが、見つからない。取り替えられたのかもしれない。

いずれにせよ、瀧川に不測の事態が起こっていることは、容易に想像できた。

ピジョン本店に保管されている宝石はまだ動いていない。ピジョンを見張らせている部下からは、芳澤が動いたという報告もない。

すべてが膠着《こうちゃく》していた。

嵐の前の静けさか、それとも、今日の取引自体がガセネタだったのか。瀧川が動いているので、ガセということはないと思っているが、動きが読めなかった。

ともかく、動いたら全員押さえなければ――。

今村は、入ってくる報告に集中した。

瀧川が運転する車は銀座へ乗り入れた。ピジョン本店ビルから一ブロック離れた路地にある時間貸し駐車場にワゴンを停める。

エンジンを切り、ヘッドライトを落とす。江坂が車外へ出た。路地と大通りの境目に行き、壁に背をもたせかけ、スマホをいじった。

恵里菜と他三人はそのまま車に残り、じっとしていた。

「芳澤のところへ行くんじゃないのか？」

「行きますよ。時が来れば」

恵里菜がにこりと笑う。

「ここでやめないか？」

瀧川は言った。後ろから銃口を押し当てられる。だが、続けた。

「今ならまだ、君たちは何もしていない。このままここを去れば、それぞれの生活に戻れる」

「つまり、ここも見張られているということですね？」

恵里菜が訊いた。

「そういうことだ。逃げられんぞ」

瀧川は強く言った。

「逃げられないってことは、他にも追跡する態勢があるということですね？」

恵里菜が言う。

瀧川は答えなかった。

恵里菜は小さく笑った。

「まあ、どっちでもいいです。私たちは私たちの闘争をするだけですから」

バックミラーには、恵里菜の言葉に頷く江坂たちの姿も映る。

「君たちは、何がしたいんだ？」

瀧川は思わず訊いた。

「安藤さん。おそらく、安藤さんではないんでしょうけど、そう呼ばさせてもらいます。安藤さんこそ、何をしたいんですか？」

恵里菜が訊いた。

「俺は日本を平和にしたい。不可能ではあるが、犯罪のない社会にしたくて、この仕事に就いている」

「今の日本に平和はありませんよ」

「何が不満なんだ？」

「私たちには未来が見えない。大企業は年配者に牛耳《ぎゅうじ》られ、若者は使い捨てられている。政治は私たちを助けるふりをしながら、その実、私たちから搾取《さくしゅ》することばかり考えている。若者を育てなければと口では言いながら、非正規で安く買い叩こうとする。人手不足だからと、今になって企業も政治も私たちに媚《こ》びているけど、また不況になれば切り捨てられる。安藤さんは公務員だから、そのあたりが見えていないんでしょう。環境問題は、そうした難問題を理解するにはとてもいい入口です。日本には地熱もあれば、風力、水力もある。けど、化石燃料重視は変わらないし、原発も必然だと声高に叫ぶ。誰ですか？日本を壊そうとしているのは。私たちじゃない。金の亡者《もうじゃ》でしかない企業人と政治家です。あなた方は、その手先でしかない。そんな人たちに平和を語られても、私たちには響かない。だから、私たちが私たちの手で、世の中を変えるんです」

「だから、テロか？　暴力では何も変わらない」

「どうして、そう言い切れるんですか？　過去の赤軍や学生運動の話から言っているのであれば、的外れな意見です。学生運動は米帝追従《ついじゅう》の流れに一定の歯止めをかけ、労働者や女性の権利を獲得した。赤軍は世界に革命を起こした。何も変わっていないように見えるのは、それが現代では当たり前だからです。でも、それらは当たり前じゃなかった。庶民が勝ち取ったものです。私たちも、私たちの未来を勝ち取りたいだけ。邪魔はさせません」

恵里菜の瞳に冷徹な決意が滲む。

瀧川は寒気を覚えた。

彼ら若者が置かれている状況は理解する。それでも、ここまでイデオロギーに偏重《へんちょう》する思考は、正直狂っているとしか思えない。

狂人に説く言葉はないのか……。

瀧川はなんとかこの場で、恵里菜たちを説得したいと思うが、言葉が出て来ない。

彼らの感じている理不尽は、瀧川も感じていることでもあるからだ。

しかし、方法は間違っている。このような強引な手法がまかり通れば、秩序が崩壊する。

権力に向かう者が勝利を得た時、その者たちは権力者となる。それを繰り返すだけだ。

彼らが動き出す前に、なんとか……。

瀧川はハンドルを握り締め、説得する方法を思案した。


油壺マリーナに動きはない。時間だけが過ぎていく。

部員たちは、闇に目を凝らし、警戒していた。

どこまでも静寂が続き、波の音だけが聞こえている。

釣り人に扮した部員の一人が腕時計を見た。午後九時になろうとしているところだった。

「長丁場になりそうだな……」

独りごちる。

デジタルの数字が21：00と変わった。

瞬間だった。

係留していたヨットが突然、爆発した。

待機していた部員たちは、身を竦《すく》めた。轟音《ごうおん》が二度、三度と響き、鳴動《めいどう》する。

炎が噴き上がり、闇を朱《あか》く染める。

「こちら油壺マリーナ！　ヨットが爆発！　繰り返す！　ヨットが爆発！」

釣り人に扮していた部員が、無線を握り、がなり立てる。

その間にも、爆発が続く。二艘、三艘とヨットが吹き飛ぶ。轟音と共に熱風が舞う。瓦《が》
礫《れき》が他のヨットのボディーに突き刺さる。

飛び上がったマストが、海辺に停めていたクルーズ船に真上から突き刺さる。クルーズ
船の船底に穴が空き、海水が入り、沈んでいく。

「避難しろ！」

部員の誰かの怒鳴り声が聞こえた。

周囲のマンションや家の明かりが点いた。近隣にいた車が現場に次々と近づいてくる。

「一般人を近づけるな！」

部員の一人が叫んだ。

雑木林から出てきた部員が路上に飛び出し、整理に当たる。

一人の若い部員も、磯から上がり、急いで雑木林を出ようとした。

と、不意に人影が現われた。

「ここは危険です！　逃げて――」

顔を上げた時だ。

いきなり、頭部に衝撃を覚えた。

若い部員はたまらず、うずくまった。頭を押さえる。手のひらが血に濡れた。

「貴様……」

銃を抜こうと、ライフジャケットの中に手を差し込む。

再び、頭部に衝撃が走った。若い部員はその場に突っ伏した。

何者かは、握った鉄パイプで三度、四度と執拗《しつよう》に部員を殴った。

部員はぐったりとして動かなくなった。頭皮が裂け、血がどくどくとあふれている。

何者かは屈《かが》み、ライフジャケットやズボンのポケットをまさぐり始めた。

「殺したのか、篠村？」

後ろから現われたのは、田名部だった。

「いえ、まだ息はあります。久しぶりのゲバ棒なんで、振り方忘れちまったんですかね」

篠村が笑う。

「いやいや、これだけ公僕を倒せれば十分だ」

田名部も笑った。

篠村は銃を自分の腹部に入れた。無線を外し、田名部に手渡す。

田名部はイヤホンを耳に付けた。たちまち、公安部の狼狽《ろうばい》ぶりが聞こえてきた。

うっすらと片笑みが滲む。

篠村はライフジャケットを脱がせ、田名部に渡した。田名部はジャケットを着て、無線を胸のポケットに入れた。

篠村は身分証を自分のズボンのポケットに入れ、倒した部員をうつぶせに返し、背後で両手首に手錠をかけた。立ち上がる。

「どうですか？」

田名部に訊いた。

「混乱してるよ。今の若い面々は爆破事件など初めての経験だろうからな」

「情けない話ですね」

「公僕など、そんな程度のものだ。篠村、江坂に連絡しろ」

「わかりました」

篠村はその場でスマートフォンを出し、電話をかけた。

「はい、はい。わかりました。こちらも決行します」

江坂は電話を切り、ワゴンへ駆け戻った。スライドドアを開ける。

「小柳さん、首尾は上々です。こちらも決行しろと」

「わかった。みんな、用意して」

恵里菜は言った。背後で重い重機の音が鳴る。

江坂が運転席に回ってきた。ドアを開け、瀧川の両手首を結束バンドでハンドルに拘束する。

「ここまで、ありがとうございました。生きていればまた会いましょう」

恵里菜が外に出る。他の者たちも車外に出た。

車内はしんとなった。

瀧川はもがいたが、動きを止めた。

耳を澄ます。秒針を刻む時計の音が聞こえてきた。

3

今村が仕切っている捜査本部は、油壺マリーナの突然の爆発事案でごった返していた。

情報が錯綜《さくそう》し、混乱を極めている。

「マリーナ、依然爆発が続いています！」

「部員二名の負傷を確認！」

「何者かに殴打された部員がいる模様です！」

「逃走者、二名！」

「逃走者、三名！」

「不審なワゴンが西進中！」

「黒いセダンが交通を遮断しています！」

「南東のリゾートマンションに不審者あり！」

オペレーターが部員からの報告を次々と叫ぶ。

今村は本部長席で立ち上がり、混沌《こんとん》とするオフィスを睨みつけていた。

「何が起こっているんだ……」

歯ぎしりをする。

別の部員が駆け寄ってきた。

「主任！　病院から藪野が逃走しました」

「なんのつもりだ」

眉間に皺が立つ。

「どうしますか？」

「放っておけ！」

怒鳴り、オフィスを見渡す。

「現場に指示！　不審者、不審車両、全員検挙！　少しでも挙動の怪しい者は片っ端から検挙しろ！」

今村は号令を発した。

瀧川は車内でもがいていた。

背後から聞こえる秒針の音は、おそらく時限装置のカウントだ。急いで脱出しなければ、車ごと吹き飛ぶ。

このまま車を発進させ、狭い路地から車を出したいが、両手をハンドルに固定され、エンジンをかけられない。

車中で叫ぶ。しかし、人通りがない。くぐもった瀧川の声が、ひと気のない路地に虚しく響く。

どうすればいいんだ――。

瀧川は顔を手首に近づけた。歯で噛み切ろうとする。が、バンドはハンドルに密着していて、歯が噛まない。

それでももがいていると、額がクラクションを押した。プッと短い音が路地に響く。

瀧川は顔を上げた。

「これか」

クラクションを見据え、額を押しつけた。

けたたましい音が路地に響き渡った。

瀧川はクラクションを鳴らし続け、顔を上げた。

大通りの歩道から何人もの通行人が路地を覗き込む。が、近づいてこない。

瀧川は二度、三度と鳴らした。しかし、通行人は覗き込んでは足早に去っていく。

怪しい者だと思われているようだ。気持ちはわかるが、誰か一人でも来てほしい。

瀧川は願いを込め、何度も何度も鳴らした。

と、中年らしき男性が走ってきた。

瀧川は男を見た。

目を見開く。

「藪野さん！」

藪野は車の脇まで走り寄った。

「どうしてここへ！」

「開けろ！」

ドアハンドルをガチガチと引く。が、ドアは開かない。

「拘束されているんです！」

瀧川は大声で言った。

藪野は車内を覗き込んだ。

「顔を反対側に向けてろ！」

藪野が言う。

ポケットから部屋の鍵を取り出した。手の中に握り、先端を丸めた小指の先から出す。

振り上げた腕を顔の方に引き、思い切り尖端《せんたん》をガラスに打ちつけた。

窓ガラスに蜘蛛《くも》の巣状のひびが走った。わずかに間があり、ガラスが玉状になって粉々に砕け散った。

瀧川の頭からガラスが降り注ぐ。

藪野は中に手を入れ、ロックを外した。ドアを開く。

「後ろに、爆弾が！」

瀧川が言う。

藪野はナイフを出して、右手首のバンドを切った。

瀧川にナイフを渡し、後部のスライドドアを開ける。中へ入った。

三列目シートにガムテープで閉じられた段ボール箱があった。

藪野は二列目シートを倒し、三列目に乗り込んだ。ガムテープをそろそろと外し、注意して蓋を開ける。

赤いデジタル数字が見えた。剥き出しの時計から配線が延びている。信管らしきものがその下にある灰白色の粘土のような塊《かたまり》に刺さっていた。

デジタルの数字は30から29になった。

「やばいな……」

藪野は車外に出た。

瀧川もバンドを切り、表へ出た。

「時間がねえ！　おまえは向こうの路地に走れ。通行人を入れるな。俺は大通りの方に行く！」

「わかりました！」

瀧川と藪野は路地を左右に走った。

大通りに出るなり、仁王立ちで叫ぶ。

「爆弾だ！　逃げろ！」

左右に目を向ける。

通行人は予想外の瀧川を見て立ち止まった。

人は予想外のことが起こると、一瞬、動きを止める。

「爆発する！　死ぬぞ！」

再び、声を張る。

一人の通行人が大急ぎで来た道を戻った。それをきっかけに、通行人たちが左右に散る。

人が離れていくのを確認し、振り向こうとした。

瞬間、火柱が噴き上がった。足下が鳴動する。瀧川は凄まじい爆風に吹き飛ばされた。

路上に倒れる。熱風で後頭部の髪の毛が焼ける。瓦礫が背中を切り裂く。

爆発した車体が浮き上がり、ビルの壁にぶつかった。百八十度回転し、隣の車の天井に落ちる。

ガソリンが漏れ出し、引火した。

二次爆発が起こった。

路地の左右にあったビルの窓ガラスすべてが、衝撃波で割れた。大量の破片が降り注ぐ。

炎はビルを包み始めた。壁を伝い、上階へ燃え移っていく。

ビルから人が次々に出てきていた。

瀧川は傷ついた体を起こし、ビルの入口へ向かった。

「急いで!」

階段から降りてくる人たちを誘導する。最後に降りてきた男性の腕を捕まえる。

「警察の者だ! 中に人は?」

「まだ、最上階に!」

「わかった。あなたは逃げて!」

瀧川は言い、ビル内へ飛び込んだ。非常階段を駆け上がる。黒煙がフロアに広がり始めていた。

上階へ進むに従い、煙は濃くなっていく。瀧川は口元を手で塞ぎ、体勢を低くして、五階へ上がった。

非常扉を開く。エレベーター前のホールには煙が立ち込めていた。

ホールの前に人が倒れていた。四つん這いになり、近づく。

老齢の男性が倒れていた。

「大丈夫か！」

声をかける。

意識はあった。転んだ拍子に頭を打ったようで、額から血が流れている。

「大切な書類が中に……」

「それはあきらめろ！　他に人は？」

「私……だけです……」

男性が言う。

瀧川は抱き起こし、背中に男性を担《かつ》いだ。

「しっかり捕まって」

言うと、男性は瀧川の首に腕をかけた。

身を起こし、非常階段へ向かう。

が、階下から爆発が起こった。階段に熱風が噴き上がってくる。瀧川はとっさに避《よ》けた。

壁に当たった熱風が瀧川の前半身をさらう。全身が黒煙に包まれる。

瀧川は男性を背負い、上に上がった。屋上の扉を開ける。屋上の端へ走った。

ビルの南北は路地だが、隣のビルまでは距離がある。東西は大通りだった。

男性を屋上の真ん中に降ろし、隅々を駆け回る。

「くそう……」

逃げ場が見当たらない。

壁伝いに炎と煙が上がってきていた。遠くから消防車のサイレンの音が聞こえる。

「間に合えばいいが――」

大通りを見回す。

と、一台のトラックが猛スピードで走ってきた。歩道に乗り上げる。野次馬があわてて逃げる。

トラックはビル脇に停まった。荷台には無造作に布団が積まれている。

運転席から藪野が降りてきた。

「飛べ、瀧川！」

大声で怒鳴る。

瀧川は男性を背負い、屋上の端へ走った。

藪野が再び、叫んだ。

「飛べ！」

瀧川はトラックの荷台を見つめた。点のように見える。野次馬がビルを見上げていた。

ビル内でまた爆発が起こった。ビルが揺れる。

「しっかり捕まって、俺の胴に足を巻き付けて！」

瀧川は男性に声をかける。男性は子猿のように足を巻き付け、瀧川の背中に張りついた。

瀧川はビルの端に足をかけた。生唾を飲み込む。脂汗《あぶらあせ》が滲む。

「行きます！」

瀧川は意を決し、飛んだ。

野次馬から悲鳴が上がる。

瀧川は体が仰向けに反転しないよう、両腕と両足を広げた。

凄まじい勢いで落下する。目の前に布団の束が迫る。瀧川は着地寸前に両手足を閉じ、体を横に向けた。

瀧川と男性の体が横向きに布団に沈んだ。トラックが大きく沈む。反動で二人の体が浮き上がり、布団の上で跳ねた。

すぐさま、藪野が上がってきた。

「よくやった！」

瀧川を起こす。左肩に痛みが走る。

「大丈夫か？」

「はい、なんとか……」

瀧川は背負っていた男性に身を寄せた。

「大丈夫ですか？」

「はい……」

体は横たわったままだが、命に別条はなさそうだった。

野次馬の中の有志が荷台に上がってくる。

「この方を降ろしてあげてください」

瀧川が言うと、男性が三人で老齢の男を運び降ろした。

瀧川は藪野と共に荷台を降りた。

「このトラックは？」

「配送しているトラックを捕まえて、近くの家具屋でマットと布団を積み込んで、戻ってきたんだ」

「奇跡ですね」

「奇跡なんてのは俺たちが使う言葉じゃねえ。状況を見て、とっさに判断し、行動しただけだ。まあ、近くに平ボディーのトラックと家具屋があったのはラッキーだがな」

藪野が片笑みを見せる。瀧川の顔にも笑みが浮かんだ。

「藪野さん、なぜここへ？」

「芳澤が動くとみて、戻ってきていたんだ。今村たちは、油壺で全員を摘発しようと待ち構えていたが、あっちは爆破で大混乱だ」

「何が起こっているんですか」

「わからんが、陽動だな。こっちの爆破も同じだ。芳澤か、あるいは大嘉根が仕掛けている。ミサイルはどこにあるかわからんが、ピジョン・ブラッドはまだ、芳澤の手元にある。いずれにせよ、宝石の動きがネックとなる。だから、芳澤を張りに来た。まさか、爆破に遭うとは思わなかったがな」

「小柳恵里菜たちは芳澤の下に向かいました。田名部ら古参とも仲違いはしていないようです」

「なるほど。ということは、大嘉根が仕込んでいるとみた方がよさそうだな。小柳たちをとっ捕まえて、宝石を取り戻すぞ」

藪野が言う。

瀧川は頷き、藪野と共にピジョン本店へ向かった。

恵里菜たちの耳にも爆発音と鳴動が届いた。

「行くよ！」

恵里菜が号令をかける。

竹岡はバッグから自動小銃を取り出すと、玄関ドアに向けて乱射した。ガラスが粉々に砕け、飛散した。

通行人たちが驚いて逃げ惑う。

恵里菜たちはそれぞれに銃を握り、店内へ押し入った。

4

ピジョン店内に従業員はいない。

恵里菜は竹岡と前田を引き連れ、店内から上階に駆け上がった。

江坂はいのりと通用口から入っていく。

エレベーターのドアが開く。人影が現われた。

江坂は躊躇《ちゆうちよ》なく、自動小銃の引き金を引いた。脇でいのりがオートマチックの引き金を引く。

悲鳴が上がり、二つの人影が倒れた。江坂といのりが駆け寄る。男性社員が二人、被弾して倒れていた。

廊下に倒れた者は息絶えていた。

エレベーターの中に倒れている男はまだ息があり、呻いている。

江坂は屈み、男の髪の毛を摑《つか》んだ。

「芳澤はここにいるのか？」

「社長室に……いる」

男が声を絞り出す。

江坂は男を引きずって、外へ出した。

「入れないぞ……」

「何？」

「社長室には入れない」

「どういうことだ？」

「一般従業員は社長室に入れないんだ。社長専用のＩＤか、幹部社員のＩＤがないとドアは開かない」

「そのＩＤはどこにある？」

「知らん。私たちには教えられていない」

「そうか。ありがとう」

江坂は立ち上がると、腰に差した拳銃を取り出した。

発砲する。男の眉間に穴が開いた。男は双眸を見開き、絶命した。

いのりと共にエレベーターに乗り込む。

「どうするつもり？」

いのりが訊く。

「カードがないなら、ドアを吹き飛ばせばいいだけだ」

江坂はにやりとし、エレベーターを閉じた。

ピジョン本店のビルも、駐車場での爆発で揺れた。

「なんだ……？」

デスクの椅子に腰かけていた芳澤は肘掛《ひじかけ》を握り、部屋を見回した。

デスク前のフロアに座り込んでいた萩尾も宙を見回す。その顔は池谷の暴行を受け、膨れ上がっていた。

萩尾からは、ミサイルのありかを聞き出した。

油壺のマリーナに寄港するクルーズ船に完成品を乗せているという。都内のホテルでバイヤーにピジョン・ブラッドを渡し、交換でそのクルーズ船の鍵を受け取るという手はずらしい。

今、仲間に、萩尾がバイヤーと待ち合わせをしているというホテルへ確認に行かせている。

本来なら、もう萩尾を殺していてもかまわないが、万が一嘘なら、再度問い詰める必要があるので生かしていた。

「見てきましょうか？」

池谷が芳澤を見た。

「いや、このままここにいろ」

芳澤は池谷を見返した。

胸の奥がざわついていた。嫌な感じがする。修羅場を潜ってきた者だけが感じ取る勘だ。

電気風呂のピリピリと痺れるような感覚が肌を這い回る。

芳澤は右手の引き出しを開けた。奥に入れていた自動拳銃を取り、スライドを擦《こす》らせて弾を装填《そうてん》し、デスクに置く。

萩尾は銃を認め、蒼白になった。

芳澤は萩尾を無視し、押し黙って、周辺の空気感に神経を集中させた。芳澤の様子を見て、池谷や他の仲間も沈黙する。

息が詰まりそうな静寂が、室内に漂った。

三十秒、一分……と静けさが続く。緊張感に耐えられなくなってきた萩尾や池谷以外の仲間の呼吸音が聞こえてきた。

かすかな音がした。芳澤がドアの方に顔を向けた。池谷や仲間もドアを見やる。

変化はない。

しかし、芳澤は険しい眼差しをドアに向けている。

芳澤が銃を手に取った。

直後だった。

部屋全体が震えた。ドア枠が炎で輝く。爆風がドアを吹き飛ばす。

近くにいた芳澤の仲間が、ドアと共に部屋の奥へ吹き飛んだ。壁とドアに挟まれ、吐血した。

煙と共に熱風と炎が部屋に舞い込む。芳澤は反射的にしゃがみ込んだ。池谷も身を伏せる。

立ったままの仲間が腕を上げ、熱風と炎を防ぐ。

白煙の奥から銃声が轟いた。

煙幕を貫いた弾丸が仲間の胸や腹部を抉る。前のめりになった額に銃弾が食い込んだ。

パッと頭部が弾け、煙の中に血飛沫《ちしぶき》が舞う。

萩尾は血の雨を被り、悲鳴を上げ、床に突っ伏した。

銃声は続いた。無軌道に放たれる弾丸が壁を抉り、調度品を砕く。硝煙が立ち込め、鼻腔を刺すような臭いが部屋を埋め尽くす。

銃声が止んだ。

煙の向こうから人影が現われた。

池谷が顔を上げた。煙が流され、武装した若者たちの姿が浮かぶ。小柳恵里菜を中心に、左右に二名ずつの男女が並んでいた。

池谷は恵里菜の膝下にタックルしようと動いた。

瞬間、ドンと腹に響く銃声が轟いた。

弾丸は頭頂を砕いた。穴の開いた頭部から血が源泉のように湧き出す。見開いた双眸に血が流れ込み、顔はたちまち真っ赤に染まる。

池谷はそのままゆっくりと突っ伏した。顔の周りに血だまりが広がる。

銃口を池谷に向けていた恵里菜が片笑みを浮かべ、顔を上げた。


藪野と瀧川がピジョン本店ビルの通用口へ駆け込もうとした時、突然、爆発音が轟いた。

二人は身を竦めた。

藪野が声を荒らげた。

「今度はどこだ！」

「上のようです！」

瀧川が上階を見上げる。

「小柳たちは、ここを襲うのが目的だったのか」

「だとすれば、狙いは宝石ですね」

「だな。急ぐぞ」

通用口に飛び込む。

すぐに廊下に突っ伏している屍《しかばね》が映った。藪野と瀧川は壁に背を当て、様子を探る。

誰もいないことを確認し、遺体に駆け寄った。

「問答無用だな」

藪野は傷口を見て呟いた。

瀧川は目を閉じ、冥福《めいふく》を祈った。

エレベーターの数字を見る。最上階で止まっていた。

「連中はまだ上にいるな。エレベーターを動かすと連中にバレる」

「ですが、非常階段で見張られていれば、上には行けませんよ」

「店内から社長室に直結する通路がある。それを使おう」

藪野は言い、瀧川と共に通用口を出た。


「芳澤さん、いるのはわかっています。出てきてください」

恵里菜が声をかける。

芳澤は姿を現わさない。その間に江坂が萩尾の下に歩み寄った。

「大丈夫ですか？」

優しく声をかける。

萩尾は顔を上げた。江坂の微笑みを見て、萩尾の口元にも小さく笑みが滲む。

「助けに来てくれたのか？」

「いえ。あなたにはミサイル取引まで、生きていてもらわなければ困りますから」

江坂が笑みを濃くする。

「騒いだり、暴れたりしないでくださいね。殺したくはないので。そこへ伏せていてください」

江坂が手元の銃を揺らす。

萩尾の眦《まなじり》が引きつった。江坂の見ている中、ゆっくりと上体を倒し、うつぶせになってフロアに寝そべる。

江坂は立ち上がると、デスクに向けて発砲した。

薄いスチールに穴が開いた。

「芳澤さん。小柳さんは温厚なので待てるようですが、僕や他の同志はあまり待つのは得意じゃないんです。出てきてくれませんか。でないと、弾が尽きるまで撃たなければ収まらなくなります」

そう言い、再び発砲する。弾丸は壁を抉った。

「わかった。撃つな」

デスクの後ろから、声が聞こえた。

「武器を持っているなら、デスクに置いてください。ここに残っているのはあなたと萩尾氏、それと僕たちだけです。あなたに勝ち目はない」

「わかっている」

芳澤は右手を出し、握っていた銃を置いた。

竹岡が自動小銃を持ち、デスクを回り込んだ。

屈んでいた芳澤を見つけ、銃口を向ける。

「立て」

銃身を振る。

芳澤は両手を上げ、ゆっくりと立ち上がった。

竹岡は芳澤の後ろに回り込んだ。自動小銃はストラップで右肩に提げ、腰に差した自動拳銃を抜いて、背中に押し当てた。

「ご無沙汰《ぶさた》しています。大嘉根先生の研究室でお会いして以来でしょうか？」

恵里菜が笑みを向ける。

「相変わらず、気に入らねえ面《つら》だな」

芳澤は睨んだ。

竹岡が銃把《じゅうは》で後頭部を殴った。芳澤の上体が揺らぐ。竹岡は後ろ襟《えり》をつかんで、体を起こさせた。

「竹岡さん、怒ることはないですよ。こうして人を怒らせて、隙を作り出そうとする。犯罪者の常とう手段です」

恵里菜が言う。

「ピジョン・ブラッドはどこです？」

芳澤に問う。

「さあな」

芳澤はそらとぼけた。

竹岡は銃を腰に差し、サバイバルナイフを取り出した。肩に刃を突き入れる。

芳澤の双眸が歪んだ。

竹岡は切っ先をぐりぐりと回し、痛めつけた。芳澤の額に脂汗が浮かぶ。

「わかった。わかった！　机の左下の金庫の中だ！」

芳澤はたまらず白状した。

前田がデスクに駆け寄った。左下の引き出しを開ける。上蓋の付いた金庫が収められていた。

「ダイヤルは？」

前田が訊く。竹岡が切っ先を回す。

「右8、左20、左6——」

仕方なく、番号を言う。

前田は言われた通りにダイヤルを回し、レバーを引いた。金庫が開く。蓋を開けると、銀色のケースが入っていた。

前田はケースを取り出し、立ち上がって、恵里菜を見て頷いた。

竹岡がナイフを抜き、前田と共に恵里菜の下に戻った。

芳澤はデスクに手を突いた。

「おまえら、その宝石をどうするつもりだ？」

「革命に使います」

「本気で言ってるのか？　見事に洗脳されてんな、おまえら」

芳澤は鼻で笑い、恵里菜たちを睥睨《へいげい》した。

「大嘉根がなぜ、ピジョン・ブラッドを欲しがってるのか、本当の理由を知ってるのか？」

「もちろん、革命のためです」

「違う。ある取引に使うためだ。それを聞いたら、おまえら、蒼い顔して絶望するぜ」

右の口角を大きく上げる。

「ミサイル取引の話でしょう？」

「だから、違うと言ってるだろう。おめでたい連中だな。大嘉根はな。あの宝石で議長の椅子を――」

「戯言《ざれごと》はいりません」

恵里菜は発砲した。

眉間に銃弾が食い込んだ。頭蓋骨《ずがいこつ》が砕け、吹き飛ぶ。芳澤は双眸を剥き、口を半開きにしたまま、両膝から崩れ落ちた。

「議長の椅子とはなんだ？」

竹岡が訊く。

「知らない。芳澤が適当なことを私たちに吹き込んで、攪乱《かくらん》しようとしただけでしょう。萩尾を連れてきて」

恵里菜が竹岡に言う。竹岡と前田は、萩尾の両脇に腕を通し、引き上げた。萩尾が力なく立ち上がる。

恵里菜が振り向こうとした。

と、背後から声がかかった。

「発砲して、宝石を奪うとは。おまえら、ただの武装強盗じゃねえか。革命家が聞いてあきれるぜ」

声に反応して、恵里菜たちが振り向こうとした。

その時、いのりの足下に影が迫ってきた。タックルされ、後方に倒れる。

「安藤さん！」

恵里菜は倒れたいのりの方を見て、声を上げた。

5

瀧川は倒したいのりにのしかかり、右腕を押さえた。手首を握り、絞る。いのりの手から、握っていた銃がこぼれる。瀧川はその銃を拾った。いのりが左手で殴りかかる。瀧川は頭を振り、頭突きを食らわせた。

いのりの鼻梁《びりょう》が曲がり、鮮血が噴き出した。

「後ろ！」

藪野の声が耳に届く。

とっさに右脇に飛び転がった。

すぐさま、発砲音が轟いた。いのりの双眸が開いた。胸元に銃弾を浴び、吐血する。

瀧川は仰向けになり、銃弾を放った。

立っていた男に当たる。江坂だった。

江坂は瀧川の銃弾に弾かれ、血を噴き上げながら回転した。手に持っていた銃の引き金に指がかかり、弾が乱れ飛ぶ。

恵里菜は振り向いた。藪野に銃口を向ける。

藪野は倒れかけた江坂を抱き留めた。

恵里菜の銃が火を噴いた。江坂の肉体に銃弾が刺さる。恵里菜はかまわず、連射した。

瀧川が上体を起こした。恵里菜に銃を向ける。

が、デスクのほうから気配を感じた。

竹岡が自動小銃を持ち上げていた。

瀧川はとっさにデスクの足元に飛び込んだ。竹岡の自動小銃が火を噴き、瀧川の転がった後を抉る。

藪野は江坂の屍を恵里菜に投げつけた。恵里菜が避ける。そのわずかな隙を見て、恵里菜に駆け寄った。

恵里菜はあわてて銃口を起こそうとした。藪野は飛びついた。恵里菜に抱きつき、押し倒す。

腕を押さえ、二発、三発と頭突きをくらわす。恵里菜は避けられず、鼻腔《びこう》と口から血を吐いた。

瀧川はデスクから手を出し、竹岡のいた方へ銃口を向け、引き金を引いた。

銃弾が放たれ、硝煙が立ち上る。悲鳴が聞こえた。

少しだけ顔を出す。

被弾したのは前田だった。前田は後方へ飛ばされ、背中から壁に激突した。ずるずると崩れ落ちる。壁には血の筋が這った。

藪野は恵里菜の銃を奪った。恵里菜にのしかかったまま、竹岡を狙い、連射する。

竹岡の肩や首筋に弾丸が食い込んだ。竹岡の体が舞った。

自動小銃が火を噴き、壁から天井を抉る。竹岡はそのまま仰向けに倒れた。

藪野は恵里菜にまたがって、上から右拳を叩き入れた。血糊《ちのり》が飛び散る。恵里菜は朦朧《もうろう》とした。

藪野は恵里菜をうつぶせに返し、上着を脱がせ、後ろで両手首を拘束した。

瀧川は立ち上がり、部屋を見回した。江坂、竹岡、前田、いのりは絶命していた。

竹岡の脇には、芳澤の屍もある。

呻きが聞こえた。

顔を向ける。萩尾だった。

フロアにうつぶせていた萩尾は、右腕に銃弾を食らっていた。が、命に別状はなさそうだ。

瀧川は萩尾に歩み寄り、襟首をつかんで上体を起こさせた。

銃を握った瀧川を認め、蒼白となり、震える。

萩尾は藪野に顔を向けた。

「北上君。北上君だよな。助けてくれ。頼む」

懇願《こんがん》する。

「おまえ次第だ」

藪野は言い、恵里菜の髪を握って、座らせた。

恵里菜は瀧川を見つめた。

「やっぱり……裏切り……もの……だったのね」

血を被った瞳をこじ開け、冷たく睨む。

瀧川は一瞬だけ、罪悪感を覚えた。あたりを見回す。

非道を強行していたのは、恵里菜たちだ。自分の役目は、彼らの暴挙を止めることにある。

初めから、仲間でも何でもない。

しかし、環境問題を語り合った時の恵里菜の姿もまた本物だ。純粋で、確かな問題意識を持ち、日本や世界のために何かできればと真剣に考えていた。

その純粋な問題意識が正しい方向へ向かえば、彼らが傷つき、若くして死にゆくことはなかっただろう。

目を逸らそうとした。

藪野が口を開いた。

「ここに裏切者なんかいねえ。いるのは犯罪者とそれを捕まえに来た者だけだ」

しっかりした口調で言う。

瀧川は目を開いた。

そう。真理はそれだけ。

瀧川はまっすぐ、恵里菜を見つめた。

「小柳さん。すべてを話してもらいますよ。しかるべき場所で」

「犬に人間の言葉がわかるかしら?」

恵里菜が片頬を上げる。

「俺は犬じゃない。警察官だ」

声にすると、瀧川の心の奥から自覚と強い信念が戻ってきた。

恵里菜の笑みが引きつった。

瀧川はデスクに置かれていた銀色のケースを引き寄せた。

「これ、どうやって開けるんですか?」

藪野に訊く。

「芳澤の胸元のネックレスに鍵がついている。それで開く」

藪野に言われ、瀧川は芳澤の屍に歩み寄った。屈んで、芳澤の遺体を仰向けに返し、首筋を見る。ネックレスをかけていた。

引っ張り出すと、その先に鍵がついていた。

瀧川はネックレスを引きちぎり、鍵をケースの鍵穴に刺した。回してみる。カチッと音がした。

両サイドのロックを指ではじくと、蓋が開いた。

中にはピジョン・ブラッドのネックレスがきっちり収められていた。

「宝石は無事です」

瀧川は言い、蓋を閉じた。ケースを取る。

「長居は無用だ。行くか」

藪野が恵里菜を立たせた。

瀧川も萩尾を立たせようとする。萩尾がよろけた。瀧川は少しもつれ、共によろめく。

藪野が瀧川と萩尾の様子に少しだけ気を取られた瞬間だった。

恵里菜は藪野に肩を当て、突き飛ばした。藪野がたまらずよろける。

それを見て、萩尾も瀧川に体当たりした。瀧川も不意を突かれ、よろよろと萩尾から離れた。

萩尾と恵里菜が出口へ走った。

藪野は突っ込んできた萩尾の腹を思いっきり蹴り上げた。

萩尾の体がくの字に折れ、浮き上がった。双眸を剥き、両膝から足元に落ちる。

萩尾の上体が傾き、藪野の足にかかった。藪野はバランスを失い、尻もちをついた。

恵里菜の姿がドア口から消える。

「瀧川！　追え！」

「はい！」

瀧川は藪野の手元にケースを落とし、二人を飛び越えて、恵里菜を追った。

恵里菜はエレベーターに駆け込んだ。ドアが閉まる。

瀧川はエレベーターに突進した。しかし、すんでのところで間に合わなかった。

エレベーターが下へ降りていく。

瀧川は非常階段を駆け下りようとした。が、爆発の影響でところどころ、瓦礫が積みあがっている。

もたついた。

途中、エレベーターのドアの開く音がした。

瀧川はなんとか瓦礫を避けながら、一階へと降りた。

恵里菜の姿が見えない。通路から路上へ飛び出す。

大通り沿いの歩道は、消防士や警察官、やじ馬でごった返していた。

人ごみの中、恵里菜の姿を捜す。

だが、恵里菜は見当たらなかった。


恵里菜はエレベーターに乗って一階に降りた。しかし、外へは出なかった。

通路の陰に身を隠し、息を潜めた。目の前を瀧川が過ぎる。瀧川は出入り口から駆け出た。

それを見て、恵里菜は非常階段へ走った。上階を目指す。途中、手すりの端の突部に上着を引っかけ、拘束を解いた。

最上階手前で速度を落とし、足音を立てないように上がっていく。

社長室のフロアに出る。

「おまえにもしっかり話してもらわないといけねえんだ。余計な真似されると、殺しちまうかもしれないから気をつけろ」

藪野の声が聞こえてくる。

恵里菜は瓦礫の塊を手に取った。

そっとドア口に近づく。少しだけ顔を出し、藪野を見やる。背を向けていた。

恵里菜はにやりとした。ドア陰から飛び出すや、瓦礫を投げつけた。

藪野は気配に気づいた。が、反応が遅れた。瓦礫が後頭部に当たる。たまらず、頭を押さえ、前のめりになる。

恵里菜は部屋の中へ走りこんだ。デスクまで走る。竹岡の自動小銃を拾い上げ、藪野に向け、連射した。

藪野はとっさに身を伏せた。しかし、右ふくらはぎに被弾した。片膝を落とす。

藪野は手に持った銃を恵里菜に向けた。が、銃を撃つ間もないほどの弾幕に見舞われた。

右腕にも被弾し、手から銃がこぼれる。

恵里菜は竹岡の腰に差していたオートマチックを取り、銃口を向け、藪野に近づいた。

萩尾を見やる。萩尾は胸や腹部を撃たれ、瀕死《ひんし》だった。

恵里菜は銃を向けたまま、藪野の脇に落ちたピジョン・ブラッドのケースを取った。

「おまえ、これだけを奪いに戻ってきたのか？」

藪野が訊く。

「そう。これが最も大事なものだから」

「ミサイルじゃ……ないのか……」

萩尾が声を絞り出した。

「ミサイルなんて、どうでもいいの。第一、ミサイル一発で何ができるというの？」

「私に……無駄な手配をさせたということか……」

萩尾は下から恵里菜を見上げた。

「無駄ではないわ。同志があなたの手配したミサイルを手に入れて、有効に使うでしょう」

「私の仲介がなければ……ミサイルは手に入らないぞ……」

萩尾が言う。

恵里菜は笑った。

「本気でそう思っているの？　おめでたい人。いえ、自信過剰も度が過ぎるわね。あなたが手配したバイヤーとは、とっくの昔に接触済み。再交渉も済ませて、今頃、同志が手に入れているはず」

「聞き捨てならねえな」

藪野が言った。

「あなたたちより、私たちのほうが頭が切れるだけのこと。権力なんて、その程度のものよね」

「舐めてると、ケツの毛まで毟《むし》っちまうぞ」

「下品な人は大嫌い」

恵里菜は藪野の左肩を撃ち抜いた。藪野は顔をしかめた。両腕がぶらりと下がる。肌に血が滴《したた》る。

「君たちの革命の話は嘘だったのか……」

萩尾が訊いた。

「いいえ、革命は遂行します。ただ、あなたが知っている方法ではないということ。これまで、ご苦労様。おかげで、革命に必要な物が手に入りました。感謝を込めて——」

恵里菜が銃を向ける。

「苦しまないように送ってあげます」

引き金を引く。

銃がうなった。弾丸が萩尾の眉間を貫いた。貫通した弾丸が後頭部から飛び出した。血飛沫が四散する。

萩尾は呻くこともなく、両眼を見開き、絶命した。

「権力側の人間には苦しんでほしいから、これをあげます」

恵里菜は藪野の左腿を撃ち抜いた。四肢をやられ、藪野がフロアに伏せる。血だまりがカーペットに広がる。

「運が良ければ、助かります。まあ、あなたに運はなさそうだけど」

恵里菜は勝ち誇った笑みを覗かせ、銃を握ったまま部屋を出た。

「くそったれ……」

藪野は脂汗を浮かべ、這いずって恵里菜を追った。が、途中で動けなくなった。


舟田は、捜査資料を何度も何度も見返していた。どうしても、大嘉根が武力闘争を起こすとは思えない。

大嘉根の目的を見出そうと資料を見ているとき、ふと、事件とは関係のない大嘉根の近況に目が留まった。

じっと見つめる。その目が大きく見開く。

「これか！」

舟田は資料をつかみ、立ち上がった。

6

瀧川はしばらく、表で恵里菜の姿を探した。しかし、見つからない。そう遠くへ逃げられるはずもないのだが……。

瀧川はいったんビルに戻った。

呻き声が聞こえた。急いで駆け込む。うつぶせになっている藪野を認めた。

「藪野さん！」

瀧川が駆け寄り、抱き起こした。

藪野は瀧川を睨みつけた。

「何やってんだ、おまえは！」

開口一番、怒鳴りつける。

「小柳恵里菜を追って――」

「見事にまかれた！　ついでに、宝石を持っていかれた！」

藪野が叫ぶ。

瀧川の顔が強ばった。

「すぐに追え！」

「でも、藪野さん――」

「すぐに追え、バカ野郎！　あいつはケースごと宝石を持っていった。発信装置は生きてる。今逃せば、二度と捕まえられねえぞ！」

藪野は声を張った。大声を出すことで、意識を保っているようでもあった。

「すぐ、救急隊を回します」

瀧川は階段を駆け下りた。

路上に出て、交通整理をしている警察官に駆け寄る。

「警察の者だ！　あのビルに怪我人がいる！　至急救急隊を！」

瀧川が言う。

が、警察官は怪訝そうな顔で瀧川を見返した。

「身分証は？」

「今は持っていない！　争っているヒマはないんだ！」

「ちょっと来てもらえませんか」

警察官が瀧川の左腕を握った。他の制服警官も近づいてくる。

「すまない」

瀧川は右手のひらを警察官の右手の甲に被せた。左腕を下振りで後ろへ回すと同時に、右手の甲をつかんでねじる。

警察官は腕をねじ上げられ、前のめりになった。

その腹部に右膝を入れる。警察官が目を剥いて呻いた。

他の制服警官が駆け寄ってきた。

瀧川の目に赤色灯《せきしょくとう》の回るパトカーが飛び込んだ。瀧川は全速力で走り、パトカーに乗り込んだ。

すぐさまギアをDレンジに入れ、アクセルを踏む。スキール音が響き、白煙が上がった。

パトカーが急発進した。交通規制のコーンを薙《な》ぎ倒し、車道に出る。前から車が迫ってきた。

左に切る。大きくパトカーが左に曲がる。瀧川はそのままアクセルを踏み、一回転させた。

正面を向いたところでカウンターを当てて車体を真っ直ぐにし、通常の走向路線へ入る。

そのまま片手で運転し、無線機をつかんだ。

「公安部の瀧川だ！　公安部に繋げ！　至急だ！」

脇のスイッチを入れ、怒鳴った。

まもなく、公安部からの無線が返ってきた。

――今村だ！

「小柳恵里菜が宝石を持って逃げました！　発信電波の情報をこのパトカーのナビに送って下さい！　それと、ピジョン本店最上階で藪野さんが撃たれて倒れてます！　救急隊を！　俺は小柳を追います！」

――わかった。

通信が切れる。

後ろからはパトカーが追ってきていた。瀧川は停められないよう、速度を上げた。

舟田は、警視庁本庁舎の公安部のオフィスに駆け込んだ。

オフィスは騒然としている。その中に今村の姿を認めた。部員を押しのけ、駆け寄る。

「今村！」

「舟田さん！　何しに来たんだ！」

「今村！　ミサイルはない！」

「なんだと！」

今村は大声を張った。

「ヤツの狙いは宝石だ」

舟田は国際地理学連盟の会報誌を今村のデスクにぶちまけた。

「今、連盟では次期議長の選出が始まっている。理事の中で、議長選の鍵を握っているのはこの男だ」

舟田は会報誌からウラジミール・ハインツのページを開き、今村の前に置いた。

「彼が以前、寄稿したエッセイだ。この部分を見てみろ」

舟田はデスクに転がっていたペンで荒々しく線を引いた。

今村が目を通す。

宝石の話を書いていた。その中でもモゴック産のピジョン・ブラッドのことを大仰《おおぎょう》に褒《ほ》め称《たた》え、『死ぬまでに一度、最上級のピジョン・ブラッドを手にするのが私の夢だ』と結んでいる。

「こんな記事があてになるもんか」

「わかっている。なので、外事を通じて、ウラジミール・ハインツの背景を拾った。ハインツは末期癌《がん》だそうだ。本来なら議長の椅子を狙えるが、そこは捨て、まだ力のあるうちに宝石を搾取《さくしゅ》しているらしい」

「それと大嘉根がどう繋がると言うんだ！」

「大嘉根の狙いは、ハインツが持っている票だ。ハインツの後ろ盾を得るために、ピジョン・ブラッドを手に入れようとしている」

「それで、ここまでの騒ぎを引き起こしたというのか？」

「大嘉根には前歴がある。全革労にいた頃の騒動で逮捕されかけた時、ヤツはすでに明神大学の地学部の准教授だった。逮捕されれば、すべてを失う。ヤツがその時、何をしたか知っているか？」

「もったいぶらずに言え」

「全革労の幹部の居場所、武器製造のアジトを当局に売った」

舟田の話に、今村が絶句する。

「躊躇なく仲間を売った。ヤツには元々革命思想などない。あるのは自己の保身と名誉欲のみ。今頃になってヤツが革命闘争を始めるのは妙だと思っていたが、宝石を手に入れるために革命を画策したというなら、納得もいく」

「そんなバカな話は信じられん！」

「信じようが信じまいが、どうでもいい！　宝石を押さえろ！　そうすれば全容がわかる！　今、宝石はどこだ？」

「瀧川が追っている」

「瀧川君が？　作業班員は全員、一線から撤退したと聞いたぞ」

「誰から聞いたか知らんが、そんな事実はない」

「貴様……」

舟田は今村の胸ぐらをつかんだ。

「現場の人間の命をなんだと思っているんだ！」

思いっきり突き飛ばす。

今村はよろめいて椅子に座った。背もたれが後ろに傾き、倒れそうになる。

「ピジョン・ブラッドのありかを知っている者はおらんか！」

舟田が声を張り上げた。

「現在、首都高速新宿線を西へ進んでいます。明神大学へ向かうものと思われます！」

部員の一人が言う。

舟田はオフィスを飛び出した。

今村は舟田の背中を睨みつけて奥歯を噛み、デスクの上の会報誌を腕で払った。

大嘉根は明神大学の研究室で、恵里菜の到着を待っていた。

ピジョン・ブラッドが手に入ったという。椅子に深くもたれて揺れる大嘉根の口元が綻《ほころ》んだ。

「うまくいったもんだな」

思わず、独り言がこぼれる。

大嘉根にとって、革命などどうでもよかった。

欲しいのは、世界に二つとないピジョン・ブラッドだった。

自分のものにしたいわけではない。

現在、国際地理学連盟では、次期議長の椅子を巡って、ロビー活動が活発になっている。

そして、争いはほぼ、大嘉根を含めた三人に絞られた。

そこでキーパーソンとなるのが、地理学会の重鎮、ロシアのウラジミール・ハインツという教授だった。

彼の信奉者は理事の中にも多数いて、彼を落とせば、すべての票が転がり込み、議長になれるという算段だ。

そのウラジミール・ハインツが自分の推薦と引き替えに要求してきたのが、ピジョン・

ブラッドだった。

もちろん、モゴック産の最高級品に限る。

大嘉根はアメリカ代表、イギリス代表の理事と戦っていたが、宝石に関しては不利な立場だった。

そもそも、そこまでの資金がなかった。

そこで考えたのが、革命を標榜《ひょうぼう》し、同調する者に金を出させ、宝石を手に入れる方策だった。

思いのほか、うまくいった。

昔取った杵柄《きねづか》ではないが、左翼活動に精を出していたおかげで、革命家を気取りたい若者を取り込んで実働部隊に仕立て上げ、一方で、いまだ革命を夢見るかつての同志たちからも資金を捻出《ねんしゅつ》させることができた。

仕入れた情報によると、アメリカ、イギリス両代表もピジョン・ブラッドを手に入れたそうだが、いずれも10カラットに届かないものだそうだ。

それでも大きいが、大嘉根が手に入れた品は、格が違う。

ミャンマー政府が管理していた秘蔵品だ。ハインツも文句はないだろう。万が一、ハインツが裏切った時は、自分のコレクションにすればいい。それほどの価値のある稀少な宝石を手に入れられる。

正直、笑いが止まらない。

「早く来い、小柳」

嬉々《きき》として待っていると、ドアがノックされた。

「来たか」

目を輝かせ、ドア口に声をかけた。

「どうぞ」

恵里菜が現われるのを待った。

が、姿を見せたのは、田名部だった。

「おお、田名部君。どうした？」

多少動揺し、頬が引きつった。

「議長の指示通り、油壺で公安を撹乱し、木更津で予定通り、ミサイルを載せたクルーズ船を確保しました。が……」

田名部が相貌を歪め、腹を押さえた。膝が折れそうになり、スチール棚に手を突く。

棚の支柱が紅く染まる。

「どうしたんだ、そのケガは！」

大嘉根は驚いて、田名部を見つめた。

田名部は身を起こし、ゆっくりと大嘉根のデスクに近づいた。

見ると、腹部から多量の出血をしている。

「ですが、そこに黒いスーツを着た連中が現われました。ミサイルをいただくと。そこからは容赦なく弾幕を浴びました」

「誰なんだ、そいつらは！」

「誰？　とぼけないでください」

田名部は紫色に変色し始めた唇に片笑みを浮かべた。

「そいつら、言ってましたよ。おまえらの役目はここまでだ。ご苦労さん、と」

「なんだ、それは。私は知らん！」

「こうも言ってました」

田名部はデスクに手をついて、身を乗り出した。

「議長にグリーンベルトのすべてを始末しろと命令された、と」

田名部が目を剥いて睨んだ。

大嘉根は蒼白になった。

「ま……待て。本当に知らん。私はそんなことを誰にも依頼していない！」

「じゃあ、なぜそいつらが、木更津での取引を知っていたんですか？　なぜ、ピンポイントで受け渡し場所のドックに集結していたんですか！」

デスクを叩く。手についた血糊が飛び散り、大嘉根の頬を汚した。

大嘉根は椅子の背に仰け反った。

「知らん！　本当だ！」

「俺たちを利用するだけ利用しやがって。篠村も死んだ。他の創立からのメンバーもみな死んだ。あんただけ生きてるのはおかしいだろう？」

「知らない！　本当に何のことだかわからない――」

言いかけた時、大嘉根はふと思い出した。

グリーンベルトの関係者以外で、今回の取引の話をした者がいる。それは大嘉根の画策に協力し、資金も提供してくれた者だ。

まさか、あいつが……。

カチッという音がした。

田名部を見やる。リボルバーを握っていた。

「待て！　私は裏切っていない。裏切っているとすれば――」

「見苦しい」

田名部は引き金を引いた。

轟音が轟いた。大嘉根の脳みそと鮮血がパッと散った。

大嘉根は宙を見据え、一瞬で息絶えた。

「こんな革命家崩れを信じてしまったとは。俺たちもやきが回ったな……」

田名部は口に銃口を突っ込んだ。

「来世は革命を成し遂げよう。同志たちよ！」

銃弾が田名部の後頭部を吹き飛ばした。そのままデスクに突っ伏す。顔の周りに血の海が広がる。

ドアの外から、黒いスーツの男が中を覗いた。

二つの屍を認めてにやりとし、ゆっくりとその場から去った。

7

瀧川は幡ケ谷《はたがや》の出口で首都高を降りた。そのまま甲州街道を走り、明神大前の交差点を右折し、学内へ突入した。

ヘッドライトが、校舎へ向かう恵里菜の姿を捉えた。

恵里菜は一瞬立ち止まった。パトカーを認め、銀色のケースを抱いて、再び走り出そうとする。

瀧川はアクセルを踏み込んで、恵里菜の脇を過ぎた。ハンドルを切って滑らせ、恵里菜の行く手を塞ぐ。

恵里菜は足を止めた。

運転席を出る。

銃声が轟いた。瀧川はとっさに身を屈めた。左側の窓が粉々に砕けた。

「邪魔しないで!」

恵里菜は金切り声を張り上げた。

再び発砲する。サイドミラーが砕け散る。

「もうやめろ!」

「やめられるわけないじゃない!」

ヒステリックな叫びが、校舎の壁に反響した。

三度、発砲しようとした。が、弾が切れた。

瀧川は車の陰から、姿を現わした。

瀧川を追ってきたパトカーが二台、三台と入ってくる。

パトカーは恵里菜を取り囲んだ。

降りてきた警察官は、恵里菜の手元を見て、携帯していた銃を抜いた。

「やめろ! 弾は残っていない!」

瀧川が叫ぶ。

が、警察官たちは銃口を下ろさなかった。

瀧川は恵里菜と向き合った。

「銃を捨てて、宝石のケースも置いて、両手を挙げろ」

「これは渡さない」

　恵里菜がケースを左腕で強く抱き締める。

「なぜだ。君たちは革命家だろう。宝石に何の価値があるんだ？」

「こんな石に何の価値もない。けど、この石がもたらす力は、いずれ、私たちの理想を実現させる強力な武器となるの。あなたのような権力の手先にはわからないでしょうけど」

　恵里菜は嘲笑した。

　瀧川は真顔で見つめた。

「力ってなんだよ？　懸命に環境破壊を訴え、仲間を集めようとしていた時の君は、本当に立派だと思った。その熱意に感銘を受け、同調し、若い人たちがムーブメントを起こすなら、それはそれで凄い力になるんじゃないかと、一瞬だけど思ったよ。力というのは、そういうものなんじゃないか？」

「権力側に市民の力を説かれても、何一つ響かない。あなたたちは、結局、自分では何もできず、国家を背景に息巻いているだけだから」

「どう違う？　君と俺とでは。君たちも最後は武力に頼った。死の恐怖を振りまいて、支配しようとした。俺たちも知らぬ間に国家権力という鎧《よろい》を纏《まと》っているのかもしれない。だがな。一つだけ、大きく異なることがある」

「言ってみなさいよ」

「俺たちは市民を殺さない」

強く見据える。

恵里菜の眦が引きつった。

「革命という名の下、何の罪もない人たちを殺したりはしない。君たちはどれだけの無関係な人たちを傷つけた？」

「無関係じゃない。見て見ぬふりをしている人たちは、罪人よ。無関心がどれほどの人を殺していると思っているのよ」

「屁理屈《へりくつ》はいいよ。君たちが傷つけ、殺した人たちの中には、日々を懸命に生きている人もいた。慎ましやかな幸せを謳歌《おうか》している人もいた。彼らを待っている家族もいる。そういう人たちの人生を奪う権利は、君たちにはない！」

語勢を強めた。

恵里菜はびくっとした。

瀧川は歩み寄った。

「来ないで！」

銃口を上げる。

周りの警察官に緊張が走る。

「弾は入っていない！」

恵里菜を見据え、声を張る。

「撃つよ。こいつを撃つよ！」

「茶番はやめよう」

瀧川は微笑みかけた。

「自分たちが何をしたのか、ゆっくりと考えればいい。君にはまだたっぷり時間はある」

瀧川は右腕を伸ばした。

恵里菜は下がりながら、コックを起こした。

瞬間だった。

銃声が轟いた。

瀧川は身を竦めた。

複数の銃弾がキャンパスに響く。

「やめろ！」

恵里菜の下に駆け寄る。

「なぜ撃った！　弾は入っていないと言っただろうが！」

周りの警官を睨みつけ、恵里菜の脇に屈む。

恵里菜を抱き上げた。胸や腹に複数の銃弾を食らっていた。口から新たな血があふれる。

「救急車を呼べ！」

瀧川は叫び、恵里菜を見た。

「しっかりしろ！」

呼びかける。

恵里菜は瞼をこじ開け、うっすらと笑った。

「ね……これが、権力……」

力のない声で言い、瀧川の胸ぐらをつかんで引き寄せた。

「終わらないよ……。ミサイルは手に入れたから……」

耳元で囁《ささや》く。

「どこにあるんだ？」

恵里菜を見る。

「ミサイルはどこだ！」

瀧川が怒鳴る。

恵里菜は笑みを浮かべたまま、息を引き取った。

まもなく、別のパトカーも複数入ってきた。

「瀧川君！」

名を呼ばれ、顔を上げた。

舟田だった。

「舟田さん！」

驚いて、恵里菜を寝かせ、立ち上がる。

舟田が走ってきた。

「宝石は？」

「これです」

恵里菜が抱いていた銀色のケースを取り上げる。開けてみる。宝石はケースに収まったままだった。

「小柳はまだ大嘉根と接触していないのか？」

「はい。校舎内へ入る前に止めましたから」

「大嘉根に逃げられるぞ」

舟田が言う。

瀧川は舟田の後から走ってきた公安部員に宝石を渡した。

「大嘉根の部屋はどこだ？」

「こっちです」

瀧川は舟田と共に校舎内へ駆け込んだ。

大嘉根の教授室の前に出る。ドアが開いている。

二人は中へ飛び込んだ。

途端、足を止めた。

「どういうことだ……？」

舟田が呟く。

瀧川は二つの屍を見つめた。一人は大嘉根、もう一人は田名部だった。

歩み寄って、遺体を確かめる。

「田名部が大嘉根を撃った後、自殺したようだな」

「そのようですね……」

瀧川は答えたが、もう一つ腑《ふ》に落ちない。

田名部は大嘉根とも恵里菜とも通じていた。すでに油壺で田名部たちが手に入れているると考える方が妥当だ。

が、その田名部も死んでいる。

「仲間割れか？」

「割れる理由が見当たりません」

「大嘉根はミサイルなど購入していない。その事実を知って、武力闘争を本気で目指していた田名部が、大嘉根を殺害した。ということなら、目の前の事態もあり得るが」

「ミサイルはなかったんですか？」

「いや、大嘉根の目的を推察すると、ミサイルを手に入れる必要はないからな。ミサイルは他の者を動かす餌だったのではないかと考えたんだが」

「先ほど、小柳恵里菜が息を引き取る前に、俺に言ったんです。『ミサイルは手に入れた』と」

「本当か!」

舟田が瀧川を見た。

瀧川は頷いた。

「油壺のマリーナで取引が行なわれるという情報をつかんで出向いたのですが、マリーナに停泊している船は次々と爆破され、混乱状態だそうです。おそらく、油壺は陽動でしょう。木更津での取引も萩尾の話から虚偽だったということは確認されて——」

話している時、ふと思い出した。

恵里菜が言っていた。

バイヤーとは別で接触し、再交渉は済ませた、と。

制服警官と公安部員が、大嘉根の部屋へ駆け込んできた。

瀧川は、公安部員に駆け寄った。

「作業班の瀧川だ。今日、緊急配備したのは油壺だけか?」

「そうです。情報では、油壺マリーナで取引が行なわれるとのことだったので」

「木更津は?」

「虚偽だということで、人員は回していません」

「今村さんに繋いでくれ」

瀧川が言う。

公安部員はスマートフォンを取り出し、公安部に繋いだ。今村に取り次ぐ。

「どうぞ」

スマホを差し出す。

「もしもし、瀧川です。今すぐ、部員を木更津に行かせてください。ミサイル取引が行なわれている可能性があります。小柳恵里菜が死ぬ前にミサイルに関して言及しました。確認だけでもよろしくお願いします」

瀧川はスマホを切り、大嘉根と田名部の遺体を見据えた。


木更津港のドックには、クルーズ船が二艇停まっていた。

黒いスーツの男たちが絶命した数名の男たちを船内に運び入れている。

デッキに放置される者もいれば、キャビン内のソファーに置かれた者もいた。

男たちの手際はいい。素早く作業を済ませ、全員が船内を出た。

短髪で体格のいい男が作業を見定め、もう一艇のクルーズ船に乗り込んだ。

スマートフォンを出し、ダイヤルをタップする。

「……もしもし、私です。処置は終わりました。予定通り、ミサイルは例の場所へ運び入れます」

手短に報告を済ませ、右手を上げて合図する。

クルーズ船は遺体を積んだ船を残し、ひっそりと木更津港から姿を消した――。


夜も白んできた頃、木更津港には多くの警察官や公安部員が集まっていた。

瀧川や舟田、今村の姿もある。

公安部員は、所轄の組対部の刑事と共同で、船内の捜索を続けていた。

遺体は鑑識が写真撮影した後、運び出され、安置所に運ばれた。

みな、グリーンベルトの古参メンバーだった。それを確認したのは、瀧川と田名部派に潜入した作業班員だった。

クルーズ船には、遺体と共にミサイルが積まれていた。

しかし、当初、目されていた準中距離弾道ミサイルではなく、古い型の短距離弾道ミサイルだった。

自衛隊の協力を得て検証した結果、一九七〇年代に造られたスカッドミサイルの改良版だと結論付けられた。

この手のミサイルは、旧東欧諸国から中東に流れ、広まったことから、入手ルートは中東、ロシア、東南アジアのいずれかとみて、捜査を続行することとなった。

グリーンベルト内の強制捜査も未明から着手されていた。

哲学堂にある本部地下室からは大量の銃器が見つかった。手製の物も多かったが、中には正規品と見られる銃や自動小銃もあった。

グリーンベルトのメンバーは次々と逮捕され、取り調べを受けている。

ミサイルは確保した。ミャンマー政府から預かった宝石も無事に取り返し、謝礼と共に返却された。

大嘉根やグリーンベルトを巡る事案は、一応の決着をみた。

しかし、瀧川の胸中は浮かなかった。

『終わらないよ……』

最後に遺した恵里菜の言葉が気に掛かる。

以前、武器を密造し、武装蜂起を起こそうとしていた赤沢《あかざわ》の部下だった若者も言った。

『この戦いは終わらない』

若者たちは、何と戦っているのだろうか……。

そして、この戦いは綿々《めんめん》と続くのだろうか。

海から上ってきた太陽の光も、瀧川の心を照らすまでには至らなかった。

8

五日後、公安部に一連の報告を済ませた瀧川は、警察病院に顔を出した。

藪野はベッドに寝かされていた。病院へ運ばれた時は、大腿部《だいたいぶ》からの出血がひどく、一時、昏睡《こんすい》状態に陥った。

しかし一命を取り留め、今は着実に回復している。

ただ、退院するまでにはまだ時間がかかりそうだった。

「ご苦労さんだったな」

藪野が労《ねぎら》う。

「いえ」

瀧川は小さく微笑んだ。

「なんだ、浮かない面《ツラ》だな」

「いえ……」

「言ってみろ」

藪野が促す。

「初めて、藪野さんと仕事をした時。そして、今回。彼らの暴走を止められたのはよかったんですが、こんなことがいつまで続くのかと思うと、なんだか気が滅入《めい》って……」

「おまえ、案外、繊細なんだな」

「藪野さんが図太いだけでしょう」

瀧川が苦笑する。

「いつまで続くのか。俺もその答えは知りてえな」

藪野が天井を見る。

「おまえはまだ、二件しか踏んでないだろう。俺はもう何十件もヤマを踏んだ。だが、いつまで経っても終わらねえ。バカは何年経っても湧いてくる。いい加減に疲れた」

「藪野さん、引退しないんですか？　こないだは、友達の釣宿で働くと言っていたのに」

「そのつもりだったんだ。今度こそ本当に辞めてやると思った。しかしな、今村から話が来た時、行かなきゃいけねえなと思ったんだよ」

「なぜです？」

「俺らしか行けねえだろ。あんなクソみたいな闇の中へは」

藪野は片笑みを見せた。強がりのようにも見えるが、ほのかに信条も窺える。

「誰かが潜り込まなきゃ、ヤツらのいいようにされて、とんでもないことになる。二度とあんな連中と接したくはないんだが、あいつらに好き勝手にされるのは、もっと腹立たしい」

藪野は言い、瀧川を見た。

「白瀬には会ったか？」

「はい。弾丸がわずか一センチずれて、貫通していなかったら、危なかったそうです」

「あいつもクソ運だけは強《つえ》えな」

藪野が笑う。

「辞めるって言ってたか？」

「いえ。また最後まで現場にいられなくて悔しいと言ってました」

「あいつも根っからの作業班員かもしれねえな」

藪野が言う。

「まあ、とりあえず、今回もおまえには助けられた。ありがとな」

藪野が微笑む。瀧川は笑みを返し、首を振った。

「おまえが潜るのがきついって言うなら、さっさと抜ければいい。俺たちの世界は、迷いは即、死だからな。ただ、一つだけ覚えとけ」

藪野はまっすぐ瀧川を見つめた。

「おまえは、前回と今回、二度、人知れず多くの連中の暮らしを守った。それはおまえの誇りだ。どこで何をしようが、それだけは自負してやれ。でねえと、自分がかわいそうだ」

藪野が笑った。

瀧川も微笑み、頭を下げた。

久しぶりに、瀧川達也に戻り、三鷹へ戻ってきた。

駅前は買い物客やサラリーマンでごった返している。騒々しい限りだが、その喧噪《けんそう》も心地良い。

帰る道々、藪野の言葉を反芻《はんすう》していた。

二度、人々の暮らしを守った——。

電車の中でも駅前でも、すれ違う人々は、瀧川がつい最近まで、血なまぐさい場所で戦っていたことなど知らない。

瀧川を見知らぬ人にとっては、路傍《ろぼう》の石だ。それは瀧川にとっても同じ。

だが、その見知らぬ人々の暮らしが破滅するかもしれない事態を、自分は身を挺《てい》して防いだ。

そこいらに笑いがこぼれるのも、ちょっとした言い合いに躍起《やっき》になれるのも、すべては平穏な日常があるからだ。

警察官として、そうした日常を守れていることは、藪野の言うように誇りであるし、職務を全うしている自分は褒めてあげたい。

一方で、そのために自分のすべてを犠牲にし、常に死の危険と向き合う暮らしは、正直なところきつい。

限りない悪意に溶け込むほど、自分の中の熱みたいなものが冷え込んでいく。

このまま作業班員を続けていれば、そのうち、感情そのものを失うのではないかと心配になる。

見慣れた商店街が眩しい。

眩しく見えるということは、その分、自分の感情が煤《すす》けている証拠ではないか……。

ミスター珍の前に着く。

いろいろと考えすぎたせいか、ドアを開けられない。

どういう顔をして、綾子や遙香、小郷夫婦に会えばいいのか、わからなくなっている。

と、不意にドアが開いた。

遙香が出てきた。

「あ、達也くん！」

満面の笑みを浮かべ、駆け寄ってきた。

腰に手を回して、抱きつく。

瀧川は少々戸惑った。

抱き締めてあげたい。が、腕が伸びない。こんな屈託のない純粋無垢《むく》な少女を抱き締めるには、自分の手は汚れすぎている気もする。

見ると、背中にリュックを背負っていた。

「そうか、今から塾か」

「勉強しないとさ。お母さんを助けてあげられないし。それに、達也くんにお母さんを任せっきりにするのも、もう一つ頼りないし」

「言ってくれるな……」

瀧川は苦笑した。

「じゃあ、いってきます！」

「しっかり勉強しておいで」

瀧川が笑顔を向ける。

途中まで走り、遙香が立ち止まった。振り返る。

「達也くん」

「なんだ？」

「今日は家にいるよね？」

「しばらく、家にいるぞ」

「ほんと！　やった！　いってきまーす」

遙香は言うと、走り去った。

「ほんとに、達也君が帰ってくると、うれしそう」

いきなり声を掛けられ、瀧川はびくっとした。

振り向くと、綾子が立っていた。

「いたのか」

「今日は休みだったから、お店を手伝っていたの」

「いたなら、おかえりくらい言ってくれよ」

「遙香がうれしそうだったから、声かけそびれちゃった」

綾子は店から出てきて、瀧川の横に並んだ。遙香の背中を見つめる。

「さっき、私のために塾に通って、勉強するって言ってたでしょ？　どういう意味かわかる？」

「おまえの苦労を見てるから、早く楽させてやりたいと思ったんじゃないか？」

瀧川が答える。

綾子は小さく笑った。

「早く独立するんだって」

「独立？」

「うん。早く私から離れて、一人にしてあげたら、私が達也君と一緒になれると思ってるみたい」

「そんなことを……」

「あの子はあの子なりに、気にしてくれてるのよ。私のことも、達也君のことも。でも、見たでしょ。達也君を見た途端に、本当にうれしそうな顔になる。少しずつ大人になってるけど、まだまだ子供ね」

綾子が目を細める。

「達也君。疲れた顔しているから、またの機会に話そうと思っていたんだけど」

「なんだ?」

綾子を見る。

「女からこんなこと切り出すのはどうかなと思っていたんだけど、遙香のためにも。ううん、私のためにも――」

綾子はまっすぐ瀧川を見つめた。

「結婚してくれない?」

少し頬を赤らめ、でも、迷いのない言葉で思いをぶつけた。

綾子は目を逸らさない。

瀧川は返答に窮した。

二つ返事でOKしたい。自分の気持ちもすでに固まっている。

だが、躊躇した。

この先、少なくとも二年は、非道を非道とも思わぬ者たちと戦わなければならないかもしれない。

はたして、大事なものを背負った時、今のような仕事ができるのだろうか。綾子たちを巻き込んでしまい、危険な目に遭わせたり、哀しい思いをさせてしまったりすることはないのだろうか。

様々な思いが交錯する。

綾子がふっと笑って、目を伏せた。

「今すぐ、返事をくれなくてもいいよ。達也君が抱えているものが、私たちには想像もつかないものだってことはわかってる。けど、忘れないでね」

綾子は顔を上げて、瀧川をもう一度見つめた。

「私も遙香も、達也君のことをいつでも待ってる。だから、今は、帰ってきてくれれば、それでいい」

綾子はにこりと笑顔を作り、店へ戻った。

「誰と立ち話してたのよ」

入れ替わりに泰江が出てきた。

「あら！　おかえり！　何突っ立ってんのよ。入りなさい。店の前に立たれると邪魔だから」

「あ、ごめん」

瀧川は泰江に押され、中へ入った。綾子と顔を合わせ、苦笑いを見せる。

「おじさん、ただいま」

厨房の小郷に声を掛けた。

小郷は頷いただけだ。が、その変わらない仕草が心地良い。

改めて、綾子を見る。綾子は器を下げ、テーブルを拭いていた。

せっせと動く姿も変わらない。

綾子は勇気ある告白をくれた。自分はすぐには応えられなかった。

情けない話だが、いつもと変わらない空気に触れ、思った。

もう少し、この空気感を取り戻してから、綾子の気持ちに応えよう。

その時は必ず来る。

瀧川は自分に言い聞かせるように頷き、厨房脇から二階へ上がった。


薄暗い地下の会議室に五人の男が集まっていた。

仕立ての良いスリーピースのスーツを着ている四人の年輩男性は、半円形のテーブルを囲むように座っていた。

対面する中央の椅子には、若い男性が座っている。やはりスーツ姿だが、カジュアルな出《い》で立《た》ちだった。

「例の物を手に入れたそうだね」

中央右の紳士が言う。

「はい。現在、運び入れを始めています」

「いつ頃、準備は整うんだね？」

左端の男が訊く。

若い男は顔を向けた。

「平和の祭典までには」

「間に合うのかね」

右端の男が言う。

「必ず、間に合わせます」

「しかし、国内での武器製造拠点は潰された。ミサイルは手に入ったが、騒ぎが大きすぎて、公安に目を付けられることになった。今後、当局の監視や締め付けはますます厳しくなる。任せて大丈夫だろうね？」

「想定内です」

若い男は不敵な笑みを覗かせた。

「まあ、この期に及んで、代役もいない。君に任せるしかないが、使命はわかっているね？」

中央左の紳士が若い男を見据える。

「もちろんです」

若い男は紳士を見返した。

「革命国家の再生」

静かだが、熱の籠もった声色が会議室に響いた。

紳士たちがそれぞれ頷く。

「我々が君たちに協力できるのは、これが最後だ。必ずや、我々が成し遂げられなかった革命を、君たちの手で遂行してほしい。そして、我々に見せてほしい。真の革命を」

「承知しております。楽しみにしてらしてください」

若い男は言うと、立ち上がってスーツの前ボタンを閉じ、一礼して背を向けた。

本書は「週刊大衆」2017年5月1日号〜2018年1月29日号に連載された作品に大幅に加筆修正したもので、完全なフィクションです。

実在する個人・団体等とはいっさい関係ありません。

双葉文庫

や-30-03

警視庁公安0課《けいしちようこうあんぜろか》 カミカゼ

鳩《はと》の血《ち》

2018年4月15日　第1刷発行
2024年9月19日　第2刷発行

【著者】
矢月秀作《やづきしゆうさく》

【発行者】
箕浦克史
【発行所】
株式会社双葉社
〒162-8540 東京都新宿区東五軒町3番28号
［電話］03-5261-4818（営業部）　03-5261-4831（編集部）
www.futabasha.co.jp（双葉社の書籍・コミックが買えます）
【印刷所】
中央精版印刷株式会社
【製本所】
中央精版印刷株式会社

【フォーマット・デザイン】
日下潤一

ISBN978-4-575-52100-9 C0193
Printed in Japan